T0022420

Guía del autoestopista galáctico

Douglas Adams

Guía del autoestopista galáctico

Epílogo de Robbie Stamp

Traducción de Benito Gómez Ibáñez y Damià Alou

EDITORIAL ANAGRAMA
BARCELONA

Título de la edición original:
The Hitchhiker's Guide to the Galaxy
Pan Books
Londres, 1979

Ilustración: © Bakea

Primera edición en «Contraseñas»: marzo 1983
Primera edición en «Compactos»: enero 2008
Vigésima segunda edición en «Compactos»: enero 2023

Diseño de la colección: Julio Vivas y Estudio A

ISBN: 978-84-339-6103-7
Depósito Legal: B. 6772-2022

Printed in Spain

Liberdúplex, S. L. U., ctra. BV 2249, km 7,4 - Polígono Torrentfondo
08791 Sant Llorenç d'Hortons

A Jonny Brock, Clare Gorst
y demás arlingtonianos,
por el té, la simpatía y el sofá

En los remotos e inexplorados confines del arcaico extremo occidental de la espiral de la Galaxia, brilla un pequeño y despreciable sol amarillento.

En su órbita, a una distancia aproximada de ciento cincuenta millones de kilómetros, gira un pequeño planeta totalmente insignificante de color azul verdoso cuyos pobladores, descendientes de los simios, son tan asombrosamente primitivos que aún creen que los relojes de lectura directa son de muy buen gusto.

Este planeta tiene, o mejor dicho, tenía el problema siguiente: la mayoría de sus habitantes eran infelices durante casi todo el tiempo. Muchas soluciones se sugirieron para tal problema, pero la mayor parte de ellas se referían principalmente a los movimientos de pequeños trozos de papel verde; cosa extraña, ya que los pequeños trozos de papel verde no eran precisamente quienes se sentían infelices.

De manera que persistió el problema; muchos eran humildes y la mayoría se consideraban miserables, incluso los que poseían relojes de lectura directa.

Cada vez eran más los que pensaban que, en primer lugar, habían cometido un gran error al bajar de los árboles. Y algunos afirmaban que lo de los árboles había sido una equivocación, y que nadie debería haber salido de los mares.

Y entonces, un jueves, casi dos mil años después de que clavaran a un hombre a un madero por decir que, para variar, sería estupendo ser bueno con los demás, una muchacha que se sentaba sola en un pequeño café de Rickmansworth comprendió de pronto lo que había ido mal durante todo el tiempo, y descubrió el medio por el que el mundo podría convertirse en un lugar tranquilo y feliz. Esta vez era cierto, daría resultado y no habría que clavar a nadie a ningún sitio.

Lamentablemente, sin embargo, antes de que pudiera llamar por teléfono para contárselo a alguien, ocurrió una catástrofe terrible y estúpida y la idea se perdió para siempre.

Ésta no es la historia de la muchacha.

Sino la de aquella catástrofe terrible y estúpida, y la de algunas de sus consecuencias.

También es la historia de un libro, titulado Guía del autoestopista galáctico; *no se trata de un libro terrestre, pues nunca se publicó en la Tierra y, hasta que ocurrió la terrible catástrofe, ningún terrícola lo vio ni oyó hablar de él.*

No obstante, es un libro absolutamente notable.

En realidad, probablemente se trate del libro más notable que jamás publicaran las grandes compañías editoras de la Osa Menor, de las cuales tampoco ha oído hablar terrícola alguno.

Y no sólo es un libro absolutamente notable, sino que también ha tenido un éxito enorme: es más famoso que las Obras escogidas sobre el cuidado del hogar espacial, *más vendido que las* Otras cincuenta y tres cosas que hacer en gravedad cero, *y más polémico que la trilogía de devanadora fuerza filosófica de Oolon Colluphid* En qué se equivocó Dios, Otros grandes errores de Dios *y* Pero ¿quién es ese tal Dios?

En muchas de las civilizaciones más tranquilas del margen oriental exterior de la Galaxia, la Guía del autoestopista *ya ha sustituido a la gran Enciclopedia Galáctica como la fuente reconocida de todo el conocimiento y la sabiduría, porque si bien incurre en muchas omisiones y contiene abundantes hechos de auten-*

ticidad dudosa, supera a la segunda obra, más antigua y prosaica, en dos aspectos importantes.

En primer lugar, es un poco más barata; y luego, grabada en la portada con simpáticas letras grandes, ostenta la leyenda NO SE ASUSTE.

Pero la historia de aquel jueves terrible y estúpido, la narración de sus consecuencias extraordinarias y el relato de cómo tales consecuencias están indisolublemente entrelazadas con ese libro notable, comienza de manera muy sencilla.

Empieza con una casa.

1

La casa se alzaba en un pequeño promontorio, justo en las afueras del pueblo. Estaba sola y daba a una ancha extensión cultivable de la campiña occidental. No era una casa admirable en sentido alguno; tenía unos treinta años de antigüedad, era achaparrada, más bien cuadrada, de ladrillo, con cuatro ventanas en la fachada delantera y de tamaño y proporciones que conseguían ser bastante desagradables a la vista.

La única persona para quien la casa resultaba en cierto modo especial era Arthur Dent, y ello sólo porque daba la casualidad de que era el único que vivía en ella. La había habitado durante tres años, desde que se mudó de Londres, donde se irritaba y se ponía nervioso. También tenía unos treinta años; era alto y moreno, y nunca se sentía enteramente a gusto consigo mismo. Lo que más solía preocuparle era el hecho de que la gente le preguntara siempre por qué tenía un aspecto tan preocupado. Trabajaba en la emisora local de radio, y solía decir a sus amigos que su actividad era mucho más interesante de lo que ellos probablemente pensaban.

El miércoles por la noche había llovido mucho y el camino estaba húmedo y embarrado, pero el jueves por la mañana había un sol claro y brillante que, según iba a resultar, lucía sobre la casa de Arthur Dent por última vez.

Aún no se le había comunicado a Arthur en forma debida que el ayuntamiento quería derribarla para construir en su lugar una vía de circunvalación.

A las ocho de la mañana de aquel jueves, Arthur no se encontraba muy bien. Se despertó con los ojos turbios, se levantó, deambuló agotado por la habitación, abrió una ventana, vio un buldócer, encontró las zapatillas y, dando un traspié, se encaminó al baño para lavarse.

Pasta de dientes en el cepillo: ya. A frotar.

Espejo para afeitarse: apuntaba al cielo. Lo acopló. Durante un momento el espejo reflejó otro buldócer por la ventana del baño. Convenientemente ajustado, reflejó la encrespada barba de Arthur. Se afeitó, se lavó, se secó y, dando trompicones, se dirigió a la cocina con idea de hallar algo agradable que llevarse a la boca.

Cafetera, enchufe, nevera, leche, café. Bostezo.

Por un momento, la palabra «buldócer» vagó por su mente en busca de algo relacionado con ella.

El buldócer que se veía por la ventana de la cocina era muy grande.

Lo miró fijamente.

«Amarillo», pensó, y fue tambaleándose a su habitación para vestirse.

Al pasar por el baño se detuvo para beber un gran vaso de agua, y luego otro. Empezó a sospechar que tenía resaca. ¿Por qué tenía resaca? ¿Había bebido la noche anterior? Supuso que así debió de ser. Atisbó un destello en el espejo de afeitarse.

«Amarillo», pensó, y siguió su camino vacilante hacia la habitación.

Se detuvo a reflexionar. La taberna, pensó. ¡Santo Dios, la taberna! Vagamente recordó haberse enfadado por algo que parecía importante. Se lo estuvo explicando a la gente, y más bien sospechó que se lo había contado con gran detalle: su recuerdo visual más nítido era el de miradas vidriosas en las caras de los demás. Acababa de descubrir algo sobre una nueva vía de circunvalación. Habían circulado rumores durante meses, pero nadie parecía saber nada al respecto. Ridículo. Bebió un trago de agua. Eso ya se arreglaría solo, concluyó; nadie quería una vía de circunvalación, y el ayuntamiento no tenía en qué basar sus pretensiones. El asunto se arreglaría por sí solo.

Pero qué espantosa resaca le había producido. Se miró en la luna del armario. Sacó la lengua.

«Amarilla», pensó.

La palabra *amarillo* vagó por su mente en busca de algo relacionado con ella.

Quince segundos después había salido de la casa y estaba tumbado delante de un enorme buldócer amarillo que avanzaba por el sendero del jardín.

Míster L. Prosser era, como suele decirse, muy humano. En otras palabras, era un organismo basado en el carbono, bípedo, y descendiente del mono. Más concretamente, tenía cuarenta años, era gordo y despreciable y trabajaba para el ayuntamiento de la localidad. Cosa bastante curiosa, aunque él lo ignoraba, era que descendía por línea masculina directa de Gengis Kan, si bien las generaciones intermedias y la mezcla de razas habían escamoteado sus genes de tal manera que no poseía rasgos mongoloides visibles, y los únicos vestigios que aún conservaba míster L. Prosser de su poderoso antepasado eran una pronunciada corpulencia en torno a la barriga y cierta predilección hacia pequeños gorros de piel.

De ningún modo era un gran guerrero; en realidad, era un hombre nervioso y preocupado. Aquel día estaba especialmente nervioso y preocupado porque había topado con una dificultad grave en su trabajo, que consistía en quitar de en medio la casa de Arthur Dent antes de que acabara el día.

–Vamos, míster Dent –dijo–, usted sabe que no puede ganar. No puede estar tumbado delante del buldócer de manera indefinida.

Intentó dar un brillo fiero a su mirada, pero sus ojos no le respondieron.

Arthur siguió tumbado en el suelo y le lanzó una réplica desconcertante.

–Juego –dijo–; ya veremos quién se achanta antes.

–Me temo que tendrá que aceptarlo –repuso míster Prosser, empuñando su gorro de piel y colocándoselo del revés en la coronilla–. ¡Esta vía de circunvalación debe construirse y se construirá!

–Es la primera noticia que tengo –afirmó Arthur–. ¿Por qué tiene que construirse?

Míster Prosser agitó el dedo durante un rato delante de Arthur; luego dejó de hacerlo y lo retiró.

–¿Qué quiere decir con eso de por qué tiene que construirse? –le preguntó a su vez–. Se trata de una vía de circunvalación. Y hay que construir vías de circunvalación.

Las vías de circunvalación son artificios que permiten a ciertas personas pasar con mucha rapidez de un punto A a un punto B, mientras que otras avanzan a mucha velocidad desde el punto B al punto A. La gente que vive en un punto C, justo en medio de los otros dos, suele preguntarse con frecuencia por la gran importancia que debe tener el punto A para que tanta gente del punto B tenga tantas ganas de ir para allá, y qué interés tan grande tiene el punto B para que tanta gente del punto A sienta tantos deseos de acudir a él. A menudo ansían que las personas descubran de una vez para siempre el lugar donde quieren quedarse.

Míster Prosser quería ir a un punto D. El punto D no estaba en ningún sitio en especial, sólo se trataba de cualquier punto conveniente que se encontrara a mucha distancia de los puntos A, B y C. Llegaría a tener una bonita casita de campo en el punto D, con hachas encima de la puerta, y pasaría una agradable cantidad de tiempo en el punto E, donde estaría la taberna más próxima al punto D. Su mujer, por supuesto, quería rosales trepadores, pero él prefería hachas. No sabía por qué; sólo que le gustaban las hachas. Se ruborizó profundamente ante las muecas burlonas de los conductores de los buldóceres.

Empezó a apoyarse en un pie y luego en otro, pero estaba igualmente incómodo descargando el peso en cualquiera de los dos. Estaba claro que alguien había sido sumamente incompetente, y esperaba por lo más sagrado que no hubiera sido él.

–Tenía usted derecho a hacer sugerencias o a presentar objeciones a su debido tiempo, ¿sabe? –dijo míster Prosser.

–¿A su debido tiempo? –gritó Arthur–. ¡A su debido tiempo! La primera noticia que he tenido fue ayer, cuando vino un obrero a mi casa. Le pregunté si venía a limpiar las ventanas y me contestó que no, que venía a derribar mi casa. No me lo dijo inmediatamente, desde luego. Claro que no. Primero me limpió un par de ventanas y me cobró cinco libras. Luego me lo dijo.

–Pero míster Dent, los planos han estado expuestos en la oficina de planificación local desde hace nueve meses.

–¡Ah, claro! Ayer por la tarde, en cuanto me enteré, fui corriendo a verlos. No se ha excedido usted precisamente en llamar la atención hacia ellos, ¿verdad que no? Me refiero a decírselo realmente a alguien, o algo así.

–Pero los planos estaban a la vista...

–¿A la vista? Si incluso tuve que bajar al sótano para verlos.

–Ahí está el departamento de exposición pública.

–Con una linterna.

–Bueno, probablemente se había ido la luz.

–Igual que en las escaleras.

–Pero bueno, encontró el aviso, ¿no?

–Sí –contestó Arthur–, lo encontré. Estaba a la vista en el fondo de un archivador cerrado con llave y colocado en un lavabo en desuso en cuya puerta había un letrero que decía: *Cuidado con el leopardo.*

Por el cielo pasó una nube. Arrojó una sombra sobre Arthur Dent, que estaba tumbado en el barro frío, apoyado en el codo. Arrojó otra sombra sobre la casa de Arthur Dent. Míster Prosser frunció el ceño.

–No parece que sea una casa particularmente bonita –afirmó.

–Lo siento, pero da la casualidad de que a mí me gusta.

–Le gustará la vía de circunvalación.

–¡Cállese ya! –exclamó Arthur Dent–. Cállese, márchese y llévese con usted su condenada vía de circunvalación. No tiene en qué basar sus pretensiones, y usted lo sabe.

Míster Prosser abrió y cerró la boca un par de veces mientras su imaginación se llenaba por un momento de visiones inexplicables, pero horriblemente atractivas, de la casa de Arthur Dent consumida por las llamas y del propio Arthur gritando y huyendo a la carrera de las ruinas humeantes con al menos tres pesadas lanzas sobresaliendo en su espalda. Míster Prosser se veía incomodado con frecuencia por imágenes parecidas, que le ponían muy nervioso. Tartamudeó un momento, pero logró dominarse.

–Míster Dent –dijo.

–¡Hola! ¿Sí? –dijo Arthur.

–Voy a proporcionarle cierta información objetiva. ¿Tiene alguna idea del daño que sufriría ese buldócer si yo permitiera que simplemente le pasara a usted por encima?

–¿Cuánto? –inquirió Arthur.

–Ninguno en absoluto –respondió míster Prosser, apartándose nervioso y frenético y preguntándose por qué le invadían el cerebro mil jinetes greñudos que no dejaban de aullar.

Por una coincidencia curiosa, *ninguno en absoluto* era exactamente el recelo que el descendiente de los simios llamado Arthur Dent abrigaba de que uno de sus amigos más íntimos no descendiera de un mono, sino que en realidad procediese de un pequeño planeta próximo a Betelgeuse, y no de Guildford, como él afirmaba.

Eso jamás lo había sospechado Arthur Dent.

Su amigo había llegado por primera vez al planeta Tierra unos quince años antes, y había trabajado mucho para adaptarse a la sociedad terrestre; y con cierto éxito, habría que añadir. Por ejemplo, se había pasado esos quince años fingiendo ser un actor sin trabajo, cosa bastante verosímil.

Pero, por descuido, había cometido un error al quedarse un poco corto en sus investigaciones preparatorias. La información que había obtenido le llevó a escoger el nombre de «Ford Prefect» en la creencia de que era muy poco llamativo.

No era exageradamente alto, y sus facciones podían ser impresionantes pero no muy atractivas. Tenía el pelo rojo y fuerte, y se lo peinaba hacia atrás desde las sienes. Parecía que le habían estirado la piel desde la nariz hacia atrás. Había algo raro en su aspecto, pero resultaba difícil determinar qué era. Quizás consistiese en que no parecía parpadear con la frecuencia suficiente, y cuando le hablaban durante cierto tiempo, los ojos de su interlocutor empezaban a lagrimear. O tal vez fuese que sonreía con muy poca delicadeza y le daba a la gente la enervante impresión de que estaba a punto de saltarles al cuello.

A la mayoría de los amigos que había hecho en la Tierra les parecía una persona excéntrica, pero inofensiva; un bebedor turbulento con algunos hábitos extraños. Por ejemplo, solía irrumpir sin que lo invitaran en fiestas universitarias, donde se emborrachaba de mala manera y empezaba a burlarse de cualquier astrofísico que pudiera encontrar hasta que lo echaban a la calle.

A veces se apoderaban de él extraños estados de ánimo; se

quedaba distraído, mirando al cielo como si estuviera hipnotizado, hasta que alguien le preguntaba qué estaba haciendo. Entonces parecía sentirse culpable durante un momento; luego se tranquilizaba y sonreía.

–Pues buscaba algún platillo volante –solía contestar en broma, y todo el mundo se echaba a reír y le preguntaba qué clase de platillos volantes andaba buscando.

–¡Verdes! –contestaba con una mueca perversa; lanzaba una carcajada estrepitosa y luego arrancaba de pronto hacia el bar más próximo, donde invitaba a una ronda a todo el mundo.

Esas noches solían acabar mal. Ford se ponía ciego de whisky, se acurrucaba en un rincón con alguna chica y le explicaba con frases inconexas que en realidad no importaba tanto el color de los platillos volantes.

A continuación, echaba a andar por la calle, tambaleándose y semiparalítico, preguntando a los policías con los que se cruzaba si conocían el camino de Betelgeuse. Los policías solían decirle algo así:

–¿No cree que ya va siendo hora de que se vaya a casa, señor?

–De eso se trata, quiero recogerme –respondía Ford de manera invariable en tales ocasiones.

En realidad, lo que verdaderamente buscaba cuando miraba al cielo con aire distraído era cualquier clase de platillo volante. Decía que buscaba uno verde porque ése era tradicionalmente el color de los exploradores comerciales de Betelgeuse.

Ford Prefect estaba desesperado porque no llegaba ningún platillo volante; quince años era mucho tiempo para andar perdido en cualquier parte, especialmente en un sitio tan sobrecogedoramente aburrido como la Tierra.

Ford ansiaba que pronto apareciese un platillo volante, pues sabía cómo hacer señales para que bajaran y conseguir que lo llevaran. Conocía la manera de ver las Maravillas del Universo por menos de treinta dólares altairianos al día.

En realidad, Ford Prefect era un investigador itinerante de ese libro absolutamente notable, la *Guía del autoestopista galáctico.*

Los seres humanos se adaptan muy bien a todo, y a la hora del almuerzo había arraigado una serena rutina en los alrededores de la casa de Arthur. Éste interpretaba el papel de rebozarse la espalda en el barro, solicitando de vez en cuando ver a su abogado o a su madre, o pidiendo un buen libro; míster Prosser asumía la función de atacar a Arthur con algunas maniobras nuevas, soltándole de cuando en cuando un discurso sobre «el bien común», «la marcha del progreso», «ya sabe que una vez derribaron mi casa», «nunca se debe mirar atrás» y otros camelos y amenazas; y el quehacer de los conductores de los buldóceres era sentarse en corro bebiendo café y haciendo experimentos con las normas del sindicato para ver si podían sacar ventajas económicas de la situación.

La Tierra se movía despacio en su trayectoria diurna.

El sol empezaba a secar el barro sobre el que Arthur estaba tumbado.

Una sombra volvió a cruzar sobre él.

–Hola, Arthur –dijo la sombra.

Arthur levantó la vista y, guiñando los ojos para protegerse del sol, vio que Ford Prefect estaba de pie a su lado.

–¡Hola, Ford!, ¿cómo estás?

–Muy bien –contestó Ford–. Oye, ¿estás ocupado?

–¡Que si estoy *ocupado!* –exclamó Arthur–. Bueno, ahí están todos esos buldóceres, y tengo que tumbarme delante de ellos porque si no derribarían mi casa; pero aparte de eso..., pues no especialmente, ¿por qué?

En Betelgeuse no conocen el sarcasmo. Y Ford Prefect no solía captarlo a menos que se concentrara.

–Bien, ¿podemos hablar en algún sitio? –preguntó.

–¿Cómo? –repuso Arthur Dent.

Durante unos segundos pareció que Ford le ignoraba, pues se quedó con la vista fija en el cielo como un conejo que tratase de que lo atropellara un coche. Luego, de pronto, se puso en cuclillas junto a Arthur.

–Tenemos que hablar –le dijo en tono apremiante.

–Muy bien –le contestó Arthur–, hablemos.

–Y beber –añadió Ford–. Es de importancia vital que hablemos y bebamos. Ahora mismo. Vamos a la taberna del pueblo.

Volvió a mirar al cielo, nervioso, expectante.

–¡Pero es que no lo entiendes! –gritó Arthur. Señaló a Prosser–. ¡Ese hombre quiere derribar mi casa!

Ford le miró, perplejo.

–Bueno, puede hacerlo mientras tú no estás, ¿no? –sugirió.

–¡Pero no quiero que lo haga!

–¡Ah!

–Oye, Ford, ¿qué es lo que te pasa? –preguntó Arthur.

–Nada. No me pasa nada. Escúchame, tengo que decirte la cosa más importante que hayas oído jamás. He de contártela ahora mismo, y debo hacerlo en el bar Horse and Groom.

–Pero ¿por qué?

–Porque vas a necesitar una copa bien cargada.

Ford miró fijamente a Arthur, que se quedó asombrado al comprobar que su voluntad comenzaba a debilitarse. No comprendía que ello era debido a un viejo juego tabernario que Ford aprendió a jugar en los puertos del hiperespacio que abastecían a las zonas mineras de madranita en el sistema estelar de Orión Beta.

Tal juego no se diferenciaba mucho del juego terrestre denominado «lucha india», y se jugaba del modo siguiente:

Dos contrincantes se sentaban a cada extremo de una mesa con un vaso enfrente de cada uno.

Entre ambos se colocaba una botella de aguardiente Janx (el que inmortalizó la antigua canción minera de Orión: «¡Oh!, no me des más de ese añejo aguardiente Janx / No, no me des más de ese añejo aguardiente Janx / Pues mi cabeza echará a volar, mi lengua mentirá, mis ojos arderán y me pondré a morir / No me pongas otra copa de ese pecaminoso aguardiente añejo Janx»).

Cada adversario concentraba su voluntad en la botella, tratando de inclinarla para echar aguardiente en el vaso de su oponente, quien entonces tenía que beberlo.

La botella se llenaba de nuevo. El juego comenzaba otra vez. Y otra.

Una vez que se empezaba a perder, lo más probable es que se siguiera perdiendo, porque uno de los efectos del aguardiente Janx es el debilitamiento de las facultades telequinésicas.

En cuanto se consumía una cantidad establecida de antemano, el perdedor debía pagar una prenda, que normalmente era obscenamente biológica.

A Ford Prefect le gustaba perder.

Ford miraba fijamente a Arthur, quien empezó a pensar que, después de todo, tal vez quisiera ir al Horse and Groom.

–¿Y qué hay de mi casa...? –preguntó en tono quejumbroso.

Ford miró a míster Prosser, y de pronto se le ocurrió una idea atroz.

–¿Quiere derribar tu casa?

–Sí, quiere construir...

–¿Y no puede hacerlo porque estás tumbado delante de su buldócer?

–Sí, y...

–Estoy seguro de que podremos llegar a un acuerdo –afirmó Ford, y añadió gritando–: ¡Disculpe usted!

Míster Prosser (que estaba discutiendo con un portavoz de los conductores de los buldóceres sobre si Arthur Dent constituía o no un caso patológico y, en caso afirmativo, cuánto deberían cobrar ellos) miró en torno suyo. Quedó sorprendido y se alarmó un tanto al ver que Arthur tenía compañía.

–¿Sí? ¡Hola! –contestó–. ¿Ya ha entrado míster Dent en razón?

–¿Podemos suponer, de momento –le respondió Ford–, que no lo ha hecho?

–¿Y bien? –suspiró míster Prosser.

–¿Y podemos suponer también –prosiguió Ford– que va a pasarse aquí todo el día?

–¿Y qué?

–¿Y que todos sus hombres van a quedarse aquí todo el día sin hacer nada?

–Pudiera ser, pudiera ser...

–Bueno, pues si en cualquier caso usted se ha resignado a no hacer nada, no necesita realmente que Arthur esté aquí tumbado todo el tiempo, ¿verdad?

–¿Cómo?

–No necesita –repitió pacientemente Ford– realmente que se quede aquí.

Míster Prosser lo pensó.

–Pues no; de esa manera... –dijo–, no lo necesito *exactamente...*

Prosser estaba preocupado. Pensó que uno de los dos no estaba muy en sus cabales.

–De manera que si usted se hace a la idea de que Arthur está realmente aquí –le propuso Ford–, entonces él y yo podríamos marcharnos media hora a la taberna. ¿Qué le parece?

Míster Prosser pensó que le parecía una absoluta majadería.

–Me parece muy razonable... –dijo en tono tranquilizador, preguntándose a quién trataba de tranquilizar.

–Y si después quiere usted echarse un chispazo al coleto –le dijo Ford–, nosotros podríamos sustituirle.

–Muchísimas gracias –repuso míster Prosser, que ya no sabía cómo seguir el juego–. Muchísimas gracias, sí, es muy amable...

Frunció el ceño, sonrió, trató de hacer las dos cosas a la vez, no lo consiguió, agarró su gorro de piel y caprichosamente se lo colocó del revés en la coronilla. Sólo podía suponer que había ganado.

–De modo que –prosiguió Ford Prefect– si hace el favor de acercarse y tumbarse en el suelo...

–¿Cómo? –inquirió míster Prosser.

–¡Ah!, lo siento –se disculpó Ford–; tal vez no me haya explicado con la claridad suficiente. Alguien tiene que tumbarse delante de los buldóceres, ¿no es así? Si no, no habría nada que les impidiese derribar la casa de míster Dent, ¿verdad?

–¿Cómo? –repitió míster Prosser.

–Es muy sencillo –explicó Ford–. Mi cliente, míster Dent, afirma que se levantará del barro con la única condición de que usted venga a ocupar su puesto.

–¿Qué estás diciendo? –le preguntó Arthur, pero Ford le dio con el pie para que guardara silencio.

–¿Quiere usted –preguntó Prosser, deletreando para sí aquella idea nueva– que vaya a tumbarme ahí...?

–Sí.

–¿Delante del buldócer?

–Sí.

–En el puesto de míster Dent.

–Sí.

–En el barro.

–En el barro, tal como dice usted.

En cuanto míster Prosser comprendió que, después de todo, iba a ser el verdadero perdedor, fue como si se quitara un peso de los hombros: eso se parecía más a las cosas del mundo que él conocía. Exhaló un suspiro.

–¿A cambio de lo cual se llevará usted a míster Dent a la taberna?

–Eso es –dijo Ford–; eso es exactamente.

Míster Prosser dio unos pasos nerviosos hacia delante y se detuvo.

–¿Prometido? –preguntó.

–Prometido –contestó Ford. Se volvió a Arthur–. Vamos –le dijo–, levántate y deja que se tumbe este señor.

Arthur se puso en pie con la sensación de que estaba soñando.

Ford hizo una seña a Prosser, que, con expresión triste y maneras torpes, se sentó en el barro. Sintió que toda su vida era una especie de sueño, preguntándose a quién pertenecería dicho sueño y si lo estaría pasando bien. El barro le envolvió el trasero y los brazos y penetró en sus zapatos.

Ford le lanzó una mirada severa.

–Y nada de derribar a escondidas la casa de míster Dent mientras él está fuera, ¿entendido? –le dijo.

–Ni siquiera he empezado a especular –gruñó míster Prosser, tendiéndose de espaldas– con la más mínima posibilidad de que esa idea se me pase por la cabeza.

Vio acercarse al representante sindical de los conductores de los buldóceres, dejó caer la cabeza y cerró los ojos. Trataba de poner en orden sus pensamientos para demostrar que él no constituía un caso patológico. Aunque no estaba muy seguro, porque le parecía tener la cabeza llena de ruidos, de caballos, de humo y del hedor de la sangre. Eso le ocurría siempre que se sentía confundido o desdichado, y nunca se lo había podido explicar a sí mismo. En una alta dimensión de la que nada conocemos, el poderoso Kan aulló de rabia, pero míster Prosser sólo se quejó y sufrió un leve temblor. Empezó a sentir un escozor húmedo detrás de los párpados. Errores burocráticos, hombres furiosos tendidos en el barro, desconocidos incomprensibles infligiendo humillaciones inexplicables y un extraño ejército de jinetes que se reían de él dentro de su cabeza... ¡vaya día!

¡Vaya día! Ford sabía que no importaba lo más mínimo que derribaran o no la casa de Arthur.

Arthur seguía muy preocupado.

–Pero ¿podemos confiar en él? –preguntó.

–Yo confío en él hasta que la Tierra se acabe –le contestó Ford.

–¿Ah, sí? –repuso Arthur–. ¿Y cuánto tardará eso?

–Unos doce minutos –sentenció Ford–. Vamos, necesito un trago.

2

Esto es lo que la Enciclopedia Galáctica dice respecto al alcohol. Afirma que es un líquido incoloro y evaporable producido por la fermentación de azúcares, y asimismo observa sus efectos intoxicantes sobre ciertos organismos basados en el carbono.

La Guía del autoestopista galáctico *también menciona el alcohol. Dice que la mejor bebida que existe es el detonador gargárico pangaláctico.*

Dice que el efecto producido por una copa de detonador gargárico pangaláctico es como que le aplasten a uno los sesos con una raja de limón doblada alrededor de un gran lingote de oro.

La Guía *también indica en qué planetas se prepara el mejor detonador gargárico pangaláctico, cuánto hay que pagar por una copa y qué organizaciones voluntarias existen para ayudarle a uno a la rehabilitación posterior.*

La Guía *señala incluso la manera en que puede prepararse dicha bebida:*

«Vierta el contenido de una botella de aguardiente añejo Janx.

»Añada una medida de agua de los mares de Santraginus V. ¡Oh, el agua del mar de Santraginus! ¡¡¡Oh, el pescado de las aguas santragineas!!!

»Deje que se derritan en la mezcla (debe estar bien helada o se perderá la bencina) tres cubos de megaginebra arcturiana.

»Agregue cuatro litros de gas de las marismas falianas y deje que las burbujas penetren en la mezcla, en memoria de todos los felices vagabundos que han muerto de placer en las Marismas de Falia.

»En el dorso de una cuchara de plata vierta una medida de extracto de Hierbahiperbuena de Qualactina, saturada de todos los fragantes olores de las oscuras zonas qualactinas, levemente suaves y místicos.

»Añada el diente de un suntiger algoliano. Observe cómo se disuelve, lanzando el brillo de los soles algolianos a lo más hondo del corazón de la bebida.

»Rocíela con Zamfuor.

»Añada una aceituna.

»Bébalo..., pero... con mucho cuidado...»

La Guía del autoestopista galáctico *se vende mucho más que la Enciclopedia Galáctica.*

–Seis pintas de cerveza amarga –pidió Ford Prefect al tabernero del Horse and Groom–. Y dese prisa, por favor, el mundo está a punto de acabarse.

El tabernero del Horse and Groom no se merecía esa forma de trato: era un anciano digno. Se alzó las gafas sobre la nariz y parpadeó hacia Ford Prefect, que lo ignoró y miró fijamente por la ventana, de modo que el tabernero observó a Arthur, quien se encogió de hombros con expresión de impotencia y no dijo nada. Así que el tabernero dijo:

–¡Ah, sí! Hace buen tiempo para eso, señor.

Y empezó a tirar la cerveza. Volvió a intentarlo.

–Entonces, ¿va a ver el partido de esta tarde?

Ford se volvió para observarle.

–No, no es posible –dijo, y volvió a mirar por la ventana.

–¿Y eso se debe a una conclusión inevitable a la que ha llegado usted, señor? –inquirió el tabernero–. ¿No tiene ni una posibilidad el Arsenal?

–No, no –contestó Ford–, es que el mundo está a punto de acabarse.

–Claro, señor –repuso el tabernero, mirando esta vez a Arthur por encima de las gafas–; ya lo ha dicho. Si eso ocurre, el Arsenal tendrá suerte y se salvará.

Ford volvió a mirarle con auténtica sorpresa.

–No, no se salvará –replicó frunciendo el entrecejo.

El tabernero respiró fuerte.

–Ahí tiene, señor, seis pintas –dijo.

Arthur le sonrió débilmente y volvió a encogerse de hombros. Se dio la vuelta y lanzó una leve sonrisa a los demás clientes de la taberna por si alguno de ellos había oído algo de lo que pasaba.

Ninguno de ellos se había enterado, y ninguno comprendió por qué les sonreía.

El hombre que se sentaba frente a la barra al lado de Ford miró a los dos hombres y luego a las seis cervezas, hizo un rápido cálculo aritmético, llegó a una conclusión que fue de su agrado y les sonrió con una mueca estúpida y esperanzada.

–Olvídelo, son nuestras –le dijo Ford, lanzándole una mirada que habría enviado de nuevo a sus asuntos a un suntiger algoliano.

Ford dio un palmetazo en la barra con un billete de cinco libras.

–Quédese con el cambio –dijo.

–¡Cómo! ¿De cinco libras? Gracias, señor.

–Le quedan diez minutos para gastarlo.

El tabernero, simplemente, decidió retirarse un rato.

–Ford –dijo Arthur–, ¿querrías decirme qué demonios pasa, por favor?

–Bebe –repuso Ford–, te quedan tres pintas.

–¿Tres pintas? –dijo Arthur–. ¿A la hora del almuerzo?

El hombre que estaba al lado de Ford sonrió y meneó la cabeza de contento. Ford le ignoró.

–El tiempo es una ilusión –dijo–. Y la hora de comer, más todavía.

–Un pensamiento muy profundo –dijo Arthur–. Deberías enviarlo al *Reader's Digest.* Tiene una página para gente como tú.

–Bebe.

–¿Y por qué tres pintas de repente?

–La cerveza relaja los músculos; vas a necesitarlo.

–¿Relaja los músculos?

–Relaja los músculos.

Arthur miró fijamente su cerveza.

–¿Es que he hecho hoy algo malo –dijo–, o es que el mundo siempre ha sido así y yo he estado demasiado metido en mí mismo para darme cuenta?

–De acuerdo –dijo Ford–. Trataré de explicártelo. ¿Cuánto tiempo hace que nos conocemos?

–¿Cuánto tiempo? –Arthur se puso a pensarlo–. Pues unos cinco años, quizás seis. En su momento, la mayoría de ellos parecieron tener algún sentido.

–Muy bien –dijo Ford–, ¿cómo reaccionarías si te dijera que después de todo no soy de Guildford, sino de un planeta pequeño que está cerca de Betelgeuse?

Arthur se encogió de hombros con cierta indiferencia.

–No lo sé –contestó, bebiendo un trago de cerveza–. ¡Pero bueno! ¿Crees que eso que dices es propio de ti?

Ford se rindió. En realidad no valía la pena molestarse de momento, ahora que se acercaba el fin del mundo. Se limitó a decir:

–Bebe.

Y con un tono enteramente objetivo, añadió:

–El mundo está a punto de acabarse.

Arthur lanzó a los demás clientes otra sonrisa débil. Le miraron con el ceño fruncido. Un hombre le hizo señas para que dejara de sonreírles y se dedicara a sus asuntos.

–Debe ser jueves –dijo Arthur para sí, inclinándose sobre la cerveza–. Nunca puedo aguantar la resaca de los jueves.

3

Aquel jueves en particular, una cosa se movía silenciosamente por la ionosfera a muchos kilómetros por encima de la superficie del planeta; varias cosas, en realidad, unas cuantas docenas de enormes cosas en forma de gruesas rebanadas amarillas, tan grandes como edificios de oficinas y silenciosas como pájaros. Planeaban con desenvoltura, calentándose con los rayos electromagnéticos de la estrella Sol, esperando su oportunidad, agrupándose, preparándose.

El planeta que tenían bajo ellos era casi absolutamente ajeno a su presencia, que era precisamente lo que ellos pretendían por el momento. Las enormes cosas amarillas pasaron inadvertidas por Goonhilly, sobrevolaron Cabo Cañaveral sin que las detectaran; Woomera y Jodrell Bank las miraron sin verlas, lo que era una lástima porque eso era exactamente lo que habían estado buscando durante todos aquellos años.

El único sitio en el que se registró su paso fue en un pequeño aparato negro llamado Subeta Sensomático, que se limitó a hacer un guiño silencioso. Estaba guardado en la oscuridad, dentro de un bolso de cuero que Ford Prefect solía llevar colgado al cuello. Efectivamente, el contenido del bolso de Ford Prefect era muy interesante, y a cualquier físico terrestre se le habrían salido los ojos de las órbitas sólo con verlo, razón por la cual su dueño siempre lo ocultaba poniendo encima unos manoseados guiones de obras que supuestamente estaba ensayando. Aparte del Subeta Sensomático y de los guiones, tenía un Pulgar Electrónico: una varilla gruesa, corta y suave, de color negro, provista en un extremo de dos interruptores planos y unos cuadrantes; también tenía un aparato que parecía una calculadora electrónica más bien grande. Estaba equipada con un centenar de diminutos botones planos y una pantalla de unos diez centímetros cuadrados en la que en un momento podía verse cualquier cara de su millón de «páginas». Tenía un aspecto demencialmente complicado, y ésa era una de las razones por las cuales estaba escrito en la cubierta de plástico que lo tapaba las palabras NO SE ASUSTE con caracteres grandes y agradables. La otra razón consistía en que tal aparato era el libro más notable que habían publicado los grandes grupos editoriales de Osa Menor: la *Guía del autoestopista galáctico*. El motivo por el que se publicó en forma de microsubmesón electrónico era porque, si se hubiera impreso como un libro normal, un autoestopista interestelar habría necesitado varios edificios grandes e incómodos para transportarlo.

Debajo del libro, Ford Prefect llevaba en el bolso unos bolis, un cuaderno de notas y una amplia toalla de baño de Marks and Spencer.

La Guía del autoestopista galáctico *tiene varias cosas que decir respecto a las toallas.*

Dice que una toalla es el objeto de mayor utilidad que puede poseer un autoestopista interestelar. En parte, tiene un gran valor práctico: uno puede envolverse en ella para calentarse mientras viaja por las lunas frías de Jaglan Beta; se puede tumbar uno en ella en las refulgentes playas de arena marmórea de Santraginus V, mientras aspira los vapores del mar embriagador; se puede uno tapar con ella mientras duerme bajo las estrellas que arrojan un brillo tan purpúreo sobre el desierto de Kakrafun; se puede usar como vela en una balsa diminuta para navegar por el profundo y lento río Moth; mojada; se puede emplear en la lucha cuerpo a cuerpo; envuelta alrededor de la cabeza, sirve para protegerse de las emanaciones nocivas o para evitar la mirada de la Voraz Bestia Bugblatter de Traal (animal sorprendentemente estúpido, supone que si uno no puede verlo, él tampoco lo ve a uno; es tonto como un cepillo, pero voraz, muy voraz); se puede agitar la toalla en situaciones de peligro como señal de emergencia, y, por supuesto, se puede secar uno con ella si es que aún está lo suficientemente limpia.

Y lo que es más importante: una toalla tiene un enorme valor psicológico. Por alguna razón, si un estraj (estraj: no autoestopista) descubre que un autoestopista lleva su toalla consigo, automáticamente supondrá que también está en posesión de cepillo de dientes, toallita para lavarse la cara, jabón, lata de galletas, frasca, brújula, mapa, rollo de cordel, rociador contra los mosquitos, ropa de lluvia, traje espacial, etc. Además, el estraj prestará con mucho gusto al autoestopista cualquiera de dichos artículos o una docena más que el autoestopista haya «perdido» por accidente. Lo que el estraj pensará es que cualquier hombre que haga autoestop a todo lo largo y ancho de la Galaxia, pasando calamidades, divirtiéndose en los barrios bajos, luchando contra adversidades tremendas, saliendo sano y salvo de todo ello, y sabiendo todavía dónde está su toalla, es sin duda un hombre a tener en cuenta.

De ahí la frase que se ha incorporado a la jerga del autoestopismo: «Oye, ¿sass tú a ese jupi Ford Prefect? Es un frud que de verdad sabe dónde está su toalla.» *(Sass: conocer, estar enterado de, saber, tener relaciones sexuales con; jupi: chico muy sociable; frud: chico sorprendentemente sociabilísimo.)*

Tranquilamente acomodado encima de la toalla en el bolso de Ford Prefect, el Subeta Sensomático empezó a parpadear con mayor rapidez. A kilómetros por encima de la superficie del planeta, los enormes algos amarillos comenzaron a desplegarse. En Jodrell Bank alguien decidió que ya era hora de tomar una buena y relajante taza de té.

–¿Llevas una toalla encima? –le preguntó de pronto Ford a Arthur.

Arthur, que hacía esfuerzos por terminar la tercera jarra de cerveza, levantó la vista hacia Ford.

–¡Cómo! Pues no..., ¿debería llevar una?

Había renunciado a sorprenderse, parecía que ya no tenía sentido.

Ford chasqueó la lengua, irritado.

–Bebe –le apremió.

En aquel momento, un estrépito sordo y retumbante de algo que se hacía pedazos en el exterior se oyó entre el suave murmullo de la taberna, el sonido del tocadiscos de monedas y el ruido que el hombre que estaba al lado de Ford hacía al hipar sobre el whisky al que finalmente le habían invitado.

Arthur se atragantó con la cerveza y se puso en pie de un salto.

–¿Qué ha sido eso? –gritó.

–No te preocupes –le dijo Ford–, todavía no han empezado.

–Gracias a Dios –dijo Arthur, tranquilizándose.

–Probablemente sólo se trata de que están derribando tu casa –le informó Ford, terminando su última jarra de cerveza.

–¡Qué! –gritó Arthur.

De pronto se quebró el hechizo de Ford. Arthur lanzó alrededor una mirada furiosa y corrió a la ventana.

–¡Dios mío, la están tirando! ¡Están derribando mi casa! ¿Qué demonios estoy haciendo en la taberna, Ford?

–A estas alturas ya no importa –sentenció Ford–. Deja que se diviertan.

–¿Que se diviertan? –gritó Arthur–. ¡Que se diviertan!

Se retiró de la ventana y rápidamente comprobó que hablaban de lo mismo.

–¡Maldita sea su diversión! –aulló, y salió corriendo de la taberna agitando con furia una jarra de cerveza medio vacía. Aquel día no hizo ningún amigo en la taberna.

–¡Deteneos, vándalos! ¡Demoledores de casas! –gritó Arthur–. ¡Parad ya, visigodos enloquecidos!

Ford tuvo que ir tras él. Se volvió rápidamente hacia el tabernero y le pidió cuatro paquetes de cacahuetes.

–Ahí tiene, señor –le dijo el tabernero, arrojando los paquetes encima del mostrador–. Son veinticinco peniques, si es tan amable.

Ford era muy amable; le dio al tabernero otro billete de cinco libras y le dijo que se quedara con el cambio. El tabernero lo observó y luego miró a Ford. Tuvo un estremecimiento súbito: por un instante experimentó una sensación que no entendió, porque nadie en la Tierra la había experimentado antes. En momentos de tensión grande, todos los organismos vivos emiten una minúscula señal subliminal. Tal señal se limita a comunicar la sensación exacta y casi patética de la distancia a que dicho ser se encuentra de su lugar de nacimiento. En la Tierra siempre es imposible estar a más de veinticuatro mil kilómetros del lugar de nacimiento de uno, cosa que no representa mucha distancia, de manera que dichas señales son demasiado pequeñas para que puedan captarse. En aquel momento, Ford Prefect se encontraba bajo una tensión grande, y había nacido a seiscientos años luz, en las proximidades de Betelgeuse.

El tabernero se tambaleó un poco, sacudido por una pasmosa e incomprensible sensación de lejanía. No conocía su significado, pero miró a Ford Prefect con una nueva impresión de respeto, casi con un temor reverente.

–¿Lo dice en serio, señor? –preguntó con un murmullo apagado que tuvo el efecto de silenciar la taberna–. ¿Cree usted que se va a acabar el mundo?

–Sí –contestó Ford.

–Pero... ¿esta tarde?

Ford se había recobrado. Se sentía de lo más frívolo.

–Sí –dijo alegremente–; en menos de dos minutos, según mis cálculos.

El tabernero no daba crédito a aquella conversación, y tampoco a la sensación que acababa de experimentar.

–Entonces, ¿no hay nada que podamos hacer? –preguntó.

–No, nada –le contestó Ford, guardándose los cacahuetes en el bolsillo.

En el silencio del bar alguien empezó a reírse con roncas carcajadas de lo estúpido que se había vuelto todo el mundo.

El hombre que se sentaba al lado de Ford ya estaba como una cuba. Levantó la vista hacia él, haciendo visajes con los ojos.

–Yo creía –dijo– que cuando se acercara el fin del mundo, tendríamos que tumbarnos, ponernos una bolsa de papel en la cabeza o algo parecido.

–Si le apetece, sí –le dijo Ford.

–Eso es lo que nos decían en el ejército –informó el hombre, y sus ojos iniciaron el largo viaje hacia su vaso de whisky.

–¿Nos ayudaría eso? –preguntó el tabernero.

–No –respondió Ford, sonriéndole amistosamente; y añadió–: Discúlpeme, tengo que marcharme.

Se despidió saludando con la mano.

La taberna permaneció silenciosa un momento más y luego, de manera bastante molesta, volvió a reírse el hombre de la ronca carcajada. La muchacha que había arrastrado con él a la taberna había llegado a odiarle profundamente durante la última hora, y para ella habría sido probablemente una gran satisfacción saber que dentro de un minuto y medio su acompañante se convertiría súbitamente en un soplo de hidrógeno, ozono y monóxido de carbono. Sin embargo, cuando llegara ese momento, ella estaría demasiado ocupada evaporándose para darse cuenta.

El tabernero carraspeó. Se oyó decir:

–Pidan la última consumición, por favor.

Las enormes máquinas amarillas empezaron a descender en picado, aumentando la velocidad.

Ford sabía que ya estaban allí. Ésa no era la forma en que deseaba salir.

Arthur corría por el sendero y estaba muy cerca de su casa. No se dio cuenta del frío que hacía de repente, no reparó en el viento, no se percató del súbito e irracional chaparrón. No observó nada aparte de los buldóceres oruga que trepaban por el montón de escombros que había sido su casa.

–¡Bárbaros! –gritó–. ¡Demandaré al ayuntamiento y le sacaré hasta el último céntimo! ¡Haré que os ahorquen, que os ahoguen y que os descuarticen! ¡Y que os flagelen! ¡Y que os sumerjan en agua hirviente... hasta... hasta... hasta que no podáis más!

Ford corría muy deprisa detrás de él. Muy, muy deprisa.

–¡Y luego lo volveré a hacer! –gritó Arthur–. ¡Y cuando haya terminado, recogeré todos vuestros pedacitos y *saltaré* encima de ellos!

Arthur no se dio cuenta de que los hombres salían corriendo de los buldóceres; no observó que míster Prosser miraba inquieto al cielo. Lo que veía míster Prosser era que unas cosas enormes y amarillas pasaban estridentemente entre las nubes. Unas cosas amarillas, increíblemente enormes.

–¡Y seguiré saltando sobre ellos –gritó Arthur– hasta que se me levanten ampollas o imagine algo aún más desagradable, y luego...!

Arthur tropezó y cayó de bruces, rodó y acabó tendido de espaldas. Por fin comprendió que pasaba algo. Su dedo índice se disparó hacia lo alto.

–¿Qué demonios es eso? –gritó.

Fuera lo que fuese, cruzó el espacio a toda velocidad con su monstruoso color amarillo, rompiendo el cielo con un estruendo que paralizaba el ánimo, y se remontó en la lejanía dejando que el aire abierto se cerrara a su paso con un estampido que sepultaba las orejas en lo más profundo del cráneo.

Lo siguió otro que hizo exactamente lo mismo, sólo que con más ruido.

Es difícil decir exactamente lo que estaba haciendo en aquellos momentos la gente en la superficie del planeta, porque realmente no lo sabían ni ellos mismos. Nada tenía mucho sentido: entraban corriendo en las casas, salían aprisa de los edificios, gritaban silenciosamente contra el ruido. En todo el mundo, las calles de las ciudades reventaban de gente y los coches chocaban unos contra otros mientras el ruido caía sobre ellos y luego retumbaba como la marejada por montañas y valles, desiertos y océanos, pareciendo aplastar todo lo que tocaba.

Sólo un hombre quedó en pie contemplando el cielo; permanecía firme, con una expresión de tremenda tristeza en los ojos y tapones de goma en los oídos. Sabía exactamente lo que pasaba, y lo sabía desde que su Subeta Sensomático empezó a parpadear en plena noche junto a su almohada y le despertó sobresaltado. Era lo que había estado esperando durante todos aquellos años, pero cuando se sentó solo y a oscuras en su pequeña habitación a descifrar la señal, le invadió un frío que le estrujó el corazón. Pensó que de todas las razas de la Galaxia que podían haber venido a saludar cordialmente al planeta Tierra, tenían que ser precisamente los vogones.

Pero sabía lo que tenía que hacer. Cuando la nave vogona pasó rechinando por el cielo, él abrió su bolso. Tiró un ejemplar de *Joseph y el maravilloso abrigo de los sueños en tecnicolor,* tiró un ejemplar de *Godspell:* no los necesitaría en el sitio adonde se dirigía. Todo estaba listo, tenía todo preparado.

Sabía dónde estaba su toalla.

Un silencio súbito sacudió la Tierra. Era peor que el ruido. Nada sucedió durante un rato.

Las enormes naves pendían ingrávidas en el espacio, por encima de todas las naciones de la Tierra. Permanecían inmóviles, enormes, pesadas, firmes en el cielo: una blasfemia contra la naturaleza. Mucha gente quedó inmediatamente conmocionada mientras trataban de abarcar todo lo que se ofrecía ante su vista. Las naves colgaban en el aire casi de la misma forma en que los ladrillos no lo harían.

Y nada sucedió todavía.

Entonces hubo un susurro ligero, un murmullo dilatado y súbito que resonó en el espacio abierto. Todos los aparatos de alta fidelidad del mundo, todas las radios, todas las televisiones, todos los magnetófonos de casete, todos los altavoces de frecuencias bajas, todos los altavoces de frecuencias altas, todos los receptores de alcance medio del mundo quedaron conectados sin más ceremonia.

Todas las latas, todos los cubos de basura, todas las ventanas, todos los coches, todas las copas de vino, todas las láminas de metal oxidado quedaron activados como una perfecta caja de resonancia.

Antes de que la Tierra desapareciera, se la invitaba a conocer lo último en cuanto a reproducción del sonido, el circuito megafónico más grande que jamás se construyera. Pero no había ningún concierto, ni música, ni fanfarria; sólo un simple mensaje.

–*Habitantes de la Tierra, atención, por favor* –dijo una voz, y era prodigioso. Un maravilloso y perfecto sonido cuadrafónico con tan bajos niveles de distorsión que podría hacer llorar al más pintado–. *Habla Prostetnic Vogon Jeltz, de la Junta de Planificación del Hiperespacio Galáctico* –siguió anunciando la voz–. *Como sin duda sabéis, los planes para el desarrollo de las regiones remotas de la Galaxia exigen la construcción de una ruta directa hiperespacial a través de vuestro sistema estelar, y, lamentablemente, vuestro planeta es uno de los previstos para su demolición. El proceso durará algo menos de dos de vuestros minutos terrestres. Gracias.*

El amplificador de potencia se apagó.

La incomprensión y el terror se apoderaron de los expectantes moradores de la Tierra. El terror avanzó lentamente entre las apiñadas multitudes, como si fueran limaduras de hierro en una tabla y entre ellas se moviera un imán. Volvieron a surgir el pánico y la desesperación por escapar, pero no había sitio adonde huir.

Al observarlo, los vogones volvieron a conectar el amplificador de potencia. Y la voz dijo:

–*El fingir sorpresa no tiene sentido. Todos los planos y las órdenes de demolición han estado expuestos en vuestro departamento de planificación local, en Alfa Centauro, durante cincuenta de vuestros años terrestres, de modo que habéis tenido tiempo suficiente para presentar cualquier queja formal, y ya es demasiado tarde para armar alboroto.*

El amplificador de potencia volvió a quedar en silencio y su eco vagó por toda la Tierra. Las enormes naves giraron lentamente en el cielo con moderada potencia. En el costado inferior de cada una se abrió una escotilla: un cuadrado negro y vacío.

Para entonces, alguien había manipulado en alguna parte un radiotransmisor, localizado una longitud de onda y emitido un mensaje de contestación a las naves vogonas, para implorar por el planeta. Nadie oyó jamás lo que decía, sólo se escuchó la respuesta. El amplificador de potencia volvió a funcionar. La voz parecía irritada. Dijo:

–*¿Qué queréis decir con que nunca habéis estado en Alfa Centauro? ¡Por amor de Dios, humanidad! ¿Sabéis que sólo está a cuatro años luz? Lo siento, pero si no os tomáis la molestia de interesaros en los asuntos locales, es cosa vuestra.*

»*¡Activad los rayos de demolición!*

De las escotillas manó luz.

–*No sé* –dijo la voz por el amplificador de potencia–, *es un planeta indolente y molesto; no le tengo ninguna simpatía.*

Se apagó la voz.

Hubo un espantoso y horrible silencio.

Hubo un espantoso y horrible ruido.

Hubo un espantoso y horrible silencio.

La Flota Constructora Vogona se deslizó a través del negro vacío estrellado.

4

Muy lejos, en el lado contrario de la espiral de la Galaxia, a quinientos años luz de la estrella Sol, Zaphod Beeblebrox, presidente del Gobierno Galáctico Imperial, iba a toda velocidad por los mares de Damogran, mientras su lancha delta movida por iones parpadeaba y destellaba bajo el sol del planeta.

Damogran el cálido; Damogran el remoto; Damogran el casi desconocido.

Damogran, hogar secreto del *Corazón de Oro.*

La lancha cruzaba las aguas con rapidez. Pasaría algún tiempo antes de que alcanzara su destino, porque Damogran es un planeta de incómoda configuración. Sólo consiste en islas desérticas, de tamaño mediano y grande, separadas por brazos de mar de gran belleza, pero monótonamente anchos.

La lancha siguió a toda velocidad.

Por su incomodidad topográfica, Damogran siempre ha sido un planeta desierto. Debido a eso, el Gobierno Galáctico Imperial eligió Damogran para el proyecto del *Corazón de Oro,* porque era un planeta desierto y el proyecto del *Corazón de Oro* era muy secreto.

La lancha se deslizaba con un zumbido por el mar que dividía las islas principales del único archipiélago de tamaño utilizable de todo el planeta. Zaphod Beeblebrox había salido del diminuto puerto espacial de la Isla de Pascua (el nombre era una coincidencia que carecía enteramente de sentido; en lengua galáctica, *pascua* significa piso pequeño y de color castaño claro) y se dirigía a la isla del *Corazón de Oro,* que por otra coincidencia sin sentido se llamaba Francia.

Una de las consecuencias del proyecto del *Corazón de Oro* era todo un rosario de coincidencias sin sentido.

Pero en modo alguno era una coincidencia que aquel día, el día de la culminación de los trabajos, el gran día de la revelación, el día en que el *Corazón de Oro* iba por fin a presentarse ante la maravillada Galaxia, fuese también un gran día para Zaphod Beeblebrox. Por consideración a aquel día era por lo que resolvió presentarse para la presidencia, decisión que había provocado oleadas de conmoción en toda la Galaxia Imperial. ¿Zaphod Beeblebrox? *¿Presidente?* ¿No será *el* Zaphod Beeblebrox...? ¿No será para *la* presidencia? Muchos lo habían visto como una prueba irrefutable de que toda la creación conocida se había vuelto por fin rematadamente loca.

Zaphod sonrió y dio más velocidad a la lancha.

A Zaphod Beeblebrox, aventurero, ex hippie, juerguista (¿estafador?: muy posible), maniático publicista de sí mismo, desastroso en sus relaciones personales, con frecuencia se le consideraba perfectamente estúpido.

¿Presidente?

Nadie se había vuelto loco, al menos no hasta ese punto.

Sólo seis personas en toda la Galaxia comprendían el principio por el que se gobernaba ésta, y sabían que una vez que Zaphod Beeblebrox había anunciado su intención de presentarse, su candidatura constituía más o menos un *fait accompli:* era el sustento ideal para la presidencia.[1]

1. El título completo del presidente es Presidente del Gobierno Galáctico Imperial.

Se mantiene el término *Imperial,* aunque ya sea un anacronismo. El empe-

Lo que no entendían en absoluto era por qué se presentaba.

Viró bruscamente, lanzando un remolino de agua hacia el sol.

Hoy era el día; llegaba el momento en que se darían cuenta de lo que Zaphod se traía entre manos. Hoy se vería por qué Zaphod Beeblebrox se había presentado a la presidencia. Hoy era también su ducentésimo cumpleaños, pero eso no era sino otra coincidencia sin sentido.

Mientras pilotaba la lancha por los mares de Damogran sonreía tranquilamente para sí, pensando en lo maravilloso y emocionante que iba a ser aquel día. Se relajó y extendió perezosamente los dos brazos por el respaldo del asiento. Tomó el timón con el brazo extra que hacía poco se había instalado justo debajo del derecho para mejorar en el boxeo con esquíes.

–Oye –se decía a sí mismo mimosamente–, eres un tipo muy audaz.

---

rador hereditario está casi muerto, y lo ha estado durante siglos. En los últimos momentos del coma final se le encerró en un campo de éxtasis, donde se conserva en un estado de inmutabilidad perpetua. Hace mucho que han muerto todos sus herederos, lo que significa que, a falta de una drástica conmoción política, el poder ha descendido efectivamente un par de peldaños de la escalera jerárquica, y ahora parece ostentarlo una corporación que solía obrar simplemente como consejera del emperador: una asamblea gubernamental electa, encabezada por un presidente elegido por tal asamblea. En realidad, no reside en dicho lugar.

El presidente, en particular, es un títere: no ejerce poder real alguno. En apariencia, es nombrado por el gobierno, pero las dotes que se le exige demostrar no son las de mando, sino las del desafuero calculado con finura. Por tal motivo, la designación del presidente siempre es polémica, pues tal cargo siempre requiere un carácter molesto pero fascinante. El trabajo del presidente no es el ejercicio del poder, sino desviar la atención de él. Según tales criterios, Zaphod Beeblebrox es uno de los presidentes con más éxito que la Galaxia haya tenido jamás: ya ha pasado dos de sus diez años presidenciales en la cárcel por estafa. Poquísima gente comprende que el presidente y el gobierno no tengan prácticamente poder alguno, y entre esas pocas personas sólo seis saben de dónde emana el máximo poder político. Y los demás creen en secreto que el proceso último de tomar las decisiones lo lleva a cabo un ordenador. No pueden estar más equivocados.

Pero sus nervios cantaban una canción más estridente que el silbido de un perro.

La isla de Francia tenía unos treinta kilómetros de largo por siete y medio de ancho, era arenosa y tenía forma de luna creciente. En realidad, parecía existir no tanto como una isla por derecho propio sino en cuanto simple medio de definir la curva extensión de una enorme bahía. Tal impresión se incrementaba por el hecho de que la línea interior de la luna creciente estaba casi exclusivamente constituida por empinados farallones. Desde la cima del desfiladero, el terreno descendía suavemente siete kilómetros y medio hacia la costa opuesta.

En la cumbre de los riscos aguardaba un comité de recepción.

Se componía en su mayor parte de ingenieros e investigadores que habían construido el *Corazón de Oro;* por lo general eran humanoides, pero aquí y allá había unos cuantos atominarios reptiloides, un par de fisucturalistas octopódicos y un hooloovoo (un hooloovoo es un matiz superinteligente del color azul). Salvo el hooloovoo, todos refulgían en sus multicolores batas ceremoniales de laboratorio: al hooloovoo se le había refractado temporalmente en un prisma vertical. Todos sentían una emoción inmensa y estaban muy animados. Entre todos habían alcanzado y superado los límites de las leyes físicas, reconstruyendo la estructura fundamental de la materia, forzando, doblegando y quebrantando las leyes de lo posible y de lo imposible; pero la emoción más grande de todas parecía ser el encuentro con un hombre que llevaba una banda anaranjada al cuello. (Eso era lo que tradicionalmente llevaba el Presidente de la Galaxia.) Quizás no les hubiera importado si hubiesen sabido exactamente cuánto poder ejercía en realidad el Presidente de la Galaxia: ninguno en absoluto. Sólo seis personas en toda la Galaxia sabían que la función del Presidente galáctico no consistía en ejercer el poder, sino en desviar la atención de él.

Zaphod Beeblebrox era sorprendentemente bueno en su trabajo.

La multitud estaba anhelante, deslumbrada por el sol y la pericia del navegante, mientras la lancha rápida del presidente doblaba el cabo y entraba en la bahía. Destellaba y relucía al patinar sobre las aguas, deslizándose por ellas con giros dilatados.

Efectivamente, no necesitaba rozar el agua en absoluto, porque iba suspendida de un nebuloso almohadón de átomos ionizados; pero sólo para causar impresión estaba provista de aletas que podían arriarse para que surcaran el agua. Cortaban el mar lanzando por el aire cortinas de agua, profundas cuchilladas que oscilaban caprichosamente y volvían a hundirse levantando negra espuma en la estela de la lancha a medida que se adentraba velozmente en la bahía.

A Zaphod le encantaba causar impresión: era lo que sabía hacer mejor. Giró bruscamente el timón, la lancha viró en redondo deslizándose como una guadaña bajo la pared del farallón y se detuvo suavemente, meciéndose entre las olas.

Al cabo de unos segundos, corrió a cubierta y saludó sonriente a los tres mil millones de personas. Los tres mil millones de personas no estaban realmente allí, sino que contemplaban cada gesto suyo a través de los ojos de una pequeña cámara robot tri-D que se movía obsequiosamente por el aire. Las payasadas del presidente siempre hacían sumamente popular al tri-D: para eso estaban.

Zaphod volvió a sonreír. Tres mil millones y seis personas no lo sabían, pero hoy se produciría una travesura mayor de lo que nadie imaginaba.

La cámara robot se acercó para sacar un primer plano de la más popular de sus dos cabezas; Zaphod volvió a saludar con la mano. Tenía un aspecto toscamente humanoide, si se exceptuaba la segunda cabeza y el tercer brazo. Su pelo, rubio y desgreñado, se disparaba en todas direcciones; sus ojos azules lanzaban un destello absolutamente desconocido, y sus barbillas casi siempre estaban sin afeitar.

Un globo transparente de unos ocho metros de altura oscilaba cerca de su lancha, moviéndose y meciéndose, refulgiendo bajo el sol brillante. En su interior flotaba un amplio sofá semicircular guarnecido de magnífico cuero rojo; cuanto más se movía y se mecía el globo, más quieto permanecía el sofá, firme como una roca tapizada. Todo preparado, una vez más, con la intención de causar efecto.

Zaphod atravesó la pared del globo y se sentó cómodamente en el sofá. Extendió los dos brazos por el respaldo y con el tercero sacudió el polvo de las rodillas. Sus cabezas se movían de un lado a otro, sonriendo; alzó los pies. En cualquier momento, pensó, podría gritar.

Subía agua hirviente por debajo de la burbuja: manaba a borbollones. La burbuja se agitaba en el aire, moviéndose y meciéndose en el chorro de agua. Subió y subió, arrojando pilares de luz al farallón. El chorro siguió subiéndola y el agua caía nada más tocarla, estrellándose en el mar a centenares de metros.

Zaphod sonrió, formándose una imagen mental de sí mismo.

Era un medio de transporte sumamente ridículo, pero también sumamente bonito.

El globo vaciló un momento en la cima del farallón, se inclinó sobre un repecho vallado, descendió a una pequeña plataforma cóncava y se detuvo.

Entre aplausos ensordecedores, Zaphod Beeblebrox salió de la burbuja con su banda anaranjada destellando a la luz.

Había llegado el Presidente de la Galaxia.

Esperó a que se apagara el aplauso y luego saludó con la mano alzada.

–¡Hola! –dijo.

Una araña gubernamental se acercó furtivamente a él y trató de ponerle en las manos una copia del discurso ya preparado. En aquel momento, las páginas tres a la siete de la versión original flotaban empapadas en el mar de Damogran a unas cinco millas de la bahía. Las páginas uno y dos fueron rescatadas por un águila damograna de cresta frondosa y ya se habían incorporado a una nueva y extraordinaria forma de nido que el águila había inventado. En su mayor parte estaba construido con papel maché, y a un aguilucho recién salido del cascarón le resultaba prácticamente imposible abandonarlo. El águila damograna de cresta frondosa había oído hablar del concepto de la supervivencia de las especies, pero no quería saber nada de él.

Zaphod Beeblebrox no iba a necesitar el discurso preparado, y rechazó amablemente el que le ofrecía la araña.

–¡Hola! –volvió a saludar.

Todo el mundo estaba radiante al verle, o por lo menos casi todo el mundo.

Distinguió a Trillian entre la multitud. Trillian era una chica con la que Zaphod había ligado recientemente mientras hacía una visita de incógnito a un planeta, sólo para divertirse. Era esbelta, humanoide, de piel morena y largos cabellos negros y rizados; tenía unos labios carnosos, una naricilla extraña y unos ojos ridículamente castaños. Con el pañuelo rojo anudado a la cabeza de aquella forma particular y la larga y vaporosa túnica marrón, tenía una vaga apariencia de árabe. Por supuesto, en Damogran nadie había oído hablar de los árabes, que hacía poco habían dejado de existir e, incluso cuando existían, estaban a quinientos años luz de aquel planeta. Trillian no era nadie en particular, o al menos eso es lo que afirmaba Zaphod. Trillian se limitaba a salir mucho con él y a decirle lo que pensaba de su persona.

–¡Hola, cariño! –le dijo Zaphod.

Ella le lanzó una rápida sonrisa con los labios apretados y miró a otra parte. Luego volvió la vista hacia él y le sonrió con más afecto, pero entonces Zaphod miraba a otra cosa.

–¡Hola! –dijo a un pequeño grupo de criaturas de la prensa que estaban situadas en las proximidades con la esperanza de que dejara de decir *¡Hola!* y empezara el discurso. Les sonrió con especial insistencia porque sabía que dentro de unos momentos les daría algo bueno que anotar.

Pero sus siguientes palabras no les sirvieron de mucho. Uno de los funcionarios del comité estaba molesto y decidió que el presidente no se encontraba evidentemente con ánimos para leer el encantador discurso que se había escrito para él, y conectó el interruptor del control remoto del aparato que llevaba en el bolsillo. Frente a ellos, una enorme cúpula blanca que se proyectaba contra el cielo se rompió por la mitad, se abrió y cayó lentamente al suelo.

Todo el mundo quedó boquiabierto, aunque sabían perfectamente lo que iba a pasar, ya que lo habían preparado de aquella manera.

Bajo la cúpula surgió una enorme nave espacial, sin cubrir, de unos ciento cincuenta metros de largo y de forma semejante a una blanda zapatilla deportiva, absolutamente blanca y sorprendentemente bonita. En su interior, oculta, había una cajita de oro que contenía el aparato más prodigioso que se hubiera concebido jamás, un instrumento que convertía en única a aquella nave en la historia de la Galaxia, una máquina que había dado su nombre al vehículo espacial: el *Corazón de Oro.*

–¡Caray! –exclamó Zaphod al ver el *Corazón de Oro.* No podía decir mucho más.

Lo volvió a repetir porque sabía que molestaría a la prensa.

–¡Caray!

La multitud volvió la vista hacia él, expectante. Zaphod hizo un guiño a Trillian, que enarcó las cejas y le miró con ojos muy abiertos. Sabía lo que Zaphod iba a decir, y pensó que era un farolero tremendo.

–Es realmente maravilloso –dijo–. Es real y verdaderamente maravilloso. Es tan maravillosamente maravilloso que me dan ganas de robarlo.

Una maravillosa frase presidencial, absolutamente ajustada a los hechos. La multitud se rió apreciativamente, los periodistas apretaron jubilosos los botones de sus Subetas Noticiasmáticos, y el presidente sonrió.

Mientras sonreía, su corazón gritaba de manera insoportable, y entonces acarició la pequeña bomba paralisomática que guardaba tranquilamente en el bolsillo.

Al fin no pudo soportarlo más. Alzó las cabezas al cielo, dio un alarido en tercer tono mayor, arrojó la bomba al suelo y echó a correr en línea recta, entre el mar de radiantes sonrisas súbitamente paralizadas.

5

Prostetnic Vogon Jeltz no era agradable a la vista, ni siquiera para otros vogones. Su nariz respingada se alzaba muy por encima de su pequeña frente de cochinillo. Su elástica piel de color verde oscuro era lo bastante gruesa como para permitirle jugar a la política de administración pública de los vogones y hacerlo bien; y era lo suficientemente impermeable como para que pudiera sobrevivir indefinidamente en el mar hasta una profundidad de trescientos metros sin que ello le produjera efectos nocivos.

No es que fuese alguna vez a nadar, por supuesto. Sus múltiples ocupaciones no se lo permitían. Era así porque hacía billones de años, cuando los vogones salieron de los primitivos mares estancados de Vogosfera y se tumbaron jadeantes y sin aliento en las costas vírgenes del planeta..., cuando los primeros rayos del brillante y joven vogosol los iluminaron aquella mañana, fue como si las fuerzas de la evolución los hubieran abandonado allí mismo, volviéndoles la espalda disgustadas y olvidándolos como a un error repugnante y lamentable. No volvieron a evolucionar: no debieron haber sobrevivido.

El hecho de que sobrevivieran es una especie de tributo a la obstinación, a la fuerte voluntad, a la deformación cerebral de tales criaturas. *¿Evolución?*, se dijeron a sí mismos. *¿Quién la necesita?* Y lo que la naturaleza se negó a hacer por ellos lo hicieron por sí mismos hasta el momento en que pudieron rectificar las groseras inconveniencias anatómicas por medio de la cirugía.

Entretanto, las fuerzas naturales del planeta Vogosfera habían hecho horas extraordinarias para remediar su equivocación anterior. Produjeron escurridizos cangrejos, centelleantes como gemas, que los vogones comían aplastándoles los caparazones con mazos de hierro; altos árboles anhelosos, de esbeltez y colores increíbles, que los vogones talaban y encendían para asar la carne de los cangrejos; elegantes criaturas semejantes a gacelas, de pieles sedosas y ojos virginales, que los vogones capturaban para sentarse sobre ellas. No servían como medio de transporte, porque su columna vertebral se rompía al instante, pero los vogones se sentaban sobre ellas de todos modos.

Así pasó el planeta Vogosfera los tristes milenios hasta que los vogones descubrieron de repente los principios de los viajes interestelares. Al cabo de unos breves años vogones, todos los habitantes del planeta habían emigrado al grupo de Megabrantis, el eje político de la Galaxia, y ahora formaban el espinazo, enormemente poderoso, de la Administración Pública de la Galaxia. Trataron de adquirir conocimientos, intentaron alcanzar estilo y elegancia social, pero en muchos aspectos los vogones modernos se diferenciaban poco de sus ancestros primitivos. Todos los años importaban veintisiete mil escurridizos cangrejos centelleantes como gemas, y pasaban una noche feliz emborrachándose y aplastándolos hasta hacerlos pedacitos con mazos de hierro.

Prostetnic Vogon Jeltz era un vogón de lo más típico, en el sentido de que era absolutamente vil. Además, no le gustaban los autoestopistas.

En alguna parte de la pequeña cabina a oscuras, situada en lo más hondo de los intestinos de la nave insignia de Prostetnic Vogon Jeltz, una cerilla minúscula destelló nerviosamente. El dueño de la cerilla no era un vogón, pero conocía todo lo relativo a los vogones y tenía razones para estar nervioso. Se llamaba Ford Prefect.[1]

Echó una ojeada a la cabina, pero no pudo ver mucho; aparecieron sombras extrañas y monstruosas que saltaban al débil resplandor de la llama, pero todo estaba tranquilo. Dio las gracias en silencio a los dentrassis. Los dentrassis son una tribu indisciplinable de *gourmands,* un grupo revoltoso pero simpático que los vogones habían contratado recientemente como cocineros y camareros en sus largas flotas de carga, con la estricta condición de que se ocuparan de sus propios asuntos.

Eso les convenía a los dentrassis, porque les encantaba el dinero vogón, que es la moneda más fuerte del espacio, pero odia-

1. El nombre original de Ford Prefect sólo puede pronunciarse en un oscuro dialecto betelgeusiano, ya prácticamente extinto desde el Gran Desastre del Hrung Desintegrador de la Gal./Sid. del año 03758, que arrasó todas las antiguas comunidades praxibetelianas de Betelgeuse Siete. El padre de Ford fue el único hombre del planeta que sobrevivió al Gran Desastre del Hrung Desintegrador, debido a una coincidencia extraordinaria que él nunca pudo explicar de manera satisfactoria. Todo el episodio está envuelto en un profundo misterio; en realidad, nadie supo nunca qué era un Hrung ni por qué había elegido estrellarse contra Betelgeuse Siete en particular. El padre de Ford, que desechaba con un gesto magnánimo las nubes de sospecha que inevitablemente le rodeaban, se fue a vivir a Betelgeuse Cinco, donde fue padre y tío de Ford; en memoria de su raza ya extinta, lo bautizó en la antigua lengua praxibeteliana.

Como Ford jamás aprendió a pronunciar su nombre original, su padre terminó muriendo de vergüenza, que en algunas partes de la Galaxia es una enfermedad incurable. Sus compañeros de escuela le pusieron el sobrenombre de IX, que traducido de la lengua de Betelgeuse Cinco significa: «Muchacho que no sabe explicar de manera satisfactoria lo que es un Hrung, ni tampoco por qué decidió chocar contra Betelgeuse Siete.»

ban a los vogones. Sólo les gustaba ver una clase de vogones: los vogones incomodados.

Por esa pequeña información era por lo que Ford Prefect no se había convertido en un soplo de hidrógeno, ozono y monóxido de carbono.

Oyó un leve gruñido. A la luz de la cerilla vio una densa sombra que se removía ligeramente en el suelo. Rápidamente apagó la cerilla, buscó algo en el bolsillo, lo encontró y lo sacó. Lo abrió y lo sacudió. Se agachó en el suelo. La sombra volvió a moverse.

–He comprado cacahuetes –anunció Ford Prefect.

Arthur Dent se movió y volvió a gruñir, murmurando en forma incoherente.

–Toma unos cuantos –le apremió Ford, agitando de nuevo el paquete–; si nunca has pasado antes por un rayo de traslación de la materia, probablemente habrás perdido sal y proteínas. La cerveza que bebiste habrá almohadillado un poco tu organismo.

–Dónnnddd... –masculló Arthur Dent. Abrió los ojos y dijo–: Está oscuro.

–Sí –convino Ford Prefect–. Está oscuro.

–No hay luz –dijo Arthur Dent–. Está oscuro, no hay luz.

Una de las cosas que a Ford Prefect le había costado más trabajo entender de los humanos era su costumbre de repetir y manifestar continuamente lo que era a todas luces muy evidente; como *Hace buen día, Es usted muy alto* o *¡Válgame Dios!, parece que te has caído a un pozo de diez metros de profundidad, ¿estás bien?* Al principio, Ford elaboró una teoría para explicarse esa conducta extraña. Si los seres humanos no dejan de hacer ejercicio con los labios, pensó, es probable que la boca se les quede agarrotada. Tras unos meses de meditación y observación, rechazó aquella teoría en favor de una nueva. Si no continúan haciendo ejercicio con los labios, pensó, su cerebro empieza a funcionar. Al cabo de un tiempo la abandonó, considerando que era embarazosamente cínica, y decidió que después de todo le gustaban mucho los seres humanos, pero siempre le preocupó extremadamente la tremenda cantidad de cosas que desconocían.

–Sí –convino con Arthur, dándole unos cacahuetes y preguntándole–: ¿Cómo te encuentras?

–Como una academia militar –contestó Arthur–; tengo partes que siguen desmayándose.

Ford lo miró desconcertado en la oscuridad.

–Si te preguntara dónde demonios estamos –inquirió Arthur con voz débil–, ¿lo lamentaría?

–Estamos sanos y salvos –respondió Ford, levantándose.

–Pues muy bien –dijo Arthur.

–Nos hallamos en un pequeño departamento de la cocina de una de las naves espaciales de la Flota Constructora Vogona –le informó Ford.

–¡Ah! –comentó Arthur–, evidentemente se trata de una acepción un tanto extraña de la expresión *sanos y salvos,* que yo desconocía.

Ford encendió otra cerilla con la idea de encontrar un interruptor de la luz. De nuevo vislumbró sombras monstruosas que saltaban. Arthur se puso en pie con dificultad y se abrazó aprensivamente. Formas repugnantes y extrañas parecían apiñarse a su alrededor, el ambiente estaba cargado de olores húmedos que le entraban en los pulmones tímidamente, sin identificarse, y un zumbido sordo e irritante le impedía concentrarse.

–¿Cómo hemos venido a parar aquí? –preguntó, estremeciéndose ligeramente.

–Hemos hecho autoestop –le contestó Ford.

–¿Cómo? –exclamó Arthur–. ¿Quieres decirme que hemos puesto el pulgar y un monstruo de ojos verdes de sabandija ha sacado la cabeza y ha dicho: *¡Hola, chicos!, subid, os puedo llevar hasta la desviación de Basingstoke?*

–Pues, bueno –dijo Ford–, el Pulgar es un aparato electrónico de señales subeta, la desviación es la de la estrella Barnard, a seis años luz de distancia; aparte de eso, es más o menos exacto.

–¿Y el monstruo de ojos verdes de sabandija?

–Es verde, sí.

–Muy bien –dijo Arthur–, ¿cuándo puedo irme a casa?

–No puedes –dijo Ford Prefect, encontrando el interruptor de la luz. Lo encendió, advirtiendo a Arthur–: Tápate los ojos.

Incluso Ford se sorprendió.

–¡Santo cielo! –exclamó Arthur–. ¿Así es el interior de un platillo volante?

Prostetnic Vogon Jeltz inclinó su desagradable cuerpo verde sobre el puente de mando. Siempre sentía una vaga irritación tras demoler planetas habitados. Deseaba que llegara alguien a decirle que había sido una equivocación, para que él pudiera gritarle y sentirse mejor. Se dejó caer tan pesadamente como pudo sobre su sillón de mando con la esperanza de que se rompiera y así tener algo por lo que enfadarse de verdad, pero sólo dio una especie de crujido quejoso.

–¡Márchate! –gritó al joven guardia vogón que acababa de entrar en el puente. El guardia desapareció al instante, sintiéndose bastante aliviado. Se alegró de no ser él quien le entregara el informe que acababan de recibir. El informe era una comunicación oficial que hablaba de una maravillosa y nueva nave espacial, que en aquellos momentos se presentaba en una base de investigación gubernamental en Damogran y que en lo sucesivo haría innecesarias todas las rutas hiperespaciales directas.

Se abrió otra puerta, pero esta vez el capitán vogón no gritó porque era la puerta de las cocinas donde los dentrassis le preparaban las viandas. Una comida sería recibida con el mayor beneplácito.

Una enorme criatura peluda atravesó de un salto el umbral con la bandeja del almuerzo. Sonreía como un maníaco.

Prostetnic Vogon Jeltz quedó encantado. Sabía que cuando un dentrassi parecía tan contento, algo pasaba en alguna parte de la nave que a él le haría enfadarse mucho.

Ford y Arthur miraron a su alrededor.

–Bueno, ¿qué te parece? –inquirió Ford.

–¿No es un poco sórdido?

Ford frunció el ceño ante los mugrientos colchones, las tazas sucias y las indefinibles prendas interiores, extrañas y malolientes, que estaban desparramadas por la angosta cabina.

–Bueno, es una nave de trabajo, ¿comprendes? –explicó Ford–. Aquí es donde duermen los dentrassis.

–Creí que habías dicho que se llamaban vogones o algo así.

–Sí –dijo Ford–, los vogones manejan la nave y los dentrassis son los cocineros; ellos fueron quienes nos dejaron subir a bordo.

–Estoy algo confundido –dijo Arthur.

–Mira, echa una ojeada a esto –le dijo Ford.

Se sentó en un colchón y empezó a revolver en su bolso. Arthur tanteó nerviosamente el colchón antes de sentarse; en realidad tenía muy pocos motivos para estar nervioso, porque todos los colchones que se crían en los pantanos de Squornshellous Zeta se matan y se secan perfectamente antes de entrar en servicio. Muy pocos han vuelto a la vida.

Ford tendió el libro a Arthur.

–¿Qué es esto? –preguntó Arthur.

–La *Guía del autoestopista galáctico.* Es una especie de libro electrónico. Te dice todo lo que necesitas saber sobre cualquier cosa. Es su cometido.

Arthur le dio nerviosas vueltas en las manos.

–Me gusta la portada –comentó–. *No se asuste.* Es la primera cosa útil o inteligible que me han dicho en todo el día.

–Voy a enseñarte cómo funciona –le dijo Ford.

Se lo quitó de las manos a Arthur, que lo sostenía como si fuera una alondra muerta dos semanas atrás, y lo sacó de la funda.

–Mira, se aprieta este botón, la pantalla se ilumina y te da el índice.

Se encendió una pantalla de siete centímetros y medio por diez y empezaron a revolotear letras por su superficie.

–Que quieres saber cosas de los vogones, pues programas el nombre de este modo –pulsó con los dedos unas teclas más–, y ahí lo tenemos.

En la pantalla destellaron en letras verdes las palabras *Flotas Constructoras Vogonas.*

Ford apretó un ancho botón rojo en la parte inferior de la pantalla y las palabras empezaron a serpentear por su superficie. Al mismo tiempo, el libro comenzó a recitar el artículo con voz tranquila y medida. Esto es lo que dijo el libro:

–Flotas Constructoras Vogonas. Esto es lo que tiene que hacer si quiere que le lleve un vogón: olvidarlo. Son una de las razas más desagradables de la Galaxia; no son realmente crueles, pero tienen mal carácter, son burocráticos, entrometidos e insensibles. Ni siquiera moverían un dedo para salvar a su abuela de la Voraz Bestia Bugblatter de Traal, a menos que recibieran órdenes firmadas por triplicado, acusaran recibo, volvieran a enviarlas, hicieran averiguaciones, las perdieran, las encontraran, las sometieran a investigación pública, las perdieran de nuevo y finalmente las enterraran bajo suave turba para luego aprovecharlas como papel para encender la chimenea.

»El mejor medio para que un vogón invite a una copa es meterle un dedo en la garganta, y la mejor manera de hacerle enfadar es entregar a su abuela a la Voraz Bestia Bugblatter de Traal para que se la coma,

»De ninguna manera deje que un vogón le lea poesía.

Arthur pestañeó.

–Qué libro tan extraño. ¿Cómo hemos conseguido que nos lleven, entonces?

–Ésa es la cuestión; no está actualizado –dijo Ford, volviendo a guardar el libro dentro de su funda–. Yo realizo la investigación de campo para la Nueva Edición Revisada, y una de las cosas que tengo que incluir es que los vogones contratan ahora a cocineros dentrassis, lo que nos da a nosotros una pequeña oportunidad bastante útil.

Una expresión de sufrimiento surgió en el rostro de Arthur.

–Pero ¿quiénes son los dentrassis? –preguntó.

–Unos tíos estupendos –contestó Ford– Son los mejores cocineros y los que preparan las mejores bebidas, y les importa un pito todo lo demás. Siempre ayudan a subir a bordo a los autoestopistas, en parte porque les gusta la compañía, pero principalmente porque eso les molesta a los vogones. Exactamente es lo que necesita saber un pobre autoestopista que trata de ver las Maravillas del Universo por menos de treinta dólares altairianos al día. Y ése es mi trabajo. ¿Verdad que es divertido?

Arthur parecía perdido.

–Es maravilloso –dijo, frunciendo el ceño y mirando a otro colchón.

–Lamentablemente, me he quedado en la Tierra mucho más tiempo del que pretendía –dijo Ford–. Fui por una semana y me quedé quince años.

–Pero ¿cómo fuiste a parar allí?

–Fácil, me llevó un pesado.

–¿Un pesado?

–Sí.

–¿Y qué es...?

–¿Un pesado? Los pesados suelen ser niños ricos sin nada que hacer. Van por ahí, buscando planetas que aún no hayan hecho contacto interestelar y les anuncian su llegada.

–¿Les anuncian su llegada? –Arthur empezó a sospechar que Ford disfrutaba haciéndole la vida imposible.

–Sí –contestó Ford–, les anuncian su llegada. Buscan un lugar aislado donde no haya mucha gente, aterrizan junto a algún pobrecillo inocente a quien nadie va a creer jamás, y luego se pavonean delante de él llevando unas estúpidas antenas en la cabeza y haciendo *¡bip!, ¡bip! ¡bip!* Realmente es algo muy infantil.

Ford se tumbó de espaldas en el colchón con las manos en la nuca y aspecto de estar enojosamente contento consigo mismo.

–Ford –insistió Arthur–, no sé si te parecerá una pregunta tonta, pero ¿qué hago yo aquí?

–Pues ya lo sabes –respondió Ford–. Te he rescatado de la Tierra.

–¿Y qué le ha pasado a la Tierra?

–Pues que la han demolido.

–La han demolido –repitió monótonamente Arthur.

–Sí. Simplemente se ha evaporado en el espacio.

–Oye –le comentó Arthur–, estoy un poco preocupado por eso.

Ford frunció el ceño sin mirarle y pareció pensarlo.

–Sí, lo entiendo –dijo al fin.

–¡Que lo entiendes! –gritó Arthur–. ¡Que lo entiendes!

Ford se puso en pie de un salto.

–¡Mira el libro! –susurró con urgencia.

–¿Cómo?

–No se asuste.

–¡No estoy asustado!

–Sí, lo estás.

–Muy bien, estoy asustado, ¿qué otra cosa puedo hacer?

–Nada más que venir conmigo y pasarlo bien. La Galaxia es un sitio divertido. Necesitarás ponerte este pez en la oreja.

–¿Cómo dices? –preguntó Arthur en un tono que consideró bastante cortés.

Ford sostenía una pequeña jarra de cristal en cuyo interior se veía moverse a un pececito amarillo. Arthur miró a Ford con los ojos entornados. Deseó que hubiera algo sencillo y familiar a lo que pudiera aferrarse. Podría sentirse a salvo si junto a la ropa interior de los dentrassis, los montones de colchones de Squornshellous y el habitante de Betelgeuse que sostenía un pececillo amarillo proponiéndole que se lo pusiera en el oído, hubiese podido ver un simple paquetito de copos de avena. Pero era imposible, y no se sentía a salvo.

Un ruido súbito y violento cayó sobre ellos desde alguna parte que Arthur no pudo localizar. Quedó sin aliento, horrorizado ante lo que parecía un hombre que tratara de hacer gárgaras mientras repelía a una manada de lobos.

–¡Chsss! –exclamó Ford–. Escucha, puede ser importante.

–¿Im... importante?

–Es el capitán vogón, que anuncia algo en el Tannoy.

–¿Quieres decir que así es como hablan los vogones?

–¡Escucha!

–¡Pero yo no sé vogón!

–No es necesario. Sólo ponte el pez en el oído.

Con la rapidez del rayo, Ford llevó la mano a la oreja de Arthur, que tuvo la repugnante y súbita sensación de que el pez se deslizaba por las profundidades de su sistema auditivo. Durante un segundo jadeó horrorizado, escarbándose el oído; pero luego quedó con los ojos en blanco, maravillado. Experimentaba el equivalente acústico de mirar el perfil de dos rostros pintados de negro y ver de repente el dibujo de una palmatoria blanca. O de mirar a un montón de puntos coloreados en un trozo de papel que de pronto se resolvieran en el número 6 y sospechar que el oculista le va a cobrar a uno mucho dinero por unas gafas nuevas.

Sabía que seguía escuchando las gárgaras ululantes, sólo que ahora parecían en cierto modo un inglés absolutamente correcto.

Esto es lo que oyó...

6

–*Aú aú gárgara aú aú aú gárgara aú gárgara aú aú gárgara gárgara gárgara aú gárgara gárgara gárgara aú srrl uuuurf* debería divertirse. Repito el mensaje. Habla el capitán, de manera que dejad lo que estéis haciendo y prestad atención. En primer lugar, en los instrumentos veo que tenemos dos autoestopistas a bordo. ¡Hola!, dondequiera que estéis. Sólo quiero que quede absolutamente claro que no sois bienvenidos para nada. He trabajado mucho para llegar a donde estoy ahora, y no me he convertido en capitán de una nave constructora vogona sólo para hacer con ella servicio de taxi a un cargamento de gorrones degenerados. He enviado a un grupo para buscaros, y en cuanto os encuentren os echaré de la nave. Si tenéis mucha suerte quizás os lea algunos poemas míos.

»En segundo lugar, estamos a punto de entrar en el hiperespacio de camino a la Estrella Barnard. Al llegar nos quedaremos setenta y dos horas en el muelle para aprovisionar, y nadie abandonará la nave durante ese tiempo. Repito, se cancelan todos los permisos para bajar al planeta. Acabo de tener una desdichada aventura amorosa y no veo por qué tenga que divertirse nadie. Fin del mensaje.

Cesó el ruido.

Para su vergüenza, Arthur descubrió que estaba tirado en el suelo hecho un ovillo con los brazos tapándose la cabeza. Sonrió débilmente.

–Un hombre encantador –dijo–. Ojalá tuviera yo una hija para prohibirle que se casara con un...

–No lo necesitarías –le interrumpió Ford–. Los vogones tienen tanto atractivo sexual como un accidente de carretera. No, no te muevas –añadió cuando Arthur empezó a enderezarse–; será mejor que te prepares para el salto al hiperespacio. Es tan desagradable como estar borracho.

–¿Y qué tiene de desagradable el estar borracho?

–Pues que luego pides un vaso de agua.

Arthur se quedó pensándolo.

–Ford –le dijo.

–¿Sí?

–¿Qué está haciendo ese pez en mi oído?

–Traduce para ti. Es un pez Babel. Míralo en el libro, si quieres.

Le pasó la *Guía del autoestopista galáctico* y luego se hizo un ovillo, poniéndose en posición fetal para prepararse para el salto.

En aquel momento, a Arthur se le abrió la tapa de los sesos.

Sus ojos se volvieron del revés. Los pies se le empezaron a salir por la grieta de la cabeza.

La habitación se plegó en torno a él, giró, dejó de existir y él se quedó resbalando en su propio ombligo.

Entraban en el hiperespacio.

–El pez Babel –dijo en voz baja la *Guía del autoestopista galáctico– es pequeño, amarillo, parece una sanguijuela y es la criatura más rara del Universo. Se alimenta de la energía de las ondas cerebrales que recibe no del que lo lleva, sino de los que están a su alrededor. Absorbe todas las frecuencias mentales inconscientes de dicha energía de las ondas cerebrales para nutrirse de ellas. Entonces, excreta en la mente del que lo lleva una matriz telepática formada por la combinación de las frecuencias del pensamiento consciente con señales nerviosas obtenidas de los centros del lenguaje del cerebro que las ha suministrado. El resultado práctico de todo esto es que si uno se introduce un pez Babel en el oído, puede entender al instante todo lo que se diga en cualquier lenguaje. Las formas lingüísticas que se oyen en realidad, descifran la matriz de la onda cerebral introducida en la mente por el pez Babel.*

»Pero es una coincidencia extrañamente improbable el hecho de que algo tan impresionantemente útil pueda haber evolucionado por pura casualidad, y algunos pensadores han decidido considerarlo como la prueba definitiva e irrefutable de la no existencia de Dios.

»Su argumento es más o menos el siguiente: "Me niego a demostrar que existo", dice Dios, "porque la demostración anula la fe, y sin fe no soy nada."

»"Pero", dice el hombre, "el pez Babel es una revelación brusca, ¿no es así? No puede haber evolucionado al azar. Demuestra que Vos existís, y por lo tanto, según Vuestros propios argumentos, Vos no. Quod erat demonstrandum."

»"¡Válgame Dios!", dice Dios, "no había pensado en eso", y súbitamente desaparece en un soplo de lógica.

»"Bueno, eso era fácil", dice el hombre, que vuelve a hacer lo mismo para demostrar que lo negro es blanco y resulta muerto al cruzar el siguiente paso cebra.

»La mayoría de los principales teólogos afirma que tal argumento es un montón de patrañas, pero eso no impidió que Oolon Colluphid hiciese una pequeña fortuna al utilizarlo como tema central de su libro Todo lo que le hace callar a Dios, *que fue un éxito de ventas.*

»Entretanto, el pobre pez Babel, al derribar eficazmente todas las barreras de comunicación entre las diferentes razas y culturas, ha provocado más guerras y más sangre que ninguna otra cosa en la historia de la creación.

Arthur dejó escapar un gruñido sordo. Se horrorizó al descubrir que el salto al hiperespacio no lo había matado. Ahora se encontraba a seis años luz del lugar donde habría estado la Tierra si no hubiese dejado de existir.

La Tierra.

Por su mente llena de náuseas vagaban estremecedoras visiones de la Tierra. Su imaginación no tenía medios para asimilar la impresión de que el planeta ya no existiera: era demasiado grande. Avivó sus sentimientos pensando que sus padres y su hermana habían desaparecido. No reaccionó. Pensó en toda la gente a quien había querido. No reaccionó. Entonces pensó en un absoluto desconocido que dos días antes había estado detrás de él en la cola del supermercado, y sintió una súbita punzada: el supermercado había desaparecido, junto con todos los que estaban en él. ¡La Columna de Nelson había desaparecido! La Columna de Nelson había desaparecido, y no se oiría ningún grito porque no había quedado nadie para darlo. De ahora en adelante, la Columna de Nelson sólo existiría en su imaginación; en su cabeza, encerrada en aquella húmeda y maloliente nave espacial forrada de acero. Le envolvió una oleada de claustrofobia.

Inglaterra ya no existía. Eso lo comprendió; en cierto modo, lo entendió. Volvió a intentarlo. Norteamérica ha desaparecido, pensó. No pudo hacerse a la idea. Decidió empezar de nuevo por lo más pequeño. Nueva York ha desaparecido. No reaccionó. De todas formas, nunca había creído que existiera de verdad. El dólar se ha hundido para siempre, pensó. Experimentó un leve temblor. Todas las películas de Bogart han desaparecido, se dijo para sí, y eso le produjo un efecto desagradable. McDonald's, pensó. Ya no existen cosas como las hamburguesas de McDonald's.

Se desvaneció. Un segundo después, cuando volvió en sí, descubrió que lloraba por su madre.

Se puso en pie de un salto violento.

–¡Ford!

Ford levantó la vista del rincón donde estaba sentado y, dejando de canturrear en voz baja, dijo:

–¿Sí?

–Si eres un investigador de ese libro y has estado en la Tierra, debes haber recogido datos sobre ella.

–Bueno, sí, pude ampliar un poco el artículo original.

–Entonces, déjame ver lo que dice esta edición; tengo que verlo.

–Sí, muy bien. –Se lo volvió a pasar.

Arthur lo sostuvo con fuerza, tratando de que le dejaran de temblar las manos. Pulsó el registro de la página en cuestión. La pantalla destelló, y salieron rayas que se resolvieron en una página impresa. Arthur la miró fijamente.

–¡No hay artículo! –estalló.

Ford miró por encima del hombro.

–Sí, lo hay –dijo–; ahí, al fondo de la pantalla, justo debajo de *Excéntrica Gallumbits, la puta de tres tetas de Eroticón 6.*

Arthur siguió el dedo de Ford y vio dónde señalaba. Por un momento siguió sin comprender, luego su cerebro estuvo a punto de estallar.

–¡Cómo! *¡Inofensiva!* ¿Eso es todo lo que tiene que decir? *¡Inofensiva!* ¡Una palabra!

Ford se encogió de hombros.

–Bueno, hay cien mil millones de estrellas en la Galaxia, y los microprocesadores del libro sólo tienen una capacidad limitada de espacio, y, desde luego, nadie sabía mucho de la Tierra.

–¡Por amor de Dios! Espero que hayas podido rectificarlo un poco.

–Pues claro, he podido transmitir al editor un artículo nuevo. Tendrá que reducirlo un poco, pero de todos modos será una mejora.

–¿Y qué dirá entonces? –le preguntó Arthur.

–*Fundamentalmente inofensiva* –admitió Ford, tosiendo con cierto embarazo.

–*¡Fundamentalmente inofensiva!* –gritó Arthur.

–¿Qué ha sido ese ruido? –susurró Ford.

–Era yo, que gritaba –gritó Arthur.

–¡No! ¡Cállate! –exclamó Ford–. Creo que estamos en apuros.

–*¡Crees* que estamos en apuros!

Al otro lado de la puerta se oían pasos de marcha.

–¿Los dentrassis? –murmuró Arthur.

–No, son botas con suela de acero –dijo Ford.

Llamaron a la puerta con un golpe corto y seco.

–Entonces, ¿quiénes son? –preguntó Arthur.

–Pues si tenemos suerte –contestó Ford–, sólo serán los vogones, que vendrán a arrojarnos al espacio.

–¿Y si no tenemos suerte?

–Si no tenemos suerte –repuso sombríamente Ford–, el capitán quizás cumpla su amenaza de leernos primero algunos poemas suyos...

7

La poesía vogona ocupa, por supuesto, el tercer lugar entre las peores del Universo. El segundo corresponde a los azgoths de Kria. Mientras su principal poeta, Grunthos el Flatulento, recitaba su poema «Oda a un bultito de masilla verde que me descubrí en el sobaco una mañana de verano», cuatro de sus oyentes murieron de hemorragia interna, y el presidente del Consejo Inhabilitador de las Artes de la Galaxia Media se salvó al comerse una de sus piernas. Se dice que Grunthos quedó «decepcionado» por la acogida que había tenido el poema, y estaba a punto de iniciar la lectura de su poema épico en doce tomos titulado «Mis gorjeos de baño favoritos», cuando su propio intestino grueso, en un desesperado esfuerzo por salvar la vida y la civilización, le saltó derecho al cuello y le estranguló.

La peor de todas las poesías pereció junto con su creadora, Paula Nancy Millstone Jennings, de Greenbridge, en Essex, Inglaterra, en la destrucción del planeta Tierra.

Prostetnic Vogon Jeltz esbozó una lentísima sonrisa. Lo hizo no tanto para causar impresión como para recordar la secuencia de movimientos musculares. Había lanzado un tremendo grito terapéutico a sus prisioneros, y ahora se encontraba muy relajado y dispuesto a cometer alguna pequeña crueldad.

Los prisioneros se sentaban en los sillones para la Apreciación de la Poesía: atados con correas. Los vogones no se hacían ilusiones respecto a la acogida general que recibían sus obras. Sus primeras incursiones en la composición formaban parte de una obstinada insistencia para que se les aceptara como una raza convenientemente culta y civilizada, pero ahora lo único que les hacía persistir era un puro retorcimiento mental.

El sudor corría fríamente por la frente de Ford Prefect, deslizándose por los electrodos fijados a sus sienes. Los electrodos estaban conectados a la batería de un equipo electrónico –intensificadores de imágenes, moduladores rítmicos, residualizadores aliterativos y demás basura–, proyectado para intensificar la experiencia del poema y garantizar que no se perdiera ni un solo matiz de la idea del poeta.

Arthur Dent temblaba en su asiento. No tenía ni idea de por qué estaba allí, pero sabía que no le gustaba nada de lo que había pasado hasta el momento, y no creía que las cosas fueran a cambiar.

El vogón empezó a leer un hediondo pasaje de su propia invención.

–¡Oh!, irrinquieta gruñebugle... –comenzó a recitar. Los espasmos empezaron a atormentar el cuerpo de Ford: era peor de lo que había imaginado– ... tus micturaciones son para mí / Como plumas manchigraznas sobre una plívida abeja.

–¡Aaaaaaargggghhhhhh! –exclamó Ford Prefect, torciendo la cabeza hacia atrás al sentirse golpeado por oleadas de dolor. A su lado veía débilmente a Arthur, que se bamboleaba reclinado en su asiento. Apretó los dientes.

–Groop, a ti te imploro –prosiguió el implacable vogón–, mi gándula bolarina.

Su voz se alzaba llegando a un tono horrible, estridente y apasionado.

–Y asperio me acolses con crujientes ligabujas, / O te rasgaré la verruguería con mi bárgano, ¡espera y verás!

–¡Nrmnnruinriniiiiiiuuuuuuuugggggghhhhh! –gritó Ford Prefect, sufriendo un espasmo final cuando la ampliación electrónica del último verso le dio de lleno en las sienes. Perdió el sentido.

Arthur se arrellanó en el asiento.

–Y ahora, terrícolas... –zumbó el vogón, que ignoraba que Ford Prefect procedía en realidad de un planeta pequeño de las cercanías de Betelgeuse, aunque si lo hubiera sabido no le habría importado–, os presento una elección sencilla. O morir en el vacío del espacio, o... –hizo una pausa para producir un efecto melodramático– decirme qué os ha parecido mi poema.

Se recostó en un enorme sillón de cuero con forma de murciélago y los contempló. Volvió a sonreír como antes.

Ford trataba de tomar aliento. Se pasó la lengua seca por los ásperos labios y lanzó un quejido.

–En realidad, a mí me ha gustado mucho –manifestó Arthur en tono vivaz. Ford se volvió hacia él con la boca abierta. Era un enfoque que no se le había ocurrido.

El vogón enarcó sorprendido una ceja que le oscureció eficazmente la nariz, y por lo tanto no era mala cosa.

–¡Pero bueno...! –murmuró con perplejidad considerable.

–Pues sí –dijo Arthur–, creo que ciertas imágenes metafísicas tienen realmente una eficacia singular.

Ford siguió con la vista fija en él, ordenando sus ideas con lentitud ante aquel concepto totalmente nuevo. ¿Iban a salir de aquello por la cara?

–Sí, continúa... –le invitó el vogón.

–Pues..., y, hmm..., también hay interesantes ideas rítmicas –prosiguió Arthur–, que parecen el contrapunto de..., hmm... hmm...

Titubeó.

Ford acudió rápidamente en su ayuda, sugiriendo:

–... el contrapunto del surrealismo de la metáfora fundamental de... hmm...

Titubeó a su vez, pero Arthur ya estaba listo de nuevo.

–... la humanidad del...

–La vogonidad –le sopló Ford.

–¡Ah, sí! La vogonidad, perdón, del alma piadosa del poeta –Arthur sintió que estaba en la recta final–, que por medio de la estructura del verso procura sublimar esto, trascender aquello y reconciliarse con las dicotomías fundamentales de lo otro –estaba alcanzando un crescendo triunfal–, y uno se queda con una vívida y profunda intuición de... de... hmm...

Y de pronto le abandonaron las ideas. Ford se apresuró a dar el *coup de grâce:*

–¡De cualquiera que sea el tema de que trate el poema! –gritó; y con la comisura de la boca, añadió–: Bien jugado, Arthur, eso ha estado muy bien.

El vogón los estudió. Por un momento se emocionó su exacerbado espíritu racial, pero pensó que no: era un poquito demasiado tarde. Su voz adoptó el timbre de un gato que arañara nailon pulido.

–De manera que afirmáis que escribo poesía porque bajo mi apariencia de maldad, crueldad y dureza, en realidad deseo que me quieran –dijo. Hizo una pausa–. ¿Es así?

–Pues yo diría que sí –repuso Ford, lanzando una carcajada nerviosa–. ¿Acaso no tenemos todos en lo más profundo, ya sabe..., hmm...?

El vogón se puso en pie.

–Pues no, estáis completamente equivocados –afirmó–. Escribo poesía únicamente para complacer a mi apariencia de maldad, crueldad y dureza. De todos modos, os voy a echar de la nave. ¡Guardia! ¡Lleva a los prisioneros a la antecámara de compresión número tres y échalos fuera!

–¡Cómo! –gritó Ford.

Un guardia vogón, joven y corpulento, se acercó a ellos y les desató las correas con sus enormes brazos gelatinosos.

–¡No puede echarnos al espacio –gritó Ford–, estamos escribiendo un libro!

–¡La resistencia es inútil! –gritó a su vez el guardia vogón. Era la primera frase que había aprendido cuando se alistó en el Cuerpo de Guardia vogón.

El capitán observó la escena con despreocupado regocijo y luego les dio la espalda.

Arthur miró a su alrededor con ojos enloquecidos.

–¡No quiero morir todavía! –gritó–. ¡Aún me duele la cabeza, estaré de mal humor y no lo disfrutaré!

El guardia los sujetó firmemente por el cuello, hizo una reverencia a la espalda de su capitán, y los sacó del puente sin que dejaran de protestar. La puerta de acero se cerró y el capitán quedó solo de nuevo. Canturreó en voz baja y se puso a reflexionar, hojeando ligeramente su cuaderno de versos.

–Hmmm... –dijo–, *el contrapunto del surrealismo de la metáfora fundamental...* –Lo consideró durante un momento y luego cerró el libro con una sonrisa siniestra–. La muerte es algo demasiado bueno para ellos –sentenció.

El largo corredor forrado de acero recogía el eco del débil forcejeo de los dos humanoides, bien apretados bajo las elásticas axilas del vogón.

–Es magnífico –farfulló Ford–, realmente fantástico. ¡Suéltame, bestia!

El guardia vogón siguió arrastrándolos.

–No te preocupes –dijo Ford en tono nada esperanzado–. Ya se me ocurrirá algo.

–¡La resistencia es inútil! –chilló el guardia.

–No digas eso –tartamudeó Ford–. ¿Cómo se puede mantener una actitud mental positiva si dices cosas así?

–¡Por Dios! –protestó Arthur–. Hablas de una actitud mental

positiva, y ni siquiera han demolido hoy tu planeta. Al despertarme esta mañana, pensé que iba a pasar el día tranquilo y relajado, que leería un poco, cepillaría al perro... ¡Ahora son más de las cuatro de la tarde y están a punto de echarme de una nave espacial a seis años luz de las humeantes ruinas de la Tierra!

El vogón apretó su presa y Arthur dejó escapar gorgoritos y balbuceos.

–¡De acuerdo –convino Ford–, pero deja de asustarte!

–¿Quién ha dicho nada de asustarse? –replicó Arthur–. Esto no es más que una conmoción cultural. Espera a que me acostumbre a la situación y comience a orientarme. *¡Entonces* empezaré a asustarme!

–Te estás poniendo histérico, Arthur. ¡Cierra el pico!

Ford hizo un esfuerzo desesperado por pensar, pero le interrumpió el guardia, que gritó otra vez:

–¡La resistencia es inútil!

–¡Y tú también podrías callarte la boca! –le replicó Ford.

–¡La resistencia es inútil!

–¡Pero déjalo ya!

Ford torció la cabeza hasta que pudo mirar de frente al rostro de su captor. Se le ocurrió una idea.

–¿De veras te gustan estas cosas? –le preguntó de pronto.

El vogón se detuvo en seco y una expresión de enorme estupidez se deslizó poco a poco por su cara.

–¿Que si me gustan? –bramó–. ¿Qué quieres decir?

–Lo que quiero decir –le explicó Ford– es que si te llena de satisfacción el ir pisando fuerte por ahí, dando gritos y echando a la gente de naves espaciales...

El vogón miró fijamente al bajo techo de acero y sus cejas casi se montaron una encima de otra. Se le aflojó la boca.

–Pues el horario es bueno...

–Tiene que serlo –convino Ford.

Arthur torció el cuello por completo para mirar a Ford.

–¿Qué intentas hacer, Ford? –le preguntó con un murmullo de perplejidad.

–Sólo trato de interesarme en el mundo que me rodea, ¿conforme? –le contestó, y siguió diciéndole al vogón–: De modo que el horario es muy bueno...

El vogón bajó la vista hacia él mientras pensamientos perezosos giraban tumultuosamente en sus lóbregas profundidades.

–Sí –dijo–, pero ahora que lo mencionas, la mayor parte del tiempo resulta bastante asqueroso. Salvo... –volvió a pensar, lo que exigía mirar al techo–, salvo algunos gritos que me gustan mucho.

Se llenó de aire los pulmones y bramó:

–¡La resistencia es...!

–Sí, claro –le interrumpió Ford a toda prisa–; eso lo haces muy bien, te lo aseguro. Pero en su mayor parte es asqueroso –dijo con lentitud, dando tiempo a las palabras para que llegasen a su objetivo–. Entonces, ¿por qué lo haces? ¿A qué se debe? ¿A las chicas? ¿A la zurra? ¿Al *machismo?* ¿O simplemente crees que el acomodarse a ese estúpido hastío presenta un desafío interesante?

Arthur miró desconcertado de un lado para otro.

–Hmm... –dijo el guardia–, hmm... hmm..., no sé. Creo que en realidad... me limito a hacerlo. Mi tía me dijo que ser guardia de una nave espacial era una buena carrera para un joven vogón; ya sabes, el uniforme, la cartuchera de la pistola de rayos paralizantes, que se lleva muy baja, el estúpido hastío...

–Ahí tienes, Arthur –dijo Ford con aire del que llega a la conclusión de su argumento–, y creías que tú tenías problemas.

Arthur pensó que sí los tenía. Aparte del asunto desagradable que le había ocurrido a su planeta, el guardia vogón ya le había medio estrangulado, y no le gustaba mucho la idea de que lo arrojaran al espacio.

–Procura entender *su problema* –insistió Ford–. Ahí tienes a este pobre muchacho, cuyo trabajo de toda la vida consiste en andar pisando fuerte por ahí, echando a gente de naves espaciales.

–Y dando gritos –añadió el guardia.

–Y dando gritos, claro –repitió Ford, y dio unos golpecitos al brazo gelatinoso que le apretaba el cuello con simpática condescendencia–. ¡Y ni siquiera sabe por qué lo hace!

Arthur convino en que era muy triste. Lo expresó con un gestito débil, porque estaba muy asfixiado para poder hablar.

El guardia lanzó unos profundos gruñidos de estupefacción.

–Pues ahora que lo dices, supongo...

–¡Buen chico! –le animó Ford.

–De acuerdo –continuó con sus gruñidos–, ¿y qué remedio me queda?

–Pues –dijo Ford, animándose pero alargando las palabras– dejar de hacerlo, por supuesto. Diles que no volverás a hacerlo más.

Pensó que debería añadir algo, pero de momento parecía que el guardia tenía la mente muy ocupada meditando sus palabras.

–Huuuuuummmmmmmmmmmmmmmm... –dijo el guardia–, hum..., pues eso no me suena muy bien.

De pronto, Ford sintió que se le escapaba la oportunidad.

–Pero espera un momento –le apremió–, eso es sólo el principio, ¿comprendes?; la cosa no es tan sencilla como crees...

Pero en ese momento el guardia volvió a afianzar su presa y continuó con su primitiva intención de llevarlos a rastras a la esclusa neumática. Era evidente que estaba muy afectado.

–No; creo que si os da lo mismo –les dijo–, será mejor que os meta en esa antecámara de compresión y luego me vaya a dar otros cuantos gritos que tengo pendientes.

A Ford Prefect no le daba lo mismo en absoluto.

–¡Pero venga..., oye! –dijo, menos animado y con menos lentitud.

–¡Aahhhhgggggggnnnnnn! –dijo Arthur con una inflexión nada clara.

–Pero espera –insistió Ford–, ¡todavía tengo que hablar de la música, del arte y de otras cosas! ¡Uuuuufffff!

–¡La resistencia es inútil! –bramó el guardia, y luego añadió–: Mira, si sigo en esto, dentro de un tiempo puede que me asciendan a Jefe de Gritos, y no suele haber muchas plazas vacantes de agentes que no griten ni empujen a la gente, de manera que, según me parece, será mejor que siga haciendo lo que sé.

Ya habían llegado a la esclusa neumática: una escotilla ancha y circular de acero macizo, fuerte y pesada, abierta en el revestimiento interior de la nave. El guardia manipuló un mando y la escotilla se abrió con suavidad.

–Pero muchas gracias por vuestro interés –les dijo el guardia vogón–. Adiós.

Arrojó a Ford y a Arthur por la escotilla a la pequeña cabina interior.

Arthur cayó jadeando al suelo. Ford se volvió tambaleante y arremetió inútilmente con el hombro contra la escotilla que se cerraba de nuevo.

–¡Pero oye –le gritó al guardia–, hay todo un mundo del que tú no sabes nada! Escucha, ¿qué te parece esto?

Desesperado, recurrió a la única manifestación de cultura que le vino espontáneamente a la cabeza: el primer acorde de la Quinta de Beethoven.

–*¡Da da da dum!* ¿No despierta eso nada en ti?

–No –contestó el guardia–, nada en absoluto. Pero se lo diré a mi tía.

Si después de eso añadió algo más, no se oyó. La escotilla se cerró completamente y desaparecieron todos los ruidos salvo el leve y distante zumbido de los motores de la nave.

Se encontraban en una cámara cilíndrica, brillante y pulida de unos dos metros de ancho por tres de largo.

Ford miró a su alrededor, sofocado.

–Creí que era un tipo inteligente en potencia –dijo, desplomándose contra la pared curva.

Arthur seguía tumbado en el suelo combado, en el mismo sitio donde había caído. No levantó la vista. Sólo se quedó tumbado, jadeando.

–Ahora estamos atrapados, ¿verdad?

–Sí –admitió Ford–, estamos atrapados.

–¿Y no se te ha ocurrido nada? Creí que habías dicho que ibas a pensar algo. Tal vez lo hayas hecho y yo no me he dado cuenta.

–Claro que sí, se me ha ocurrido algo –jadeó Ford.

Arthur lo miró, expectante.

–Pero desgraciadamente –prosiguió Ford–, tendríamos que estar al otro lado de esa esclusa neumática.

Dio una patada a la escotilla por donde acababan de entrar.

–Pero ¿de verdad era una buena idea?

–Claro que sí, muy buena.

–¿Y de qué se trataba?

–Pues todavía no había elaborado los detalles. Ahora ya no importa mucho, ¿verdad?

–Entonces..., hmm, ¿qué va a ocurrir ahora?

–Pues..., hmmm, dentro de unos momentos se abrirá automáticamente esa escotilla de enfrente, y supongo que saldremos disparados al espacio profundo y nos asfixiaremos. Si nos llenamos de aire los pulmones, tal vez podamos durar treinta segundos... –dijo Ford.

Se puso las manos a la espalda, enarcó las cejas y empezó a canturrear un antiguo himno de batalla betelgeusiano. De pronto, a los ojos de Arthur, parecía tener un aspecto muy extraño.

–Así que ya está –dijo Arthur–, vamos a morir.

–Sí –admitió Ford–; a menos que..., ¡no! ¡Espera un momento! –De pronto se abalanzó por la cámara hacia algo que estaba detrás de la línea de visión de Arthur–. ¿Qué es ese interruptor?

–¿Cuál? ¿Dónde? –gritó Arthur, dándose la vuelta.

–No, sólo estaba bromeando –confesó Ford–; al final, vamos a morir.

Volvió a desplomarse contra la pared y siguió con la melodía por donde la había interrumpido.

–¿Sabes una cosa? –le dijo Arthur–; en ocasiones como ésta, cuando estoy atrapado en una escotilla neumática vogona con un habitante de Betelgeuse y a punto de morir asfixiado en el espacio profundo, realmente desearía haber escuchado lo que me decía mi madre cuando era joven.

–¡Vaya! ¿Y qué te decía?

–No lo sé; no la escuchaba.

–Ya.

Ford siguió canturreando.

«Esto es horrible –pensaba Arthur para sí–, la Columna de Nelson ha desaparecido, McDonald's ha desaparecido, lo único que queda soy yo y las palabras *Fundamentalmente inofensiva.* Y dentro de unos segundos lo único que quedará será *Fundamentalmente inofensiva.* Y ayer el planeta parecía ir tan bien...»

Zumbó un motor.

Se oyó un leve silbido que se convirtió en un rugido ensordecedor al penetrar el aire por la escotilla exterior, que se abrió a un negro vacío salpicado de diminutos puntos luminosos, increíblemente brillantes. Ford y Arthur salieron disparados al espacio exterior como corchos de una pistola de juguete.

8

La Guía del autoestopista galáctico *es un libro absolutamente notable. Se ha compilado y recopilado bastantes veces a lo largo de muchos años bajo un cúmulo de direcciones diferentes.*

Contiene contribuciones de incontables cantidades de viajeros e investigadores.

La introducción empieza así:

«El espacio *–dice–* es grande. Muy grande. Usted simplemente se negará a creer lo enorme, lo inmensa, lo pasmosamente grande que es. Quiero decir que quizás piense que es como un largo paseo por la calle hasta la farmacia, pero eso no es nada comparado con el espacio. Escuche...», y *así sucesivamente.*

(Más adelante el estilo se asienta un poco, y el libro empieza a contar cosas que realmente se necesita saber, como el hecho de que el planeta Bethselamin, fabulosamente hermoso, está ahora muy preocupado por la erosión acumulada de diez mil millones de turistas que lo visitan al año, que cualquier desproporción entre la cantidad de alimento que se ingiere y la cantidad que se excreta mientras se está en el planeta se elimina quirúrgicamente del peso del cuerpo en el momento de la marcha del visitante: de manera que siempre que uno vaya al lavabo, es muy importante que le den un recibo.)

Pero, para ser justos, al enfrentarse con la simple enormidad de las distancias entre las estrellas, han fallado inteligencias mejores que la del autor de la introducción de la Guía. *Hay quienes le invitan a uno a comparar por un momento un cacahuete en Reading y una nuez pequeña en Johanesburgo, y otros conceptos vertiginosos.*

La verdad pura y simple es que las distancias interestelares no caben en la imaginación humana.

Incluso la luz, que viaja tan deprisa que a la mayoría de las razas les cuesta miles de años comprender que se mueve, necesita tiempo para recorrer las estrellas. Tarda ocho minutos en llegar desde la estrella Sol al lugar donde estaba la Tierra, y cuatro años hasta el vecino estelar más cercano al Sol, Alfa Próxima.

Para que la luz llegue al otro lado de la Galaxia, a Damogran, por ejemplo, se necesita más tiempo: quinientos mil años.

El récord en recorrer esta distancia está por debajo de los cinco años, pero así no se ve mucho por el camino.

La Guía del autoestopista galáctico *dice que si uno se llena los pulmones de aire, puede sobrevivir en el vacío absoluto del espacio unos treinta segundos. Sin embargo, añade que, como el espacio es de tan pasmosa envergadura, las probabilidades de que a uno lo recoja otra nave en esos treinta segundos son de doscientas sesenta y siete mil setecientas nueve contra una.*

Por una coincidencia asombrosa, ése también era el número de teléfono de un piso de Islington donde Arthur asistió una vez a una fiesta magnífica en la que conoció a una chica preciosa con quien no pudo ligar, pues ella se decidió por uno que acudió sin invitación.

Como el planeta Tierra, el piso de Islington y el teléfono ya están demolidos, resulta agradable pensar que en cierta pequeña medida todos quedan conmemorados por el hecho de que Ford y Arthur fueron rescatados veintinueve segundos más tarde.

9

Un ordenador parloteaba alarmado consigo mismo al darse cuenta de que una escotilla neumática se abrió y se cerró sola sin razón aparente.

En realidad, ello se debía a que la Razón había salido a comer.

Un agujero acababa de aparecer en la Galaxia. Era exactamente una insignificancia que duró un segundo, una nadería de veintitrés milímetros de ancho y de muchos millones de años luz de extremo a extremo.

Al cerrarse, montones de sombreros de papel y de globos de fiesta cayeron y se esparcieron por el Universo. Un equipo de analistas de mercado, de dos metros y diecisiete centímetros de estatura, cayeron y murieron, en parte por asfixia y en parte por la sorpresa.

Doscientos treinta y nueve mil huevos poco fritos cayeron a su vez, materializándose en un enorme montón tembloroso en la tierra de Poghril, que sufría el azote del hambre, en el sistema de Pansel.

Toda la tribu de Poghril había muerto de hambre salvo el último de sus miembros, un hombre que murió por envenenamiento de colesterol unas semanas más tarde.

La nada de un segundo por la cual se abrió el agujero, rebotó hacia atrás y hacia delante en el tiempo de forma enteramente increíble. En alguna parte del pasado más remoto, traumatizó seriamente a un pequeño y azaroso grupo de átomos que vagaban por el estéril vacío del espacio, haciendo que se fundieran en unas figuras sumamente improbables. Tales figuras aprendieron rápidamente a reproducirse a sí mismas (eso era lo más extraordinario de ellas) y continuaron causando una confusión enorme en todos los planetas por los que pasaban a la deriva. Así es como empezó la vida en el Universo.

Cinco Torbellinos Contingentes provocaron violentos remolinos de sinrazón y vomitaron una acera.

En la acera yacían Ford Prefect y Arthur Dent, jadeantes como peces medio muertos.

–Ahí lo tienes –masculló Ford, luchando por agarrarse con un dedo a la acera, que viajaba a toda velocidad por el Tercer Tramo de lo Desconocido–, ya te dije que se me ocurriría algo.

–Pues claro –comentó Arthur–, naturalmente.

–He tenido la brillante idea –explicó Ford– de encontrar a una nave que pasaba y hacer que nos rescatara.

El auténtico Universo se perdía bajo ellos, en un arco vertiginoso. Varios universos fingidos pasaban rápidamente a su lado como cabras monteses. Estalló la luz original, lanzando salpicaduras de espacio-tiempo como trocitos de crema de queso. El tiempo floreció, la materia se contrajo. El más alto número primo se aglutinó en silencio en un rincón y se ocultó para siempre.

–¡Vamos, déjalo! –dijo Arthur–. Las probabilidades en contra eran astronómicas.

–No protestes. Ha dado resultado –le recordó Ford.

–¿En qué clase de nave estamos? –preguntó Arthur mientras el abismo de la eternidad se abría a sus pies.

–No lo sé –dijo Ford–, todavía no he abierto los ojos.

–Ni yo tampoco –dijo Arthur.

El Universo dio un salto, quedó paralizado, trepidó y se expandió en varias direcciones inesperadas.

Arthur y Ford abrieron los ojos y miraron en torno con enorme sorpresa.

–¡Santo Dios! –exclamó Arthur–. ¡Si parece la costa de Southend!

–Oye, me alegro de que digas eso –dijo Ford.

–¿Por qué?

–Porque pensé que me estaba volviendo loco.

–A lo mejor lo estás. Quizás sólo hayas pensado que lo dije.

Ford consideró esa posibilidad.

–Bueno, ¿lo has dicho o no lo has dicho? –inquirió.

–Creo que sí –dijo Arthur.

–Pues tal vez nos estemos volviendo locos los dos.

–Sí –admitió Arthur–. Si lo pensamos bien, tenemos que estar locos para pensar que eso es Southend.

–Bueno, ¿crees que es Southend?

–Claro que sí.

–Yo también.

–En ese caso, debemos estar locos.

–No es mal día para estarlo.

–Sí –dijo un loco que pasaba por allí.

–¿Quién era ése? –preguntó Arthur.

–¿Quién? ¿Ese hombre de las cinco cabezas y el matorral de saúco plagado de arenques?

–Sí.

–No lo sé. Cualquiera.

–Ah.

Se sentaron los dos en la acera y con cierta inquietud observaron cómo unos niños grandísimos brincaban pesadamente por la playa y miles de caballos salvajes cruzaban horrísonos el cielo llevando repuestos de barandillas reforzadas a las Zonas Inciertas.

–¿Sabes una cosa? –dijo Arthur tosiendo ligeramente–. Si esto es Southend, hay algo muy raro...

–¿Te refieres a que el mar está inmóvil como una roca y los edificios fluyen de un lado para otro? –dijo Ford–. Sí, a mí también me ha parecido raro. En realidad –prosiguió mientras el Southend se partía con un enorme crujido en seis segmentos iguales que danzaron y giraron entre ellos hasta aturdirse en corros lujuriantes y licenciosos–, pasa algo absolutamente rarísimo.

Un rumor ululante y enloquecido de gaitas y violines pasó agostando el viento, rosquillas calientes saltaron de la carretera a diez peniques la pieza, el cielo descargó una tempestad de peces horrendos y Arthur y Ford decidieron darse a la fuga.

Se precipitaron entre densas murallas de sonido, montañas de ideas arcaicas, valles de música ambiental, malas sesiones de zapatos, fútiles murciélagos y, súbitamente, oyeron la voz de una muchacha.

Parecía una voz muy sensible, pero lo único que dijo, fue:

–Dos elevado a cien mil contra uno, y disminuyendo.

Y eso fue todo.

Ford resbaló en un rayo de luz y dio vueltas de un lado a otro tratando de encontrar el origen de la voz, pero no pudo ver nada en lo que pudiera creer seriamente.

–¿Qué era esa voz? –gritó Arthur.

–No lo sé –aulló Ford–, no lo sé. Parecía un cálculo de probabilidades.

–¡Probabilidades! ¿Qué quieres decir?

–Probabilidades; ya sabes, como dos a uno, tres a uno, cinco contra cuatro. Ha dicho dos elevado a cien mil contra uno. Eso es algo muy improbable, ¿sabes?

Una tina de cuatro millones de litros de natillas se puso verticalmente encima de ellos sin aviso previo.

–Pero ¿qué quiere decir eso? –chilló Arthur.

–¿El qué? ¿Las natillas?

–¡No, el cálculo de probabilidades!

–No lo sé. No sé nada de eso. Creo que estamos en una especie de nave.

–No puedo menos de suponer –dijo Arthur– que éste no es un departamento de primera clase.

En la urdimbre del espacio-tiempo empezaron a surgir protuberancias. Feos y enormes bultos.

–Auuuurrrgghhh... –exclamó Arthur al sentir que su cuerpo se ablandaba y se arqueaba en direcciones insólitas–. El Southend parece que se está fundiendo..., las estrellas se arremolinan..., ventarrones de polvo..., las piernas se me van con el crepúsculo..., y el brazo izquierdo también se me sale. –Se le ocurrió una idea aterradora y añadió–: ¡Demonios!, ¿cómo voy a utilizar ahora mi reloj de lectura directa?

Miró desesperado a su alrededor, buscando a Ford.

–Ford –le dijo–, te estás convirtiendo en un pingüino. Déjalo.

De nuevo oyeron la voz.

–Dos elevado a setenta y cinco mil contra uno, y disminuyendo.

Ford chapoteó en su charca describiendo un círculo furioso.

–¡Eh! ¿Quién es usted? –graznó como un pato–. ¿Dónde está? Dígame lo que pasa y si hay algún medio de pararlo.

–Tranquilícese, por favor –dijo la voz en tono amable, como la azafata de un avión al que sólo le queda un ala y uno de cuyos motores está incendiado–, están ustedes completamente a salvo.

–¡Pero no se trata de eso! –bramó Ford– Sino de que ahora soy un pingüino completamente a salvo, y de que mi compañero se está quedando rápidamente sin extremidades.

–Está bien, ya las he recuperado –anunció Arthur.

–Dos elevado a cincuenta mil contra uno, y disminuyendo –dijo la voz.

–Reconozco –dijo Arthur– que son más largas de lo que me gustan, pero...

–¿Hay algo –chilló Ford como un pájaro furioso– que crea que debe decirnos?

La voz carraspeó. *Un petit four* gigantesco brincó en la lejanía.

–Bienvenidos a la nave espacial *Corazón de Oro* –dijo la voz.

Y la voz prosiguió:

–Por favor, no se alarmen por nada que oigan o vean a su alrededor. Seguramente sentirán ciertos efectos nocivos al principio, pues han sido rescatados de una muerte cierta a una escala de improbabilidad de dos elevado a doscientos setenta y seis mil contra uno; y quizás más alta. Viajamos ahora a una escala de dos elevado a veinticinco mil contra uno y disminuyendo, y recuperaremos la normalidad en cuanto estemos seguros de lo que es normal. Gracias. Dos elevado a veinte mil contra uno y disminuyendo.

Se calló la voz.

Ford y Arthur se encontraron en un pequeño cubículo luminoso de color rosa.

Ford estaba frenéticamente exaltado.

–¡Arthur! –exclamó–. ¡Esto es fantástico! ¡Nos ha recogido una nave propulsada por la Energía de la Improbabilidad Infinita! ¡Es increíble! ¡Ya había oído rumores sobre eso! ¡Todos fueron desmentidos oficialmente, pero deben haberlo conseguido! ¡Han logrado la Energía de la Improbabilidad! Arthur, esto es... ¿Arthur? ¿Qué ocurre?

Arthur se había echado contra la puerta del cubículo tratando de mantenerla cerrada, pero no ajustaba bien. Pequeñas manitas peludas con los dedos manchados de tinta se colaban por las grietas; débiles vocecitas parloteaban locamente.

Arthur alzó la vista.

–¡Ford! –exclamó–. Fuera hay un número infinito de monos que quieren hablarnos de un guión de *Hamlet* que han elaborado ellos mismos.

10

La Energía de la Improbabilidad Infinita es un medio nuevo y maravilloso para recorrer grandes distancias interestelares en una simple décima de segundo, sin tener que andar a tontas y a locas por el hiperespacio.

Se descubrió por una afortunada casualidad, y el equipo de investigación damograno del Gobierno Galáctico la convirtió en una forma manejable de propulsión.

Ésta es, brevemente, la historia de su descubrimiento.

Desde luego se conocía bien el principio de generar pequeñas cantidades de improbabilidad *finita* por el sencillo método de acoplar los circuitos lógicos de un cerebro submesón Bambleweeny 57 a un vector atómico de navegación suspendido de un potente generador de movimiento browniano (digamos una buena taza de té caliente); tales generadores solían emplearse para romper el hielo en las fiestas, haciendo que todas las moléculas de la ropa interior de la anfitriona dieran un salto de treinta centímetros hacia la izquierda, de acuerdo con la Teoría de la Indeterminación.

Muchos físicos respetables afirmaron que no lo tolerarían, en parte porque constituía una degradación científica, pero principalmente porque no los invitaban a esa clase de fiestas.

Otra cosa que no soportaban era el fracaso perpetuo con el que topaban en su intento de construir una nave que generara el campo de improbabilidad *infinita* necesario para lanzar una nave a las pasmosas distancias que los separaban de las estrellas más lejanas, y al fin anunciaron, malhumorados, que semejante máquina era prácticamente imposible.

Entonces, un día, un estudiante a quien se había encomendado que barriese el laboratorio después de una reunión particularmente desafortunada, empezó a discurrir de este modo:

«Si semejante máquina es una imposibilidad *práctica* –pensó para sí–, entonces debe existir lógicamente una improbabilidad *finita*. De manera que todo lo que tengo que hacer para construirla es descubrir exactamente su improbabilidad, procesar esa cifra en el generador de improbabilidad finita, darle una taza de té fresco y muy caliente... ¡y conectarlo!»

Así lo hizo, y quedó bastante sorprendido al descubrir que había logrado crear de la nada el tan ansiado y precioso generador de la Improbabilidad Infinita.

Aún se asombró más cuando, nada más concederle el Premio a la Extrema Inteligencia del Instituto Galáctico, fue linchado por una rabiosa multitud de físicos respetables que finalmente comprendieron que lo único que no toleraban realmente eran los sabihondos.

11

La cabina de control de Improbabilidad del *Corazón de Oro* era como la de una nave absolutamente convencional, salvo que estaba enteramente limpia porque era nueva. Todavía no se había quitado las fundas de plástico a algunos asientos de mando. La cabina, blanca en su mayor parte, era apaisada y del tamaño de un restaurante pequeño. En realidad no era enteramente oblonga: las dos largas paredes se desviaban en una curva levemente paralela, y todos los ángulos y rincones de la cabina tenían una forma rechoncha y provocativa. Lo cierto es que habría sido mucho más sencillo y práctico construir la cabina como una estancia corriente, tridimensional y oblonga, pero entonces los proyectistas se habrían sentido desgraciados. Tal como era, la cabina tenía un aspecto atractivo y funcional, con amplias pantallas de vídeo colocadas sobre los paneles de mando y dirección en la pared cóncava, y largas filas de cerebros electrónicos empotrados en la pared convexa. Un robot se sentaba melancólico en un rincón, con su lustrosa y reluciente cabeza de acero colgando flojamente entre sus pulidas y brillantes rodillas. También era completamente nuevo, pero aunque estaba magníficamente construido y bruñido, en cierto modo parecía como si las diversas partes de su cuerpo más o menos humanoide no encajasen perfectamente. En realidad ajustaban muy bien, pero algo sugería que podían haber encajado mejor.

Zaphod Beeblebrox se paseaba nerviosamente por la cabina, pasando la mano por los aparatos relucientes y sonriendo con júbilo.

Trillian se inclinaba en su asiento sobre un amasijo de instrumentos, leyendo cifras. Su voz llegaba a toda la nave a través del circuito Tannoy.

–*Cinco contra uno y disminuyendo...* –decía–, *cuatro contra uno y disminuyendo..., tres a uno..., dos..., uno..., factor de probabilidad de uno a uno..., tenemos normalidad, repito: tenemos normalidad.* –Desconectó el micrófono, lo volvió a conectar con una leve sonrisa y continuó–: *Todo aquello que no puedan resolver es, por consiguiente, asunto suyo. Tranquilícense, por favor. Pronto enviaremos a buscarlos.*

–¿Quiénes son, Trillian? –dijo Zaphod con fastidio.

Trillian se volvió en su asiento giratorio y, mirándolo, se encogió de hombros.

–Sólo un par de tipos que, según parece, hemos recogido en el espacio exterior –dijo–. Sección ZZ9 Plural Z Alfa.

–Ya. Bueno, Trillian, ha sido una idea generosa, pero ¿crees realmente que ha sido prudente en estas circunstancias? –se quejó Zaphod–. Me refiero a que estamos huyendo y todo eso; en estos momentos debemos tener a media policía de la Galaxia persiguiéndonos, y nos detenemos para recoger a unos autoestopistas. Muy bien, te mereces diez puntos positivos por tu bondad, y varios millones de puntos negativos por tu falta de prudencia, ¿de acuerdo?

Irritado, dio unos golpecitos en un panel de mando. Trillian movió la mano discretamente antes de que golpeara algo importante. Por muchas cualidades que pudiera encerrar el cerebro de Zaphod –arrojo, jactancia, orgullo–, era un inepto para la mecánica y fácilmente podía mandar a la nave por los aires con un gesto desmedido. Trillian había llegado a sospechar que la razón fundamental por la que había tenido una vida tan agitada y próspera era que jamás había comprendido verdaderamente el significado de ninguno de sus actos.

–Zaphod –dijo pacientemente–, estaban flotando sin protección en el espacio exterior..., ¿verdad que no desearías que hubiesen muerto?

–Pues ya sabes..., no. Así no, pero...

–¿Así no? ¿Que no murieran así? ¿Pero...? –Trillian ladeó la cabeza.

–Bueno, quizás los hubieran recogido otros, después.

–Un segundo más tarde y habrían muerto.

–Ya, de manera que si te hubieras molestado en pensar un poco más, el problema habría desaparecido.

–¿Te habría gustado que los dejáramos morir?

–Pues ya sabes, no me habría gustado exactamente, pero...

–De todos modos –concluyó Trillian, volviendo a los mandos–, yo no los he recogido.

–¿Qué quieres decir? ¿Quién lo ha hecho, entonces?

–La nave.

–¿Qué?

–Los ha recogido la nave. Ella sola.

–¿Cómo?

–Mientras estábamos con la Energía de la Improbabilidad.

–Pero eso es increíble.

–No, Zaphod; sólo muy, muy improbable.

–Ah, claro.

–Mira, Zaphod –le dijo Trillian, dándole palmaditas en el brazo–, no te preocupes por los extraños. No creo que sean más que un simple par de muchachos. Enviaré al robot para que los localice y los traiga aquí arriba. ¡Eh, Marvin!

En el rincón, la cabeza del robot se alzó bruscamente, bamboleándose de manera imperceptible. Se puso en pie como si tuviera dos kilos y medio más de su peso normal, y cruzó la estancia con lo que un observador neutral habría calificado de esfuerzo heroico. Se detuvo delante de Trillian y pareció traspasarle el hombro izquierdo con la mirada.

–Creo que deberías saber que me siento muy deprimido –dijo el robot. Su voz tenía un tono sordo y desesperado.

–¡Santo Dios! –murmuró Zaphod, desplomándose en un sillón.

–Bueno –dijo Trillian en tono animado y compasivo–, pues aquí tienes algo en qué ocuparte para no pensar en esas cosas.

–No dará resultado –replicó Marvin con voz monótona–, tengo una inteligencia excepcionalmente amplia.

–¡Marvin! –le advirtió Trillian.

–De acuerdo –dijo Marvin–. ¿Qué quieres que haga?

–Baja al compartimento de entrada número dos y trae aquí, bajo vigilancia, a los dos extraños.

Tras una pausa de un microsegundo y una micromodulación magníficamente calculada de tono y timbre, algo que no podría considerarse insultante, Marvin logró transmitir su absoluto desprecio y horror por todas las cosas humanas.

–¿Sólo eso? –preguntó.

–Sí –contestó Trillian con firmeza.

–No me va a gustar –comentó Marvin.

Zaphod se levantó de un salto de su asiento.

–¡Ella no te pide que te guste –gritó–, sino sólo que lo hagas! ¿Lo harás?

–De acuerdo –dijo Marvin con una voz semejante al tañido de una gran campana rajada–. Lo haré.

–Bien –replicó Zaphod–, estupendo..., gracias...

Marvin se volvió y levantó hacia él sus ojos encarnados, triangulares y planos.

–No os estaré decepcionando, ¿verdad? –preguntó en tono patético.

–No, Marvin, no –respondió alegremente Trillian–; está muy bien, de verdad...

–No me gustaría pensar que os estoy defraudando.

–No, no te preocupes por eso –respondió Trillian con el mismo tono ligero–; no tienes más que actuar de manera natural y todo irá estupendamente.

–¿Estás segura de que no te importa? –insistió Marvin.

–No, Marvin, no –aseguró Trillian con la misma cadencia–; está muy bien, de verdad..., no son más que cosas de la vida.

Hubo un destello en la mirada electrónica de Marvin.

–La vida –dijo–, no me hables de la vida.

Se volvió con aire de desesperación y salió como a rastras de la estancia. La puerta se cerró tras él con un ruidito metálico y un murmullo de satisfacción.

–Me parece que no podré aguantar mucho más tiempo a ese robot, Zaphod –rezongó Trillian.

La Enciclopedia Galáctica define a un robot como un aparato mecánico creado para realizar el trabajo del hombre. El departamento comercial de la Compañía Cibernética Sirius define a un robot como «Su amigo de plástico con quien le gustará estar».

La Guía del autoestopista galáctico *define al departamento comercial de la Compañía Cibernética Sirius como un «hatajo de pelmazos estúpidos que serán los primeros en ir al paredón cuando llegue la revolución»; hay una nota a pie de página al efecto, que dice que los editores recibirán con agrado solicitudes de cualquiera que esté interesado en ocupar el puesto de corresponsal en robótica.*

Curiosamente, hay una edición de la Enciclopedia Galáctica que tuvo la buena fortuna de caer en la urdimbre del tiempo a mil años en el futuro, y que define al departamento comercial de la Compañía Cibernética Sirius como «un hatajo de pelmazos estúpidos que fueron los primeros en ir al paredón cuando llegó la revolución».

El cubículo de color rosa había dejado de existir y los monos habían pasado a otra dimensión mejor. Ford y Arthur se encontraban en la zona de embarque de la nave. Era muy elegante.

–Me parece que esta nave es completamente nueva –dijo Ford.

–¿Cómo lo sabes? –le preguntó Arthur–. ¿Tienes algún extraño aparato para medir la edad del metal?

–No, me acabo de encontrar este folleto comercial en el suelo. Dice esas cosas de que «el Universo puede ser suyo». ¡Ah! Mira, tenía razón.

Ford señaló una página y se la enseñó a Arthur.

–Dice: *«Nuevo y sensacional descubrimiento en Física de la Improbabilidad. En cuanto la energía de la nave alcance la Improbabilidad Infinita, pasará por todos los puntos del Universo. Sea la envidia de los demás gobiernos importantes.»* ¡Vaya!, es algo a gran escala.

Ford leyó apasionadamente las especificaciones técnicas de la nave, jadeando de asombro de cuando en cuando ante lo que leía: era evidente que la astrotecnología galáctica había hecho grandes adelantos durante sus años de exilio.

Arthur escuchó durante un rato, pero como era incapaz de entender la mayor parte de las palabras de Ford, empezó a dejar vagar la imaginación mientras pasaba los dedos por el borde de una fila de incomprensibles cerebros electrónicos; alargó la mano y pulsó un atractivo botón, ancho y rojo, de un panel que tenía cerca. El panel se iluminó con las palabras: *Por favor, no vuelva a pulsar este botón.* Se estremeció.

–Escucha –le dijo Ford, que continuaba enfrascado en la lectura del folleto comercial–, dan mucha importancia a la cibernética de la nave. *Una nueva generación de robots y cerebros electrónicos de la Compañía Cibernética Sirius, con la nueva característica APP.*

–¿Característica APP? –repitió Arthur–. ¿Qué es eso?

–Eso significa *Auténticas Personalidades Populares.*

–¡Ah! –comentó Arthur–. Suena horriblemente mal.

–En efecto –dijo una voz a sus espaldas.

La voz tenía un tono bajo y desesperado, y venía acompañada de un ruido metálico.

Se volvieron y vieron encogido en el umbral a un execrable hombre de acero.

–¿Qué? –dijeron ellos dos.

–Horrible –prosiguió Marvin–, absolutamente. Horrible del todo. Ni siquiera lo mencionéis. Mirad esta puerta –dijo al cruzarla. Los circuitos de ironía se incorporaron al modulador de su voz mientras imitaba el estilo del folleto comercial–. *Todas las puertas de la nave poseen un carácter alegre y risueño. Tienen el gusto de abrirse para ustedes, y se sienten satisfechas al volver a cerrarse con la conciencia del trabajo bien hecho.*

Cuando la puerta se cerró tras ellos, comprobaron que efectivamente hizo un ruido parecido a un suspiro de satisfacción.

–*¡Aahhmmmmmmmmyammmmmmmmah!* –dijo la puerta.

Marvin la miró con odio frío mientras sus circuitos lógicos parloteaban disgustados y consideraban la idea de ejercer la violencia física contra ella. Otros circuitos terciaron diciendo: ¿para qué molestarse? ¿Qué sentido tiene? No merece la pena interesarse por nada. Otros circuitos se divertían analizando los componentes moleculares de la puerta y de las células cerebrales del humanoide. Insistieron un poco midiendo el nivel de las emanaciones de hidrógeno en el parsec cúbico de espacio circundante, y luego se desconectaron aburridos. Una punzada de desesperación sacudió el cuerpo del robot mientras se daba la vuelta.

–Vamos –dijo con voz monótona–. Me han ordenado que os lleve al puente. Aquí me tenéis, con el cerebro del tamaño de un planeta y me piden que os lleve al puente. ¿Llamaríais a eso un *trabajo satisfactorio?* Pues yo no.

Se volvió y cruzó de nuevo la odiada puerta.

–Hmm..., disculpa –dijo Ford, siguiéndolo–, ¿a qué gobierno pertenece esta nave?

Marvin no le hizo caso.

–Mirad esa puerta –mascculló–; está a punto de volver a abrirse. Lo sé por el intolerable aire de satisfacción vanidosa que genera de repente.

Con un pequeño gemido para atraerse su simpatía, la puerta volvió a abrirse y Marvin la cruzó con pasos pesados.

–Vamos –ordenó.

Los otros lo siguieron rápidamente y la puerta volvió a cerrarse con pequeños ruiditos metálicos y zumbidos de contento.

–Hay que dar las gracias al departamento comercial de la Compañía Cibernética Sirius –dijo Marvin, echando a andar, desolado, por el resplandeciente pasillo curvo que se extendía ante ellos–. *Vamos* a construir robots con *Auténticas Personalidades Populares,* dijeron. Así que lo probaron conmigo. Soy un prototipo de personalidad. ¿Verdad que podríais asegurarlo?

Ford y Arthur musitaron confusas negativas.

–Odio esa puerta –continuó Marvin–. No os estaré deprimiendo, ¿verdad?

–¿Qué gobierno...? –empezó a decir Ford otra vez.

–No pertenece a ningún gobierno –le replicó el robot–; la han robado.

–¿Robado?

–¿Robado? –repitió Arthur.

–¿Quién la ha robado?

–Zaphod Beeblebrox.

Algo extraordinario le ocurrió a Ford en la cara. Al menos cinco expresiones singulares y distintas de pasmo y sorpresa se le acumularon en confusa mezcolanza. Su pierna izquierda, que se encontraba en el aire, pareció tener dificultades para volver a bajar al suelo. Miró fijamente al robot y trató de contraer ciertos músculos escrotales.

–*¡Zaphod Beeblebrox...!* –exclamó débilmente.

–Lo siento, ¿he dicho algo inconveniente? –dijo Marvin, que prosiguió su lento avance con indiferencia–. Perdonad que respire, cosa que de todos modos jamás hago, así que no sé por qué me molesto en decirlo. ¡Oh, Dios mío, qué deprimido estoy! Ahí tenemos otra de esas puertas satisfechas de sí mismas. *¡La vida!* Que no me hablen de la vida.

–Nadie la ha mencionado siquiera –murmuró Arthur, molesto–. ¿Te encuentras bien, Ford?

Ford lo miró con fijeza y dijo:

–¿Ese robot ha dicho Zaphod Beeblebrox?

12

Un estrépito de música *gunk*[1] inundó la cabina del *Corazón de Oro* mientras Zaphod buscaba en la radio subeta noticias de sí mismo. El aparato era bastante difícil de utilizar. Durante años, las radios se habían manejado apretando botones y girando el selector de sintonización; más tarde, cuando la tecnología se refinó, los mandos se hicieron sensibles al contacto: sólo había que rozarlos con los dedos; ahora, todo lo que había que hacer era mover la mano en torno a su estructura y esperar confiado. Desde luego, evitaba un montón de esfuerzo muscular, pero era molesto porque le obligaba a uno a quedarse quieto en su asiento si es que quería seguir escuchando el mismo programa.

Zaphod movió una mano y el aparato volvió a cambiar de emisora. Más música asquerosa, pero esta vez servía de fondo a un noticiario. Las noticias estaban muy recortadas para que encajaran con el ritmo de la melodía.

–... *escucha usted un noticiario en la onda subeta, que emite para toda la Galaxia durante las veinticuatro horas* –graznó una voz–, *y dedicamos un gran saludo a todas las formas de vida inteligente..., y a todos los que andéis por ahí, el secreto está en salvar las dificultades todos juntos, muchachos. Y, desde luego, la gran noticia de esta noche es el sensacional robo de la nave prototipo de la Energía de la Improbabilidad, por obra nada menos que del Presidente Galáctico Zaphod Beeblebrox. Y la pregunta que se hace todo el mundo es... ¿Ha perdido finalmente la cabeza el Gran Z? Beeblebrox, el hombre que inventó el detonador gargárico pangaláctico, ex estafador, descrito en una ocasión por Excéntrica Gallumbits como el mejor zambombazo después del Big Bang, y recientemente elegido por*

1. Juego de palabras entre *punk* («de mala calidad») y *gunk* («mugre, suciedad grasienta»). *(N. del T.)*

séptima vez como el Peor Vestido Ser Consciente del Universo Conocido..., ¿tiene una respuesta esta vez? Hemos preguntado a su especialista cerebral particular, Gag Halfrunt... –Por un momento, la música se arremolinó y decayó. Se escuchó otra voz, presumiblemente la de Halfrunt, que dijo–: *Puez Zaphod ez precizamente eze tipo, ¿zabe uzted?* –Pero no continuó porque un lápiz eléctrico voló por la cabina y pasó por el espacio aéreo del mecanismo de conexión de la radio.

Zaphod se volvió y lanzó una mirada feroz a Trillian, que había arrojado el lápiz.

–¡Oye! –le dijo–. ¿Por qué has hecho eso?

Trillian daba golpecitos en una pantalla llena de cifras.

–Se me acaba de ocurrir algo –dijo ella.

–¡Ah, sí! ¿Y merece la pena interrumpir un boletín de noticias donde hablan de mí?

–Ya has oído bastantes cosas sobre ti mismo.

–Soy muy inseguro. Ya lo sabemos.

–¿Podemos dejar a un lado tu vanidad por un momento? Esto es importante.

–Si hay algo más importante por ahí que mi vanidad, quiero atraparlo ahora mismo y pegarle un tiro.

Zaphod volvió a lanzar una mirada fulminante a Trillian y luego se echó a reír.

–Escucha –le dijo ella–, hemos recogido a ese par de tipos...

–¿Qué par de tipos?

–El par de tipos que hemos recogido.

–¡Ah, sí! –dijo Zaphod–. El par de tipos que hemos recogido.

–Los recogimos en el sector ZZ9 Plural Z Alfa.

–¿Sí? –dijo Zaphod, parpadeando.

–¿Significa eso algo para ti? –le preguntó Trillian con voz queda.

–Mmm –contestó Zaphod–, ZZ9 Plural Alfa. ¿ZZ9 Plural Alfa?

–¿Y bien? –insistió Trillian.

–Pues... –dijo Zaphod–, ¿qué significa la Z?

–¿Cuál de ellas?

–Cualquiera.

Una de las mayores dificultades que Trillian experimentaba en sus relaciones con Zaphod consistía en saber cuándo fingía ser estúpido para pillar desprevenida a la gente, cuándo pretendía serlo porque no quería molestarse en pensar y deseaba que otro lo hiciera por él, cuándo simulaba ser atrozmente estúpido para ocultar el hecho de que en realidad no entendía lo que pasaba, y cuándo era verdadera y auténticamente estúpido. Tenía fama de ser asombrosamente inteligente, y estaba claro que lo era; pero no siempre, lo que evidentemente le preocupaba, y por eso fingía. Prefería confundir a la gente a que le despreciaran. Para Trillian eso era lo más estúpido, pero ya no se molestaba en discutirlo.

Suspiró y puso un mapa estelar en la pantalla para facilitarle las cosas, cualesquiera que fuesen las razones de Zaphod para abordarlas de aquella manera.

–Mira –señaló–, justo aquí.

–¡Ah..., sí! –exclamó Zaphod.

–¿Y bien? –repitió Trillian.

–¿Y bien, qué?

Parte del cerebro de Trillian gritó a otras partes de su cerebro. Con mucha calma, dijo:

–Es el mismo sector en el que tú me recogiste.

Zaphod la miró y luego volvió la vista a la pantalla.

–Ah, sí –dijo–. Eso sí que es raro. Deberíamos haber atravesado directamente la Nebulosa Cabeza de Caballo. ¿Cómo llegamos ahí? Porque eso no es ningún sitio.

Trillian pasó por alto la última frase.

–Energía de la Improbabilidad –dijo pacientemente–. Tú mismo me lo has explicado. Pasamos por todos los puntos del Universo, ya lo sabes.

–Sí, pero es una coincidencia extraña, ¿no?

–Sí.

–¿Recoger a alguien en ese punto? ¿Entre todo el Universo para escoger? Es demasiado... Quiero averiguarlo. ¡Ordenador!

El ordenador de a bordo de la Compañía Cibernética Sirius, que controlaba y penetraba en todas las partículas de la nave, conectó los circuitos de comunicación.

–¡Hola, tú! –dijo animadamente al tiempo que vomitaba una cinta diminuta de teleimpresor para dejar constancia.

–*¡Hola, tú!* –dijo la cinta de teleimpresor.

–¡Santo Dios! –exclamó Zaphod. No había trabajado mucho tiempo con aquel ordenador, pero había llegado a odiarlo.

El ordenador prosiguió, descarado y alegre, como si estuviera vendiendo detergente.

–Quiero que sepas que estoy aquí para resolver cualquier problema que tengas.

–Sí, sí –dijo Zaphod–. Mira, creo que sólo usaré un trozo de papel.

–Pues claro –dijo el ordenador al tiempo que tiraba el mensaje a la papelera–, entiendo. Si alguna vez quieres...

–¡Cierra el pico! –gritó Zaphod y, cogiendo un lápiz, se sentó junto a Trillian en la consola.

–Muy bien, muy bien... –dijo el ordenador en tono dolido mientras desconectaba el canal de fonación.

Zaphod y Trillian se inclinaron sobre las cifras que el analizador del vuelo de Improbabilidad hacía destellar silenciosamente frente a ellos.

–¿No podemos averiguar –preguntó Zaphod– cuál es, desde su punto de vista, la Improbabilidad de su rescate?

–Sí, es una constante –dijo Trillian–: dos elevado a doscientos setenta y seis mil setecientos nueve contra uno.

–Es alto. Son dos tipos con mucha suerte.

–Sí.

–Pero en relación con lo que hacíamos nosotros cuando la nave los recogió...

Trillian registró las cifras. Indicaban dos elevado a infinito menos uno contra uno (un número irracional que sólo tiene un significado convencional en Física de la Improbabilidad).

–... es muy bajo –prosiguió Zaphod, emitiendo un leve silbido.

–Sí –convino Trillian, lanzando a Zaphod una mirada irónica.

–Es una enorme cantidad de Improbabilidad a tomar en cuenta. El balance general debe indicar algo muy improbable, si se suma todo.

Zaphod garabateó unas sumas, las tachó y tiró el lápiz.

–Necesito ayuda, no me sale.

–¿Entonces?

Zaphod entrechocó sus dos cabezas furiosamente y rechinó los dientes.

–De acuerdo –dijo–. ¡Ordenador!

Los circuitos de la voz volvieron a conectarse.

–¡Vaya, hola! –dijeron las cintas de teleimpresor–. Lo único que quiero es hacer que tu jornada sea más amable, más amable y más amable...

–Sí, bueno, cierra el pico y averíguame algo.

–Pues claro –parloteó el ordenador–, quieres una previsión de probabilidades basada en...

–Datos de Improbabilidad, sí.

–Muy bien –continuó el ordenador–, es una idea un tanto interesante. ¿Te das cuenta de que la vida de la mayoría de la gente está regida por números de teléfono?

Una expresión de sufrimiento se implantó en una de las caras de Zaphod y luego en la otra.

–¿Te has quedado bobo? –preguntó.

–No, pero tú sí te quedarás cuando te diga que...

Trillian se quedó sin aliento. Manipuló los botones de la pantalla del vuelo de Improbabilidad.

–¿Número de teléfono? –dijo–. ¿Ha dicho esa cosa *número de teléfono?*

Destellaron números en la pantalla.

El ordenador había hecho una educada pausa, pero ahora prosiguió:

–Lo que iba a decir es que...

–No te molestes, por favor –dijo Trillian.

–Oye, pero ¿qué es esto? –preguntó Zaphod.

–No lo sé –respondió Trillian–, pero esos dos extraños... vienen de camino al puente con ese detestable robot. ¿Los vemos por un monitor de imagen?

13

Marvin caminaba pesadamente por el pasillo, sin dejar de lamentarse.

–... y luego, claro, tengo este horrible dolor en todos los diodos del lado izquierdo...

–¡No! –repuso Arthur en tono tétrico, caminando a su lado–. ¿De veras?

–Sí, de veras –prosiguió Marvin–. He pedido que me los cambien, pero nadie me hace caso.

–Me lo figuro.

Ford emitía vagos silbidos y canturreos, sin dejar de repetirse a sí mismo:

–Vaya, vaya, vaya, Zaphod Beeblebrox...

Marvin se detuvo de pronto y alzó una mano.

–Ya sabes lo que ha pasado, ¿verdad?

–No, ¿qué? –dijo Arthur, que no quería saberlo.

–Hemos llegado a otra puerta de ésas.

A un costado del pasillo había una puerta corredera. Marvin la miró con recelo.

–Bueno –dijo Ford, impaciente–, ¿pasamos?

–*¿Pasamos?* –le imitó Marvin– Sí, ésta es la entrada al puente. Me han ordenado que os lleve allí. No me extrañaría que fuese la exigencia más elevada que puedan hacer en cuanto a capacidad intelectual.

Lentamente, con enorme desprecio, cruzó el umbral como un cazador que se acercara cautelosamente a su presa. La puerta se abrió de pronto.

–*Gracias* –dijo ésta– *por hacer muy feliz a una sencilla puerta.*

En lo más profundo del tórax de Marvin rechinaron algunos mecanismos.

–Es curioso –entonó lúgubremente–; cuando crees que la vida no puede ser más dura, empeora de repente.

Se agachó para pasar y dejó a Ford y a Arthur mirándose el uno al otro y encogiéndose de hombros. Al otro lado de la puerta, volvieron a oír la voz de Marvin.

–Supongo que querréis ver ahora a los extraños –dijo–. ¿Queréis que me siente en un rincón y me oxide, o sólo que me caiga en pedazos aquí mismo?

–Sí, pero tráelos, ¿quieres, Marvin? –dijo otra voz.

Arthur miró a Ford y se sorprendió al verle reír.

–¿Qué...?

–Chsss –dijo Ford–, vamos adentro.

Cruzó el umbral y entró en el puente.

Arthur lo siguió nervioso, y se sorprendió al ver a un hombre reclinado en un sillón con los pies sobre una consola de mandos y hurgándose los dientes de la cabeza derecha con la mano izquierda. La cabeza derecha parecía enteramente enfrascada en la tarea, pero la izquierda sonreía con una mueca amplia, tranquila e indiferente. La serie de cosas que Arthur no podía creer que estaba viendo era grande. Se le aflojó la mandíbula y se quedó con la boca abierta durante un rato.

Aquel hombre extraño saludó a Ford con un gesto perezoso y, con una sorprendente afectación de indiferencia, dijo:

–¿Qué hay, Ford, cómo estás? Me alegro de que pudieras colarte.

A Ford no iban a ganarle en aplomo.

–Me alegro de verte, Zaphod –dijo, arrastrando las palabras–. Tienes buen aspecto, y el brazo extra te sienta bien. Has robado una bonita nave.

Arthur lo miraba con los ojos en blanco.

–¿Es que conoces a ese tipo? –le preguntó aturdido, señalando a Zaphod.

–¡Que si lo conozco! –exclamó Ford–. Es...

Hizo una pausa y decidió hacer las presentaciones al revés.

–¡Ah, Zaphod!, éste es un amigo mío, Arthur Dent. Lo salvé cuando su planeta saltó por los aires.

–Muy bien –dijo Zaphod–. ¿Qué hay, Arthur? Me alegro de que te salvaras.

Su cabeza derecha se volvió con indiferencia, dijo: «¿Qué hay?», y siguió con la tarea de que le limpiaran los dientes.

–Arthur –continuó Ford–, éste es un medio primo mío, Zaphod Bee...

–Nos conocemos –dijo Arthur en tono brusco.

Cuando uno va por la carretera por el carril de la izquierda y pasa perezosamente a unos cuantos coches veloces sintiéndose muy contento consigo mismo, y entonces, por accidente, cambia uno de cuarta a primera en vez de a tercera, haciendo que el motor salte por la capota armando un lío bastante desagradable, se suele perder la serenidad casi de la misma manera en que Ford Prefect la perdió al oír semejante afirmación.

–Hmmm..., ¿qué? –dijo.

–He dicho que nos conocemos.

Zaphod sufrió una brusca sacudida de sorpresa y se pinchó una encía.

–Oye..., hmmm, ¿nos conocemos? Oye..., hmmm...

Ford miró a Arthur con un destello de ira en los ojos. Ahora que sentía terreno familiar bajo sus plantas, empezó a lamentar de pronto el haber cargado con aquel primitivo ignorante que sabía tanto de los asuntos de la Galaxia como un mosquito de Ilford de la vida en Pekín.

–¿Qué quieres decir con que os conocéis? –inquirió–. Éste es Zaphod Beeblebrox, de Betelgeuse Cinco, ¿te enteras?, y no un imbécil Martin Smith, de Croydon.

–Me trae sin cuidado –dijo Arthur en tono frío–. Nos conocemos, ¿verdad, Zaphod Beeblebrox?, ¿o debería decir... Phil?

–¡Cómo! –gritó Ford.

–Tendrás que recordármelo –dijo Zaphod–. Tengo una memoria horrible para las especies.

–Fue en una fiesta –prosiguió Arthur.

–¿Sí?, pues lo dudo –repuso Zaphod.

–¡Déjalo ya, Arthur! –le ordenó Ford.

Pero Arthur no se desanimó.

–En una fiesta, hace seis meses. En la Tierra..., Inglaterra...

Zaphod meneó la cabeza, sonriendo con los labios apretados.

–En Londres –continuó Arthur–, en Islington.

–¡Ah! –dijo Zaphod, sintiéndose culpable y dando un respingo–, *esa* fiesta.

Aquello no le sonaba nada bien a Ford. Miró una y otra vez a Arthur y a Zaphod.

–¿Cómo? –le dijo a Zaphod–. ¿No querrás decir que has estado en ese desgraciado planetilla, igual que yo?

–No, claro que no –replicó animadamente Zaphod–. Quizás me haya dejado caer brevemente por allí, ya sabes, de camino a alguna parte...

–¡Pero yo me quedé quince años atascado allí!

–Pues te aseguro que yo no lo sabía.

–Pero ¿qué fuiste a hacer allí?

–A dar una vuelta, ya sabes.

–Se coló en una fiesta –dijo Arthur, temblando de ira–, en una fiesta de disfraces...

–Eso tenía que ser, ¿verdad? –apuntó Ford.

–En esa fiesta –insistió Arthur– había una chica..., pero bueno, eso ya no tiene importancia. De cualquier modo, todo se ha esfumado...

–Me gustaría que dejaras de lamentarte por ese condenado planeta –dijo Ford–. ¿Quién era esa chica?

–Pues una chica. Está bien, de acuerdo, no me fue muy bien con ella. Estuve intentándolo toda la tarde. ¡Es que era algo serio! Guapa, encantadora, de una inteligencia apabullante...; al fin conseguí acapararla un poco y le estaba dando conversación cuando apareció este amigo tuyo diciendo: *Hola, encanto, ¿te está aburriendo este tipo? Entonces, ¿por qué no hablas conmigo? Soy de otro planeta.* No volví a verla más.

–¡Zaphod! –exclamó Ford.

–Sí –dijo Arthur, lanzándole una mirada iracunda y tratando de no sentirse ridículo–. Sólo tenía dos brazos y una cabeza, y se hacía llamar Phil, pero...

–Pero debes admitir que realmente era de otro planeta –dijo Trillian, dejándose ver al otro extremo del puente.

Dedicó a Arthur una agradable sonrisa que le cayó como una tonelada de ladrillos, y luego volvió a atender a los mandos de la nave.

Hubo unos segundos de silencio, y luego, del confuso revoltijo que había en la mente de Arthur, salieron unas palabras.

–¡Tricia McMillan! –dijo–. ¿Qué estás haciendo aquí?

–Lo mismo que tú –respondió ella–. Me han recogido. Al fin y al cabo, ¿qué otra cosa podía hacer con una licenciatura en

Matemáticas y otra en Astrofísica? Era esto, o volver los lunes a la cola del subsidio de paro.

–Infinito menos uno –parloteó el ordenador–, terminada la suma de Improbabilidad.

Zaphod lo miró; luego dirigió la vista a Ford, a Arthur y, finalmente, a Trillian.

–Trillian –dijo–, ¿va a ocurrir esta clase de cosas siempre que empleemos la Energía de la Improbabilidad?

–Me temo que es muy probable –respondió ella.

14

El *Corazón de Oro* prosiguió su viaje silencioso por la noche espacial, ahora con una energía convencional de fotones. Sus cuatro tripulantes se sentían incómodos sabiendo que no estaban reunidos por su propia voluntad ni por simple coincidencia, sino por una curiosa perversión de la física, como si las relaciones entre la gente estuvieran sujetas a las mismas leyes que regían la relación entre átomos y moléculas.

Cuando cayó la noche artificial de la nave, se sintieron contentos de retirarse a sus cabinas para tratar de ordenar sus ideas.

Trillian no podía dormir. Se sentó en un sofá y contempló una jaula pequeña que contenía sus únicos y últimos vínculos con la Tierra: dos ratones blancos que llevó consigo tras lograr el permiso de Zaphod. Esperaba no volver a ver más el planeta, pero se sintió inquieta al conocer las noticias de su destrucción. Le parecía remoto e irreal, y no hallaba medio de recordarlo. Observó a los ratones corriendo por la jaula y pisando furiosamente los pequeños peldaños de su rueda de plástico, hasta que ocuparon toda su atención. De pronto se estremeció y volvió al puente, a vigilar las lucecitas y cifras centelleantes que marcaban el avance de la nave a través del vacío. Tuvo deseos de saber qué era lo que estaba tratando de no pensar.

Zaphod no podía dormir. Él también deseaba saber qué era lo que él mismo no se permitía pensar. Hasta donde podía recordar, tenía una vaga e insistente sensación de no encontrarse allí. Durante la mayor parte del tiempo fue capaz de dejar a un lado semejante idea y no preocuparse por ella, pero había vuelto a surgir por la súbita e inexplicable llegada de Ford Prefect y Arthur Dent. En cierto modo, aquello parecía obedecer a un plan que no comprendía.

Ford no podía dormir. Estaba demasiado entusiasmado por encontrarse nuevamente en marcha. Habían terminado quince años de práctica reclusión, justo cuando estaba empezando a abandonar toda esperanza. Merodear con Zaphod durante una temporada prometía ser muy divertido, aunque había algo un tanto raro en su medio primo que no podía determinar. El hecho de haberse convertido en presidente de la Galaxia era francamente sorprendente, igual que la forma de dejar el cargo. ¿Obedecía aquello a algún motivo? Era inútil preguntárselo a Zaphod, pues él nunca parecía tener una razón para ninguno de sus actos: había convertido lo insondable en una forma artística. Abordaba todas las cosas de la vida con una mezcla de genio extraordinario y de ingenua incompetencia que con frecuencia resultaba difícil distinguir.

Arthur dormía: estaba tremendamente cansado.

Hubo un golpecito en la puerta de Zaphod. Se abrió.

–¿Zaphod...?

–¿Sí?

La figura de Trillian se destacó en el óvalo de luz.

–Creo que acabamos de encontrar lo que estabas buscando.

–¿Ah, sí?

Ford abandonó todo propósito de dormir. En un rincón de su cabina había un pequeño ordenador con pantalla y teclado. Se sentó ante él durante un rato con intención de redactar un artículo nuevo para la *Guía* sobre el tema de los vogones, pero no se le ocurrió nada bastante mordaz, así que desistió. Se envolvió en una túnica y se fue a dar un paseo hasta el puente.

Al entrar, se sorprendió al ver dos figuras, que parecían entusiasmadas, inclinadas sobre los instrumentos.

–¿Lo ves? La nave está a punto de entrar en órbita –decía Trillian–. Ahí hay un planeta. En las coordenadas exactas que tú habías previsto.

Zaphod oyó un ruido y alzó la vista.

–¡Ford! –susurró–. Ven acá y echa un vistazo a esto.

Ford se acercó y miró. Era una serie de cifras que titilaban en la pantalla.

–¿Reconoces esas coordenadas galácticas? –le preguntó Zaphod.

–No.

–Te daré una pista. ¡Ordenador!

–¡Hola, pandilla! –saludó con entusiasmo el ordenador–. Se está animando la tertulia, ¿verdad?

–Cierra el pico –le ordenó Zaphod– y muéstranos las pantallas.

Se apagó la luz del puente. Puntos luminosos recorrieron las consolas y reflejaron cuatro pares de ojos que miraban fijamente las pantallas del monitor exterior.

No se veía absolutamente nada en ellas.

–¿Lo reconoces? –susurró Zaphod.

Ford frunció el ceño.

–Pues no –dijo.

–¿Qué ves?

–Nada.

–¿Lo reconoces?

–Pero ¿de qué hablas?

–Estamos en la Nebulosa Cabeza de Caballo. Una vasta nube negra.

–¿Y querías que la reconociese en una pantalla en blanco?

–El interior de una nebulosa negra es el único sitio de la Galaxia donde puede verse una pantalla negra.

–Muy bueno.

Zaphod se echó a reír. Era evidente que estaba muy entusiasmado por algo, casi de manera infantil.

–¡Eh, esto pasa de castaño oscuro, es verdaderamente extraordinario!

–¿Qué tiene de maravilloso el estar atascados en una nube de polvo? –preguntó Ford.

–¿Qué te figuras que se puede encontrar aquí? –le insistió Zaphod.

–Nada.

–¿Ni estrellas? ¿Ni planetas?

–No.

–¡Ordenador! –gritó Zaphod–. ¡Gira el ángulo de visión uno-ochenta grados y no digas nada!

Durante un momento pareció que no pasaba nada, luego apareció un punto luminoso y brillante en el extremo de la enorme pantalla. La atravesó una estrella roja del tamaño de una bandeja pequeña, seguida velozmente por otra: un sistema binario. Entonces, una enorme luna creciente se dibujó en una esquina de la imagen: un resplandor rojo que se iba fundiendo en negro, el lado del planeta donde era de noche.

–¡Lo encontré! –gritó Zaphod, dando un puñetazo en la consola–. ¡Lo encontré!

Ford lo miró fijamente, asombrado.

–¿El qué? –preguntó.

–Ése... –dijo Zaphod–, es el planeta más increíble que jamás existió.

15

(Cita de la *Guía del autoestopista galáctico,* página 634784, sección 5.ª, artículo: *Magrathea)*

Hace mucho, entre la niebla de los tiempos pasados, durante los grandes y gloriosos días del antiguo Imperio Galáctico, la vida era turbulenta, rica y ampliamente libre de impuestos. Naves poderosas trenzaban su camino entre soles exóticos, buscando aventuras y recompensas por las partes más recónditas del espacio galáctico. En aquella época, los espíritus eran valientes, los premios eran altos, los hombres eran hombres de verdad, las mujeres eran mujeres de verdad, y las pequeñas criaturas peludas de Alfa Centauro eran verdaderas pequeñas criaturas peludas de Alfa Centauro. Y todos se atrevían a enfrentarse con terrores desconocidos, a realizar hazañas importantes, a dividir audazmente infinitivos que nadie había dividido antes; y así fue como se forjó el Imperio.

Desde luego, muchos hombres se hicieron sumamente ricos, pero eso era algo natural de lo que no había que avergonzarse, porque nadie era verdaderamente pobre, al menos nadie que valiera la pena mencionar. Y para todos los mercaderes más ricos y prósperos, la vida se hizo bastante aburrida y mezquina y empezaron a imaginar que, en consecuencia, la culpa era de los mundos en que se habían establecido; ninguno de ellos era plenamente satisfactorio: o el clima no era lo bastante adecuado en la última parte de la tarde, o el día duraba media hora de más, o el mar tenía precisamente el matiz rosa incorrecto.

Y así se crearon las condiciones para una nueva y asombrosa industria especializada: la construcción por encargo de planetas de lujo. La sede de tal industria era el planeta Magrathea, donde ingenieros hiperespaciales aspiraban materia por agujeros blancos del espacio para convertirla en planetas soñados: planetas de oro, planetas de platino, planetas de goma blanda con muchos terremotos; todos encantadoramente construidos para que cumplieran con las normas exactas que los hombres más ricos de la Galaxia esperaban.

Pero tanto éxito tuvo esa aventura, que Magrathea pronto llegó a ser el planeta más rico de todos los tiempos y el resto de la Galaxia quedó reducido a la pobreza más abyecta. Y así se quebró la organización social, se derrumbó el Imperio y un largo y lóbrego silencio cayó sobre mil millones de mundos hambrientos, únicamente turbado por el garabateo de las plumas de los eruditos mientras trabajaban hasta entrada la noche en pulcros tratados sobre el valor de la planificación en la política económica.

Magrathea desapareció, y su recuerdo pronto pasó a la oscuridad de la leyenda.

En estos tiempos ilustrados, por supuesto que nadie cree una palabra de ello.

16

Arthur se despertó por el ruido de la discusión y se dirigió al puente. Ford estaba agitando los brazos.

–Estás loco, Zaphod –decía–. Magrathea es un mito, un cuento de hadas, es lo que los padres cuentan por la noche a sus hijos si quieren que sean economistas cuando crezcan, es...

–Y en su órbita es donde estamos en estos momentos –insistió Zaphod.

–Escucha, no sé dónde estarás tú en órbita, personalmente, pero esta nave...

–¡Ordenador! –gritó Zaphod.

–¡Oh, no!

–¡Hola, chicos! Soy Eddie, vuestro ordenador de a bordo, me siento muy animado y sé que me lo voy a pasar muy bien con cualquier programa que penséis encomendarme.

Arthur miró inquisitivamente a Trillian, que le hizo señas de que se acercara, pero que permaneciera callado.

–Ordenador –dijo Zaphod–, vuelve a indicarnos nuestra trayectoria actual.

–Será un auténtico placer, compadre –farfulló–. En estos momentos nos encontramos en órbita a una altitud de cuatrocientos cincuenta kilómetros en torno al legendario planeta Magrathea.

–Eso no demuestra nada –arguyó Ford–. No me fiaría de este ordenador ni para saber lo que peso.

–Claro que podría decírtelo –dijo el ordenador, entusiasmado, marcando más cinta de teleimpresor–. Incluso podría averiguar qué problemas de personalidad tienes hasta diez puntos decimales, si eso te sirviera de algo.

–Zaphod –dijo Trillian, interrumpiendo al ordenador–, en cualquier momento pasaremos a la parte de ese planeta en que es de día..., sea el que sea.

–Oye, ¿qué quieres decir con eso? El planeta está donde yo dije que estaría, ¿no es así?

–Sí, sé que ahí hay un planeta. Yo no discuto cuál sea, sólo que no distinguiría a Magrathea de cualquier otro pedazo de roca inerte. Está amaneciendo, si es que necesitas luz.

–De acuerdo, de acuerdo –murmuró Zaphod–, que por lo menos se regocijen nuestros ojos. ¡Ordenador!

–¡Hola, chicos! ¿Qué puedo hacer...?

–Limítate a cerrar el pico y vuelve a darnos una panorámica del planeta.

Las pantallas se llenaron de nuevo con una masa informe y oscura: el planeta giraba bajo ellos.

Durante un momento lo observaron en silencio, pero Zaphod estaba impaciente y nervioso.

–Estamos cruzando el lado de la noche... –dijo con un murmullo.

El planeta seguía girando.

–Tenemos la superficie del planeta a cuatrocientos cincuenta kilómetros debajo de nosotros... –prosiguió Zaphod.

Trataba de crear la sensación de que se hallaban ante un acontecimiento, ante lo que él creía que era un gran momento. ¡Magrathea! Estaba resentido por la reacción escéptica de Ford. ¡Magrathea!

–Dentro de unos segundos –continuó–, lo veremos... ¡Allí!

El acontecimiento se produjo por sí solo. Incluso el más avezado vagabundo de las estrellas no podía menos que estremecerse ante la visión espectacular de una aurora del espacio, pero una aurora binaria es una de las maravillas de la Galaxia.

Un súbito punto de luz cegadora atravesó la extrema oscuridad. Aumentó gradualmente y se extendió de lado formando un aspa fina y creciente; al cabo de unos segundos se vieron dos soles, dos hornos de luz que tostaron con fuego blanco la línea del horizonte. Bajo ellos, fieras lanzas de color surcaron la fina atmósfera.

–¡Los fuegos de la aurora! –jadeó Zaphod–. ¡Los soles gemelos de Soulianis y Rahm...!

–O cualquier otra cosa –apostilló Ford en voz baja.

–¡Soulianis y Rahm! –insistió Zaphod.

Los soles resplandecieron en la bóveda del espacio y una música sorda y lúgubre flotó por el puente: Marvin canturreaba irónicamente porque odiaba mucho a los humanos.

Ford sintió una emoción profunda al contemplar el espectáculo luminoso, pero no era más que el entusiasmo de hallarse ante un planeta nuevo y extraño; le bastaba con verlo tal cual era. Le molestaba un poco que Zaphod hubiera impuesto en la escena una fantasía ridícula para sacarle partido. Todo eso de Magrathea eran camelos para niños. ¿Es que no bastaba ver la belleza de un jardín, sin tener que creer por ello que estaba habitado por las hadas?

A Arthur le parecía incomprensible todo eso de Magrathea. Se acercó a Trillian y le preguntó lo que pasaba.

–Yo sólo sé lo que me ha dicho Zaphod –susurró Trillian–. Al parecer, Magrathea es una especie de leyenda antigua en la que nadie cree verdaderamente. Es algo parecido a la Atlántida de la Tierra, salvo que los magratheanos construían planetas.

Arthur miró las pantallas y parpadeó con la sensación de que echaba de menos algo importante. De pronto comprendió lo que era.

–¿Hay té en esta nave? –preguntó.

Más partes del planeta se desplegaban a sus ojos a medida que el *Corazón de Oro* proseguía su órbita. Los soles se elevaban ahora en el cielo negro, había acabado la pirotecnia de la aurora y la superficie del planeta parecía yerma y ominosa a la ordinaria luz del día; era gris, polvorienta y de contornos vagos. Parecía muerta y fría como una cripta. De cuando en cuando surgían rasgos prometedores en el horizonte lejano: barrancas, quizás montañas o incluso ciudades. Pero a medida que se aproximaban, las líneas se suavizaban desvaneciéndose en el anonimato, y nada dejaban traslucir. La superficie del planeta estaba empañada por el tiempo, por el leve movimiento del tenue aire estancado que la había envuelto a lo largo de los siglos.

No cabía duda de que era viejísimo.

Un momento de incertidumbre asaltó a Ford mientras veía moverse bajo ellos el paisaje gris. Le inquietaba la inmensidad del tiempo, podía sentirlo como una presencia. Carraspeó.

–Bueno, y aun suponiendo que sea...

–Lo es –le interrumpió Zaphod.

–... que no lo es –prosiguió Ford–, ¿qué quieres hacer en él, de todos modos? Ahí no hay nada.

–En la superficie, no –dijo Zaphod.

–Muy bien, supongamos que hay algo. Me figuro que no estarás aquí sólo por su arqueología industrial. ¿Qué es lo que buscas?

Una de las cabezas de Zaphod miró a un lado. La otra giró en la misma dirección para ver qué estaba mirando la primera, pero ésta no miraba nada en particular.

–Pues he venido en parte por curiosidad –dijo Zaphod en tono frívolo–, y en parte por sed de aventuras, pero principalmente creo que por fama y dinero...

Ford le lanzó una mirada virulenta. Le daba la muy sólida impresión de que Zaphod no tenía la más mínima idea de por qué había ido allí.

–¿Sabes una cosa? –dijo Trillian, estremeciéndose–, no me gusta nada el aspecto del planeta.

–¡Bah! No hagas caso –le aconsejó Zaphod–. Con toda la riqueza del antiguo Imperio Galáctico escondida en alguna parte, puede permitirse esa apariencia desaliñada.

Tonterías, pensó Ford. Aun suponiendo que fuese la sede de alguna civilización antigua ya convertida en polvo, y dando por sentadas una serie de cosas sumamente improbables, era imposible que allí se guardasen grandes tesoros y riquezas en cualquier forma que siguiera teniendo valor. Se encogió de hombros.

–Creo que es un planeta muerto –dijo.

En la actualidad, la fatiga y la tensión nerviosa constituyen serios problemas sociales en todas las partes de la Galaxia, y para que tal situación no se agrave es por lo que se revelarán de antemano los hechos siguientes:

El planeta en cuestión es efectivamente el legendario Magrathea.

El mortífero ataque con proyectiles teledirigidos que iba a desencadenarse a continuación por un antiguo dispositivo automático de defensa, se resolverá simplemente en la ruptura de tres tazas de café y de una jaula de ratones, en ciertas magulladuras de alguien en el antebrazo, en la intempestiva creación y súbito fallecimiento de un tiesto de petunias y de una ballena inocente.

Con el fin de preservar cierta sensación de misterio, aún no se harán revelaciones concernientes a la persona que sufrió magulladuras en el antebrazo. Este hecho puede convertirse con toda seguridad en tema de *suspense* porque no tiene importancia alguna.

17

Tras comenzar el día de manera bastante agitada, Arthur empezaba a reunir los fragmentos en que había quedado reducida su mente tras las conmociones de la jornada anterior. Encontró una máquina Nutrimática que le proveyó de una taza de plástico llena de un líquido que era casi, pero no del todo, enteramente diferente del té. La manera como funcionaba era muy interesante. Cuando se apretaba el botón de «Bebida», la máquina hacía un reconocimiento rápido, pero muy detallado, de los gustos del sujeto, para luego realizar un análisis espectroscópico de su metabolismo y enviar tenues señales experimentales a las zonas neurálgicas de los centros del gusto del cerebro con el fin de averiguar lo que era de su agrado. Sin embargo, nadie sabía exactamente por qué lo hacía, porque de modo invariable siempre suministraba una taza de líquido que era casi, pero no del todo, enteramente distinto del té. La Nutrimática se proyectó y fabricó en la Compañía Cibernética Sirius, cuyo departamento de reclamaciones ocupa en estos momentos todas las grandes áreas de tierra más importantes del sistema estelar de Sirius Tau.

Arthur bebió el líquido y lo encontró tonificante. Volvió a mirar las pantallas y vio pasar otros centenares de kilómetros de yermos grises. De pronto se le ocurrió hacer una pregunta que le estaba preocupando:

–¿No hay peligro?

–Magrathea está muerto desde hace cinco millones de años –dijo Zaphod–. Claro que no hay peligro. A estas alturas, incluso los fantasmas deben haber sentado la cabeza y tendrán familia.

En ese momento, un sonido extraño e inexplicable retembló por el puente: un ruido de fanfarria lejana, un rumor sordo, agudo, inmaterial. Precedió a una voz igualmente sorda, aguda e inmaterial.

–*Se os saluda...* –dijo la voz.

Les hablaba alguien del planeta muerto.

–¡Ordenador! –gritó Zaphod.

–¡Hola, chicos!

–¿Qué fotón es ése?

–Pues no es más que una cinta de unos cinco millones de años que han puesto para nosotros.

–¿Cómo? ¿Una grabación?

–¡Chsss! –dijo Ford–. Sigue hablando.

La voz era vieja, cortés, casi encantadora, pero tenía un inequívoco matiz de amenaza.

–*Éste es un aviso grabado* –dijo–, *pues me temo que en este momento no existamos ninguno de nosotros. El Consejo comercial de Magrathea os agradece vuestra estimada visita...*

–¡Una voz del antiguo Magrathea! –gritó Zaphod.

–Muy bien, muy bien –dijo Ford.

–*... pero lamenta* –prosiguió la voz– *que el planeta esté temporalmente retirado de los negocios. Gracias. Si tenéis la bondad de dejar vuestro nombre y la dirección de un planeta donde se os pueda localizar, decidlo cuando oigáis la señal.*

Siguió un breve zumbido; luego, silencio.

–Quieren librarse de nosotros –dijo nerviosamente Trillian–. ¿Qué hacemos?

–No es más que una grabación –dijo Zaphod–. Seguimos adelante. ¿Entendido, ordenador?

–Entendido –contestó el ordenador, dando a la nave un empuje veloz.

Esperaron.

Al cabo de un segundo más o menos, volvieron a oír la fanfarria, y luego la voz:

–Nos complace comunicaros que tan pronto como reanudemos el trabajo, anunciaremos en todas las revistas de moda y suplementos en color cuándo podrán nuestros clientes volver a elegir entre todo lo mejor de nuestra geografía contemporánea. –La amenaza que había en la voz adoptó un matiz más cortante–. *Entretanto, agradecemos a nuestros clientes su amable interés, pidiéndoles que se marchen. Ahora mismo.*

Arthur volvió la cabeza para mirar las caras nerviosas de sus compañeros.

–Bueno, entonces creo que será mejor que nos vayamos, ¿no?

–¡Chsss! –dijo Zaphod–. No hay absolutamente nada que temer.

–Entonces, ¿por qué está todo el mundo tan nervioso?

–¡Sólo están interesados! –gritó Zaphod–. ¡Ordenador!, inicia un descenso en la atmósfera y prepárate para aterrizar.

Esta vez, la fanfarria era bastante rutinaria y la voz claramente fría.

–Resulta muy grato –dijo– *que vuestro entusiasmo por nuestro planeta permanezca intacto, por lo que nos gustaría comunicaros que los proyectiles teledirigidos que en estos momentos apuntan a vuestra nave forman parte de un servicio especial que aplicamos a nuestros clientes más entusiastas, y que las ojivas nucleares de que*

todos están provistos no son, por supuesto, más que un detalle de cortesía. Esperamos que sigáis siendo nuestros clientes en las vidas futuras... Gracias.

La voz se interrumpió bruscamente.

–¡Oh! –dijo Trillian.

–Hmm –dijo Arthur.

–¿Y bien? –dijo Ford.

–Pero ¿es que no os entra en la cabeza? –dijo Zaphod–. No es más que un mensaje grabado. De hace millones de años. A nosotros no nos concierne, ¿entendido?

–¿Qué me dices de los proyectiles teledirigidos? –preguntó tranquilamente Trillian.

–¿Proyectiles? No me hagas reír.

Ford dio un golpecito a Zaphod en el hombro y señaló la pantalla trasera. Detrás de ellos, en la lejanía, dos dardos plateados ascendían por la atmósfera hacia la nave. Una rápida ampliación de imagen los enfocó claramente: dos cohetes macizos y auténticos que surcaban el cielo como un trueno. La rapidez de su aparición era pasmosa.

–Me parece que van a hacer lo posible para que nos concierna –dijo Ford.

Zaphod los miraba fijamente, asombrado.

–¡Oye, esto es tremendo! –exclamó–. ¡Ahí abajo hay alguien que quiere matarnos!

–Tremendo –repitió Arthur.

–Pero ¿no comprendes lo que eso significa?

–Sí. Vamos a morir.

–Sí, pero aparte de eso.

–¿*Aparte* de qué?

–¡Significa que debemos haber encontrado algo!

–¿Y cuándo podemos dejarlo?

Segundo a segundo, la imagen de los proyectiles crecía en la pantalla. Ya habían virado y se dirigían en línea recta a su objetivo, de manera que lo único que ahora veían de ellos eran las ojivas nucleares, con la cabeza por delante.

–Tengo curiosidad –dijo Trillian– por saber qué vamos a hacer.

–Mantenernos tranquilos –le contestó Zaphod.

–¿Eso es todo? –gritó Arthur.

–No, también vamos a... hmm..., ¡a realizar una operación evasiva! –dijo Zaphod con un repentino acceso de pánico–. ¡Ordenador! ¿Qué operación evasiva podemos realizar?

–Hmm, me temo que ninguna, muchachos –dijo el ordenador.

–... o algo así..., hmm... –dijo Zaphod.

–Parece que hay algo que entorpece mis circuitos de dirección –explicó animadamente el ordenador–. Recibiremos el impacto a menos cuarenta y cinco segundos. Por favor, llamadme Eddie, si eso os ayuda a tranquilizaros.

Zaphod trató de correr en varias direcciones igualmente decisivas al mismo tiempo.

–¡Muy bien! –dijo–. Hmm..., tenemos que hacernos con el control manual de la nave.

–¿Sabes manejarla? –le preguntó Ford en tono agradable.

–No, ¿y tú?

–No.

–¿Sabes tú, Trillian?

–No.

–Estupendo –dijo Zaphod, tranquilizándose–. Lo haremos juntos.

–Yo tampoco sé –dijo Arthur, que pensaba que ya era hora de afirmarse.

–Me lo figuraba –dijo Zaphod–. Muy bien; ordenador, quiero pleno control manual de la nave.

–Ya lo tienes –dijo el ordenador.

Se abrieron unos anchos pupitres llenos de paneles y de ellos surgieron filas de consolas de mando, lanzando sobre los tripulantes una lluvia de trozos de la envoltura de poliestireno dilatado y bolas de celofán arrugado: los controles nunca se habían utilizado antes.

Zaphod los miró con ojos frenéticos.

–Muy bien, Ford –dijo–, dale todo hacia atrás y diez grados a estribor. O algo así...

–Buena suerte, chicos –gorjeó el ordenador–, impacto a menos treinta segundos...

Ford se precipitó de un salto ante los controles; sólo unos cuantos le decían algo, así que los manipuló. La nave se estremeció y crujió mientras sus cohetes de propulsión a chorro intentaban ir en todas direcciones al mismo tiempo. Soltó la mitad y la nave viró en un estrecho arco volviendo por donde había venido, directamente hacia los proyectiles que se acercaban.

Balones de aire almohadillaron las paredes en el preciso instante en que todos se vieron arrojados contra ellas. Durante unos segundos, la fuerza de la inercia los aplastó, dejándolos jadeantes, incapaces de moverse. Zaphod luchó por liberarse con furiosa desesperación, y finalmente logró asestar una patada brutal a una palanca pequeña que formaba parte del circuito de dirección.

La palanca se rompió. La nave giró bruscamente y salió disparada hacia arriba. Los tripulantes se desperdigaron violentamente por la cabina. El ejemplar de Ford de la *Guía del autoestopista galáctico* chocó contra otra sección de la consola de mandos, con el doble resultado de que la guía empezó a explicar a cualquiera que quisiese oírla la mejor forma de sacar de Antares glándulas de periquitos antareanos de contrabando (una glándula de periquito ensartada en un palillo es una exquisitez escandalosa pero muy solicitada después de un cóctel, y con frecuencia las adquieren por fuertes sumas de dinero unos idiotas riquísimos que quieren impresionar a otros idiotas riquísimos), y de pronto cayó la nave del cielo como una piedra.

Desde luego, fue más o menos en ese momento cuando uno de los tripulantes sufrió una magulladura desagradable en el brazo. Esto debe hacerse notar porque, como ya se ha dicho, por lo demás escaparon completamente ilesos, y los mortíferos proyectiles nucleares no llegaron a alcanzar la nave. La seguridad de la tripulación queda absolutamente asegurada.

–Impacto a menos veinte segundos, chicos... –dijo el ordenador.

–¡Entonces vuelve a conectar los puñeteros motores! –gritó Zaphod a voz en cuello.

–Pues claro, muchachos –dijo el ordenador. Con un tenue rugido los motores volvieron a encenderse, la nave dejó de caer, se enderezó suavemente y se dirigió otra vez hacia los proyectiles.

El ordenador empezó a cantar.

–*Cuando camines bajo la tormenta...* –gimoteó con voz nasal–, *lleva la cabeza alta...*

Zaphod le gritó que cerrara el pico, pero su voz se perdió en el estruendo de su inminente destrucción, que con toda razón consideraban inevitable.

–*Y no... tengas miedo... de la oscuridad* –canturreó Eddie con voz lastimera.

Al enderezarse, la nave quedó al revés, y como estaban tumbados en el techo, a sus tripulantes les resultaba totalmente imposible manipular los circuitos de dirección.

–*Al final de la tormenta...* –cantó Eddie con voz suave.

Los dos proyectiles llenaron las pantallas al acercarse estruendosamente hacia la nave.

–*... hay un cielo dorado...*

Pero por una suerte extraordinaria aún no habían modificado del todo su trayectoria de acuerdo con los caprichosos virajes de la nave, y pasaron justo por debajo de ella.

–Y la dulce canción plateada de la alondra... Impacto revisado dentro de quince segundos, tíos... *Camina contra el viento...*

Los proyectiles chirriaron al virar en redondo y proseguir su persecución.

–Ya está –dijo Arthur al verlos–. Ahora sí que vamos a morir, ¿verdad?

–¡Ojalá dejaras de decir eso! –gritó Ford.

–Pero vamos a morir, ¿no?

–Sí.

–Camina bajo la lluvia... –cantó Eddie.

A Arthur se le ocurrió una idea. Se puso en pie a duras penas.

–¿Por qué no conecta alguien eso de la Energía de la Improbabilidad? –dijo–. Tal vez podamos alcanzarla.

–¿Te has vuelto loco? –dijo Zaphod–. Sin una programación adecuada podría pasar cualquier cosa.

–¡Y qué importa eso a estas alturas! –gritó Arthur.

–Aunque tus sueños se pierdan y se desvanezcan...

Arthur logró salir de una de las molduras provocativamente regordetas de la pared curva, por el ángulo del techo.

–Camina, camina, con el corazón lleno de esperanza...

–¿Sabe alguien por qué no puede Arthur conectar la Energía de la Improbabilidad? –gritó Trillian.

–Y no caminarás solo... Impacto a menos cinco segundos; ha sido estupendo conoceros, chicos, que Dios os bendiga... *Nun... ca... caminarás... solo.*

–¡He dicho –gritó Trillian– que si alguien sabe...!

Lo que ocurrió a continuación fue una espantosa explosión de luz y sonido.

18

Y lo que ocurrió a continuación fue que el *Corazón de Oro* siguió su ruta con absoluta normalidad y algunas modificaciones bastante atractivas en su interior. Era un poco más amplia, y acabada con unos delicados matices de verde y azul pastel. En el medio, entre un follaje de helechos y flores amarillas, se alzaba una escalera de caracol, y junto a ella había un pedestal de piedra que albergaba la terminal del ordenador principal. Luces y espejos hábilmente desplegados creaban la ilusión de estar en un invernadero que daba a una amplia extensión de jardines cuidados con esmero exquisito. En torno a la zona periférica del invernadero había mesas con tablero de mármol y patas de hierro forjado de bello e intrincado dibujo. Cuando se miraba la superficie reluciente del mármol, se veía la vaga forma de los instrumentos; y cuando se pasaba la mano por encima, los aparatos se materializaban al instante. Si se los miraba desde la posición adecuada, los espejos parecían reflejar todos los datos precisos, aunque no estaba nada claro de dónde provenían. Efectivamente, era muy bonito.

Acomodado en un sillón de mimbre, Zaphod Beeblebrox dijo:

–¿Qué demonios ha pasado?

–Pues yo acabo de decir –dijo Arthur, que reposaba junto a un estanque pequeño lleno de peces– que ahí hay un interruptor de esa Energía de la Improbabilidad...

Señaló a donde estaba antes. Ahora había un tiesto con una planta.

–Pero ¿dónde estamos? –dijo Ford, que estaba sentado en la escalera de caracol, con un detonador gargárico pangaláctico bien frío en la mano.

–Exactamente donde estábamos, creo... –dijo Trillian, mientras los espejos les mostraban súbitamente una imagen del marchito paisaje de Magrathea, que seguía pasando velozmente bajo ellos.

Zaphod se puso en pie de un salto.

–Entonces, ¿qué ha pasado con los proyectiles atómicos? –preguntó.

En los espejos apareció una imagen nueva y pasmosa.

–Resultará –dijo Ford en tono de duda– que se han convertido en un tiesto de petunias y en una ballena muy sorprendida...

–Con un Factor de Improbabilidad –terció Eddie, que no había cambiado en absoluto– de ocho millones setecientos sesenta y siete mil ciento veintiocho contra uno.

Zaphod miró fijamente a Arthur.

–¿Pensaste en eso, terrícola? –le preguntó.

–Pues yo, lo único que hice fue... –dijo Arthur.

–Fue una idea excelente, ¿sabes? Conectar durante un segundo la Energía de la Improbabilidad sin activar primero las pantallas aislantes. Oye, muchacho, nos has salvado la vida, ¿lo sabías?

–Pues, bueno –dijo Arthur–, en realidad no fue nada...

–¿De veras? –dijo Zaphod–. Muy bien, entonces olvídalo. Bueno, ordenador, llévanos a tierra.

–Pero...

–He dicho que lo olvides.

Otra cosa que se olvidó fue el hecho de que, contra toda probabilidad, se había creado una ballena a varios kilómetros por encima de la superficie de un planeta extraño.

Y como, naturalmente, ésa no es una situación sostenible para una ballena, la pobre criatura inocente tuvo muy poco tiempo para acostumbrarse a su identidad de ballena antes de perderla para siempre.

Ésta es una relación completa de sus pensamientos desde el instante en que comenzó su vida hasta el momento en que terminó.

«¡Ah..! ¿Qué pasa?

»Hmm, discúlpeme, ¿quién soy yo?

»¿Hola?

»¿Por qué estoy aquí? ¿Cuál es el objeto de mi vida?

»¿Qué quiere decir quién soy yo?

»Tranquila, cálmate ya... ¡Oh, qué sensación tan interesante! ¿Verdad? Es una especie de... bostezante, hormigueante sensación en mi... mi..., bueno, creo que será mejor empezar a poner nombre a las cosas si quiero abrirme paso en lo que, por mor de lo que llamaré un argumento, denominaré mundo, así que diremos en mi estómago.

»Bien. ¡Ooooh, esto marcha muy bien! Pero ¿qué es ese ruido grandísimo y silbante que me pasa por lo que de pronto voy a llamar la cabeza? Quizás lo pueda llamar... ¡viento! ¿Es un buen nombre? Servirá..., tal vez encuentre otro mejor más adelante, cuando averigüe para qué sirve. Debe ser algo muy importante, porque desde luego parece haber muchísimo. ¡Eh! ¿Qué es eso? Eso..., llamémoslo cola; sí, cola. ¡Eh! Puedo sacudirla muy bien, ¿verdad? ¡Vaya! ¡Huy! ¡Qué magnífica sensación! No parece servir de mucho, pero ya descubriré más tarde lo que es. ¿Ya me he hecho alguna idea coherente de las cosas?

»No.

»No importa porque, oye, es tan emocionante tener tanto que descubrir, tanto que esperar, que casi me aturde la impaciencia.

»¿O el viento?

»¿Verdad que ahora hay muchísimo?

»¡Y de qué manera! ¡Eh! ¿Qué es eso que viene tan deprisa hacia mí? Muy deprisa. Tan grande, tan plano y redondo que necesita un gran nombre sonoro, como... sueno... ruedo... ¡suelo! ¡Eso es! Ése sí que es un buen nombre: ¡suelo!

»Me pregunto si se mostrará amistoso conmigo.»

Y el resto, tras un súbito golpe húmedo, fue silencio.

Curiosamente, lo único que pasó por la mente del tiesto de petunias mientras caía fue: «¡Oh, no! Otra vez, no.» Mucha gente ha imaginado que si supiéramos exactamente lo que pensó el tiesto de petunias, conoceríamos mucho más de la naturaleza del Universo de lo que sabemos ahora.

19

–¿Es que llevamos con nosotros a ese robot? –preguntó Ford, mirando con fastidio a Marvin, que estaba sentado en una postura difícil y encogida en el rincón, debajo de una palmera pequeña.

Zaphod apartó la vista de las pantallas de espejo, que ofrecían una vista panorámica del yermo paisaje en que acababa de aterrizar el *Corazón de Oro.*

–¡Ah! ¿El androide paranoico? –dijo–. Sí, lo llevamos con nosotros.

–¿Y qué vamos a hacer con un robot maníaco-depresivo?

–Tú crees que tienes problemas –dijo Marvin como si se dirigiese a un ataúd recién ocupado–, ¿qué harías si *fueses* un robot maníaco-depresivo? No, no te molestes en responderme, soy cincuenta mil veces más inteligente que tú, y ni siquiera yo sé la respuesta. Me da dolor de cabeza sólo de ponerme a pensar a tu altura.

Trillian apareció bruscamente por la puerta de su cabina.

–¡Mi ratón blanco se ha escapado! –dijo.

Ninguna expresión de honda inquietud y preocupación llegó a surgir en ninguno de los dos rostros de Zaphod.

–Que se vaya a hacer gárgaras tu ratón blanco –dijo.

Trillian le lanzó una mirada fulminante y volvió a desaparecer.

Es muy posible que su observación hubiese recibido mayor atención si hubiera existido la conciencia general de que los seres humanos sólo eran la tercera forma de vida más inteligente del planeta Tierra, en vez de (como solían considerarla los observadores más independientes) la segunda.

–Buenas tardes, muchachos.

La voz era extrañamente familiar, pero con un deje raro y diferente. Tenía un matiz matriarcal. Se oyó cuando los tripulantes de la nave llegaron a la escotilla del compartimento estanco por la que saldrían a la superficie del planeta.

Se miraron unos a otros, confusos.

–Es el ordenador –explicó Zaphod–. He descubierto que tenía otra personalidad de emergencia, y pensé que ésta tal vez daría mejor resultado.

–Y ahora vais a pasar vuestro primer día en un planeta nuevo y extraño –prosiguió Eddie con su nueva voz–, así que quiero que os abriguéis bien y estéis calentitos, y que no juguéis con ningún monstruo travieso de ojos saltones.

Zaphod dio unos golpecitos de impaciencia en la escotilla.

–Lo siento –dijo–, creo que nos iría mejor con una regla de cálculo.

–¡Muy bien! –saltó el ordenador–. ¿Quién ha dicho eso?

–¿Quieres abrir la escotilla de salida, ordenador, por favor? –dijo Zaphod, tratando de no enfadarse.

–No lo haré hasta que aparezca quien ha dicho eso –insistió el ordenador cerrando con fuerza unas cuantas sinapsis.

–¡Santo Dios! –musitó Ford, desplomándose súbitamente contra un mamparo y empezando a contar hasta diez. Le desesperaba pensar que las formas conscientes de vida olvidaran los números algún día. Los seres humanos sólo podían demostrar su independencia de los ordenadores si se ponían a contar.

–Vamos –dijo Eddie con firmeza.

–Ordenador... –empezó a decir Zaphod.

–Estoy esperando –le interrumpió Eddie–. Puedo esperar todo el día si es necesario...

–Ordenador... –volvió a decir Zaphod, que estuvo tratando de pensar en algún razonamiento sutil para hacer callar al ordenador, pero decidió que era mejor no competir con él en su propio terreno–, si no abres la escotilla de salida ahora mismo, desconectaré inmediatamente tus bancos de datos más importantes y volveré a programarte con bastantes recortes, ¿has entendido?

Eddie se sobresaltó, hizo una pausa y lo pensó.

Ford seguía contando en voz baja. Eso es lo más agresivo que puede hacerse a un ordenador, el equivalente de acercarse a un ser humano diciendo: *sangre... sangre... sangre... sangre...*

–Veo que todos vamos a tener que cuidar un poco nuestras relaciones –dijo finalmente Eddie en voz baja.

Y se abrió la escotilla.

Un viento helado se abalanzó sobre ellos; se abrigaron bien y bajaron por la rampa al yermo polvoriento de Magrathea.

–¡Todo esto acabará en llanto, lo sé! –gritó Eddie tras ellos, volviendo a cerrar la escotilla.

Pocos minutos después volvió a abrirla, en respuesta a una orden que le pilló enteramente por sorpresa.

20

Cinco figuras vagaban lentamente por el terreno marchito. Había zonas que eran de un gris apagado, y otras de castaño sin brillo; el resto era menos interesante visualmente. Parecía un marjal seco, ahora desprovisto de vegetación y cubierto con una capa de polvo de casi tres centímetros de espesor. Hacía mucho frío.

Era evidente que Zaphod se sentía bastante deprimido por todo aquello. Echó a andar por su cuenta y pronto se perdió de vista tras una suave elevación del terreno.

El viento le hacía daño a Arthur en los ojos y en los oídos; el tenue aire rancio se le agarraba a la garganta. No obstante, lo que más daño le hacía eran sus pensamientos.

–Es fantástico... –dijo, y su propia voz le retumbó en los oídos. El sonido no se transmitía bien en aquella atmósfera tenue.

–Si quieres mi opinión, es un agujero inmundo –dijo Ford–. Me divertiría más en una cama de gatos.

Sentía una irritación creciente. Entre todos los planetas de los sistemas estelares de toda la Galaxia, muchos de ellos salvajes y exóticos, desbordantes de vida, le había tocado aparecer en un montón de basura como aquél, después de quince años de naufragio. Ni siquiera un puesto de salchichas a la vista. Se agachó y recogió un frío terrón de tierra, pero debajo no había nada por lo que valiera la pena recorrer miles de años luz.

–No –insistió Arthur–, no lo entiendes; ésta es la primera vez que pongo el pie en la superficie de otro planeta..., de un mundo enteramente extraño... ¡Lástima que haya tanta basura!

Trillian apretó los brazos contra el cuerpo, se estremeció y frunció el ceño. Habría jurado ver un movimiento leve e inesperado con el rabillo del ojo, pero cuando miró en aquella dirección, lo único que distinguió fue la nave, inmóvil y silenciosa, a unos cien metros detrás de ellos.

Unos segundos después sintió alivio al ver a Zaphod, de pie en lo alto del promontorio, haciéndoles señas para que se acercaran.

Parecía alborotado, pero no oían claramente lo que les decía por causa del viento y de la poca densidad de la atmósfera.

Al acercarse a la elevación del terreno, se dieron cuenta de que era circular: un cráter de unos ciento cincuenta metros de diámetro. Por fuera del cráter, la pendiente estaba salpicada de terrones rojos y negros. Se pararon a mirar uno. Estaba húmedo. Era como de goma.

Horrorizados, comprendieron de pronto que era carne fresca de ballena.

En la cima, al borde del cráter, se reunieron con Zaphod.

–Mirad –dijo éste, señalando el cráter.

En el centro yacía el cadáver desgarrado de una ballena solitaria que no había vivido lo suficiente para estar descontenta con su suerte. El silencio sólo se interrumpió por las contracciones involuntarias de la garganta de Trillian.

–Supongo que no tendrá sentido enterrarla –murmuró Arthur, que enseguida se arrepintió de sus palabras.

–Vamos –ordenó Zaphod, empezando a bajar por el cráter.

–¡Cómo! ¿Ahí abajo? –protestó Trillian con marcada aversión.

–Sí –dijo Zaphod–. Vamos, tengo que enseñaros algo.

–Ya lo vemos –dijo Trillian.

–Eso no –dijo Zaphod–; otra cosa. Venga.

Todos dudaron.

–Vamos –insistió Zaphod–. He descubierto un camino para entrar.

–¿Para *entrar?* –dijo Arthur, horrorizado.

–¡Al interior del planeta! Un pasaje subterráneo. Se abrió al chocar la ballena contra el suelo, y por ahí es por donde tenemos que ir. Por donde no ha pisado un ser humano durante estos cinco millones de años, hacia el mismo corazón del tiempo...

Marvin volvió a iniciar su canturreo irónico.

Zaphod le dio un puñetazo y se calló.

Con pequeños repeluznos de asco, siguieron todos a Zaphod por la pendiente del cráter, tratando con todas sus fuerzas de no mirar a su infortunada creadora.

–Se la odie o se la ignore –sentenció tristemente Marvin–, la vida no puede gustarle a nadie.

El terreno se ahondaba por donde había penetrado la ballena, revelando una red de galerías y pasadizos, obstruidos por cascotes y vísceras. Zaphod empezó a limpiar escombros para abrir un camino, pero Marvin logró hacerlo con mayor rapidez. Un aire húmedo emanó de sus cavidades oscuras, y cuando Zaphod encendió una linterna nada se vio entre las tinieblas polvorientas.

–Según la leyenda –dijo–, los magratheanos pasaban en el subsuelo la mayor parte de su vida.

–¿Y por qué? –inquirió Arthur–. ¿Es que la superficie estaba muy contaminada o había exceso de población?

–No, no lo creo –contestó Zaphod–. Creo que únicamente no les gustaba mucho.

–¿Estás seguro de que sabes lo que vas a hacer? –preguntó Trillian, atisbando nerviosamente en la oscuridad–. No sé si sabrás que ya nos han atacado una vez.

–Mira, niña, te prometo que la población viva de este planeta asciende a cero más nosotros cuatro, así que venga, entremos ahí. Hmm, oye, terrícola...

–Arthur –dijo Arthur.

–Sí, podrías quedarte con el robot y vigilar este extremo del pasaje, ¿de acuerdo?

–¿Vigilar? –dijo Arthur–. ¿De qué? Acabas de decir que aquí no hay nadie.

–Sí, bueno, sólo por seguridad, ¿conforme? –dijo Zaphod.

–¿Por seguridad de quién? ¿Tuya o mía?

–Buen muchacho. Venga, vamos.

Zaphod entró a gatas por el pasadizo, seguido de Trillian y de Ford.

–Pues espero que lo paséis muy mal –se quejó Arthur.

–No te preocupes, así será –le aseguró Marvin.

Al cabo de unos segundos se perdieron de vista.

Arthur comenzó a pasear de mal humor, y luego decidió que el cementerio de una ballena no era un lugar muy adecuado para pasear.

Zaphod caminaba rápidamente por el pasadizo, muy nervioso, pero tratando de ocultarlo con pasos resueltos. Movió la linterna de un lado a otro. Las paredes estaban recubiertas con azulejos oscuros, fríos al tacto, y el aire era sofocante y podrido.

–Mirad, ¿qué os había dicho? Un planeta deshabitado. Magrathea –dijo, siguiendo entre la basura y los cascotes esparcidos por el suelo de baldosas.

Inevitablemente, Trillian recordó el metro de Londres, aunque era menos sórdido.

De cuando en cuando, los baldosines de la pared daban paso a amplios mosaicos: sencillos dibujos angulosos en colores brillantes. Trillian se detuvo a observar uno de ellos, pero no pudo descubrirle sentido alguno. Llamó a Zaphod.

–Oye, ¿tienes idea de qué son estos símbolos extraños?

–Creo que son símbolos extraños de alguna clase –contestó Zaphod, casi sin volver la vista.

Trillian se encogió de hombros y apretó el paso.

De vez en cuando, a la izquierda o a la derecha, había puertas que daban a habitaciones pequeñas, y Ford descubrió que estaban llenas de ordenadores abandonados. Entró con Zaphod para echar una mirada. Trillian los siguió.

–Mira –dijo Ford–, tú crees que esto es Magrathea...

–Sí –dijo Zaphod–, y hemos oído la voz, ¿no es así?

–Muy bien, admitiré el hecho de que esto sea Magrathea; de momento. Pero hasta ahora no has dicho nada de cómo lo has localizado en medio de la Galaxia. Con toda seguridad, no te limitaste a mirarlo en un atlas estelar.

–Investigué. En los archivos del Gobierno. Hice indagaciones y algunas conjeturas acertadas. Fue fácil.

–¿Y entonces robaste el *Corazón de Oro* para venir a buscarlo?

–Lo robé para buscar un montón de cosas.

–¿Un montón de cosas? –repitió Ford, sorprendido–. ¿Como cuáles?

–No lo sé.

–¿Cómo?

–No sé lo que estoy buscando.

–¿Por qué no?

–Porque..., porque..., porque si lo supiera, creo que no sería capaz de buscarlas.

–¡Pero qué dices! ¿Estás loco?

–Es una posibilidad que no he desechado –dijo Zaphod en voz baja–. De mí mismo sólo sé lo que mi inteligencia puede averiguar bajo condiciones normales. Y las condiciones normales no son buenas.

Durante largo rato nadie dijo nada, mientras Ford miraba fijamente a Zaphod con un espíritu súbitamente plagado de preocupaciones.

–Escucha, viejo amigo, si quieres... –empezó a decir finalmente Ford.

–No, espera... Voy a decirte una cosa –le interrumpió Zaphod–. Llevo una vida muy espontánea. Se me ocurre la idea de hacer algo y, ¿por qué no?, la hago. Pienso en ser presidente de la Galaxia, y resulta fácil. Decido robar la nave. Me lanzo a buscar Magrathea, y da la casualidad de que lo encuentro. Sí, pienso en el mejor modo de hacerlo, de acuerdo, pero siempre lo consigo. Es como tener una tarjeta de galacticrédito que sigue teniendo validez aunque nunca envíes los cheques. Y luego, siempre que me pongo a pensar en por qué hago algo y en cómo voy a hacerlo, siento una fuerte inclinación a dejar de pensar en ello. Como ahora. Me cuesta mucho trabajo hablar de esto.

Zaphod hizo una pausa. Hubo silencio durante un rato. Luego frunció el ceño y prosiguió:

–Anoche volví a preocuparme. Por el hecho de que parte de mi mente no funcionaba en su forma debida. Luego se me ocurrió que era como si alguien estuviese utilizando mi inteligencia para producir ideas buenas, sin decírmelo a mí. Relacioné ambas cosas y llegué a la conclusión de que tal vez ese alguien hubiera taponado a propósito una parte de mi mente y ésa fuera la razón por la que no podía usarla. Me pregunté si habría algún medio de comprobarlo.

»Me dirigí a la enfermería de la nave y me conecté a la pantalla encefalográfica. Me apliqué pruebas proyectivas en ambas cabezas, todas las que me hicieron los funcionarios médicos del Gobierno antes de ratificar mi candidatura a la presidencia. Dieron resultados negativos. Por lo menos, nada extraños. Mostraron que era inteligente, imaginativo, irresponsable, indigno de confianza, extrovertido: nada nuevo. Ninguna otra anomalía. Así que empecé a inventar más pruebas, enteramente al azar. Nada. Luego traté de superponer los resultados de una cabeza sobre los de la otra. Y nada. Finalmente me sentí un poco ridículo, porque lo achaqué a un simple ataque de paranoia. Lo último que hice antes de dejarlo fue tomar la imagen sobreimpuesta y mirarla a través de un filtro verde. ¿Te acuerdas de que cuando era niño siempre me mostraba supersticioso hacia el color verde? ¿De que quería ser piloto de una nave de exploración comercial?

Ford asintió con la cabeza.

–Y allí estaba, tan claro como la luz del día –prosiguió Zaphod–. Toda una sección en medio de los dos cerebros que sólo se relacionaban entre sí y con ninguna otra cosa a su alrededor.

Algún hijo de puta me había cauterizado todas las sinapsis y había traumatizado electrónicamente dos trozos de cerebelo.

Ford lo miró estupefacto. Trillian había palidecido.

–¿Te *hizo* eso alguien? –susurró Ford.

–Sí.

–Pero ¿tienes idea de quién fue? ¿O por qué?

–¿Por qué? Sólo puedo adivinarlo. Pero sé quién fue el cabrón que lo hizo.

–¿Lo sabes? ¿Cómo?

–Porque dejó las iniciales grabadas en las sinapsis cauterizadas. Las dejó allí para que yo las viera.

–¿Iniciales? ¿Grabadas a fuego en tu cerebro?

–Sí.

–¡Por amor de Dios! ¿Y cuáles eran?

Zaphod volvió a mirarle en silencio durante un momento. Luego desvió la vista.

–Z. B. –dijo en voz baja.

En aquel instante, un postigo de acero se abatió bajo ellos y empezó a manar gas en la estancia.

–Os lo contaré después –dijo ahogadamente Zaphod mientras los tres se desvanecían.

21

En la superficie de Magrathea, Arthur paseaba con aire malhumorado.

Muy atento, Ford le había dejado su ejemplar de la *Guía del autoestopista galáctico* para que se entretuviera con ella. Apretó unos botones al azar.

La Guía del autoestopista galáctico *es un libro de redacción muy desigual, y contiene muchos pasajes que a sus redactores les pareció buena idea en su momento.*

Uno de esos fragmentos (con el que se topó Arthur) relata las hipotéticas experiencias de un tal Veet Voojagig, un joven y tranquilo estudiante de la Universidad de Maximegalon que llevaba una brillante carrera académica estudiando filología antigua, ética generativa y la teoría de la onda armónica de la percepción histórica, y que luego, tras una noche que pasó bebiendo detonadores gargáricos pangalácticos con Zaphod Beeblebrox, se fue obsesionando cada vez más con el problema de lo que había pasado con todos los bolis que había comprado durante los últimos años.

A ello siguió un largo período de investigaciones laboriosas durante el cual visitó todos los centros importantes de pérdidas de bolis por toda la Galaxia y que concluyó con una pequeña y original teoría que, en su momento, prendió en la imaginación del público. Decía que en alguna parte del cosmos, junto a todos los planetas habitados por humanoides, reptiloides, ictioides, arboroides ambulantes y matices superinteligentes del color azul, existía también un planeta enteramente poblado por seres bolioides. Y hacia él se dirigirían los bolis desatendidos, deslizándose suavemente por agujeros de gusanos en el espacio hacia un mundo donde eran conscientes de disfrutar de una forma de vida exclusivamente bolioide que respondía a altos estímulos boliorientados y que generalmente conducían al equivalente bolioide de la buena vida.

En cuanto a teoría, pareció estupenda y simpática hasta que Veet Voojagig afirmó de repente que había encontrado ese planeta y había trabajado como conductor de un automóvil lujoso para una familia de vulgares retráctiles verdes, que después lo prendieron, lo encerraron, y después de que él escribiera un libro, finalmente lo enviaron al exilio tributario, que es destino normalmente reservado para aquellos que se deciden a hacer el ridículo en público.

Un día se envió una expedición a las coordenadas espaciales donde Voojagig había afirmado que se encontraba su planeta, y so-

lamente se descubrió un asteroide pequeño habitado por un anciano solitario que declaró repetidas veces que nada era verdad, aunque más tarde se averiguó que mentía.

Sin embargo, dos cuestiones siguieron sin aclararse: los misteriosos 60.000 dólares altairianos que se depositaban anualmente en su cuenta bancaria de Brantisvogan, y, por supuesto, el negocio de bolis de segunda mano que tan rentable le resultaba a Zaphod Beeblebrox.

Tras leer esto, Arthur dejó el libro.

El robot seguía sentado en el mismo sitio, completamente inerte.

Arthur se levantó y se acercó a la cima del cráter. Paseó por el borde. Contempló una magnífica puesta de dos soles en el cielo de Magrathea.

Volvió a bajar al cráter. Despertó al robot, porque era mejor hablar con un robot maníaco-depresivo que con nadie.

–Se está haciendo de noche –dijo–. Mira, robot, están saliendo las estrellas.

Desde las profundidades de una nebulosa oscura sólo pueden verse muy débilmente unas pocas estrellas, pero allí se distinguían con claridad.

Obediente, el robot las miró y luego apartó los ojos.

–Lo sé –dijo–. Detestable, ¿verdad?

–¡Pero ese crepúsculo! Nunca he visto nada igual ni en mis sueños más demenciales..., ¡dos soles! Como montañas de fuego fundiéndose en el espacio.

–Lo he visto –dijo Marvin–, es una necedad.

–En nuestro planeta sólo teníamos un sol –insistió Arthur–, soy de un planeta llamado Tierra, ¿sabes?

–Lo sé –dijo Marvin–, no paras de hablar de ello. Me suena horriblemente.

–¡Oh, no!, era un sitio precioso.

–¿Tenía océanos? –inquirió Marvin.

–Claro que sí –dijo Arthur, suspirando–, enormes y agitados océanos azules...

–No soporto los océanos –dijo Marvin.

–Dime, ¿te llevas bien con otros robots? –le preguntó Arthur.

–Los odio –respondió Marvin–. ¿Adónde vas?

Arthur no podía aguantar más. Volvió a levantarse.

–Me parece que voy a dar otro paseo –dijo.

–No te lo reprocho –repuso Marvin, contando quinientos noventa y siete mil millones de ovejas antes de volver a dormirse un segundo después.

Arthur se palmeó los brazos para estimularse la circulación y sentir un poco más de entusiasmo por su tarea. Con pasos pesados, volvió a la pared del cráter.

Como la atmósfera era muy tenue y no había luna, la noche caía con mucha rapidez y en aquellos momentos ya estaba muy oscuro. Debido a todo ello, Arthur prácticamente chocó con el anciano antes de verlo.

22

Estaba en pie, de espaldas a Arthur, contemplando cómo los últimos destellos de luz desaparecían en la negrura del horizonte. Era más bien alto, de edad avanzada, y vestía una larga túnica gris. Al volverse, su rostro era delgado y distinguido, lleno de inquietud pero no severo; la clase de rostro en que uno confía alegremente. Pero aún no se había girado, ni siquiera reaccionó al grito de sorpresa de Arthur.

Finalmente desaparecieron por completo los últimos rayos de sol. Su rostro seguía recibiendo luz de alguna parte, y cuando

Arthur buscó su origen, vio que a unos metros de distancia había una especie de embarcación: un aerodeslizador, supuso Arthur. Derramaba un tenue haz luminoso a su alrededor.

El desconocido miró a Arthur, al parecer, con tristeza.

–Habéis escogido una noche fría para visitar nuestro planeta muerto –dijo.

–¿Quién... es usted? –tartamudeó Arthur.

El anciano apartó la mirada. Una expresión de tristeza pareció cruzar de nuevo por su rostro.

–Mi nombre no tiene importancia –dijo.

Parecía estar pensando en algo. Era evidente que no tenía mucha prisa por entablar conversación. Arthur se sintió incómodo.

–Yo..., humm..., me ha asustado usted... –dijo débilmente.

El desconocido volvió a mirar en torno suyo y enarcó levemente las cejas.

–¿Hmmm? –dijo.

–He dicho que me ha asustado usted.

–No te alarmes, no te haré daño.

–¡Pero usted nos ha disparado! –exclamó Arthur, frunciendo el ceño–. Había unos proyectiles...

El anciano miró al hueco del cráter. El ligero destello que lanzaban los ojos de Marvin arrojaba débiles sombras rojas sobre el gigantesco cadáver de la ballena.

El desconocido sonrió ligeramente.

–Es un dispositivo automático –dijo, dejando escapar un leve suspiro–. Ordenadores antiguos colocados en las entrañas del planeta cuentan los oscuros milenios mientras los siglos flotan pesadamente sobre sus polvorientos bancos de datos. Me parece que de vez en cuando disparan al azar para mitigar la monotonía. –Lanzó una mirada grave a Arthur y añadió–: Soy un gran entusiasta del silencio, ¿sabes?

–¡Ah...!, ¿de veras? –dijo Arthur, que empezaba a sentirse desconcertado ante los modales curiosos y amables de aquel hombre.

–Pues sí –dijo el anciano, quien, simplemente, dejó de hablar otra vez.

–¡Ah! Hmmm... –dijo Arthur, que tenía la extraña sensación de ser como un hombre a quien sorprende cometiendo adulterio el marido de su amante, que entra en la alcoba, se cambia de pantalones, hace unos comentarios vagos sobre el tiempo y se vuelve a marchar.

–Pareces incómodo –dijo el anciano con interés.

–Pues no...; bueno, sí. Mire usted, en realidad no esperábamos encontrar a nadie por aquí. Suponíamos que todos estaban muertos o algo así...

–¿Muertos? –dijo el anciano–. ¡Santo cielo, no! Sólo estábamos dormidos.

–¿Dormidos? –repitió incrédulamente Arthur.

–Sí, durante la recesión económica, ¿comprendes? –dijo el anciano, sin que al parecer le importase si Arthur entendía o no una palabra de lo que le estaba diciendo.

–¿Recesión económica?

–Sí, mira, hace cinco millones de años la economía galáctica se derrumbó, y en vista de que los planetas de encargo constituían un artículo de lujo... –Hizo una pausa y miró a Arthur, preguntándole en tono solemne–: Sabes que construíamos planetas, ¿verdad?

–Pues sí –contestó Arthur–, en cierto modo me lo había figurado...

–Un oficio fascinante –dijo el anciano con una expresión de nostalgia en los ojos–; hacer la línea de la costa siempre era mi parte favorita. Solía divertirme enormemente dibujando los pequeños detalles de los fiordos...; así que, de todos modos –añadió, tratando de recobrar el hilo–, llegó la recesión económica y decidimos que nos ahorraríamos muchas molestias si nos limitáramos a dormir mientras durase. De manera que programamos a los ordenadores para que nos despertaran cuando terminase del todo.

El anciano ahogó un bostezo muy leve y prosiguió:

–Los ordenadores tenían una señal conectada con los índices del mercado de valores galáctico, para que reviviéramos cuando todo el mundo se hubiera recuperado económicamente lo suficiente para poder contratar nuestros servicios, bastante caros.

Arthur, que era un lector habitual del *Guardian*, se sorprendió mucho al oír aquello.

–¿Y no es una manera de comportarse bastante desagradable?

–¿Lo es? –preguntó suavemente el anciano–. Lo siento, no estoy muy al corriente.

Señaló al cráter.

–¿Es tuyo ese robot? –preguntó.

–No –dijo una voz tenue y metálica desde el cráter–. Soy mío.

–Si se le quiere llamar robot... –murmuró Arthur–. Más bien es una máquina electrónica de resentimiento.

–Tráelo para acá –dijo el anciano. Arthur se sorprendió al notar un repentino énfasis de decisión en la voz del anciano. Llamó a Marvin, que trepó por la pendiente, fingiendo una aparatosa cojera que no tenía.

–Pensándolo mejor –dijo el anciano–, déjalo ahí. Tú tienes que venir conmigo. Se están preparando grandes cosas.

Se volvió hacia su nave que, aunque al parecer no se había emitido señal alguna, empezó a avanzar suavemente hacia ellos entre la oscuridad.

Arthur miró a Marvin, que se dio la vuelta con la misma aparatosidad que antes y volvió a bajar laboriosamente por el cráter murmurando para sí agrias naderías.

–Vamos –dijo el anciano–, vámonos ya o llegarás tarde.

–¿Tarde? –dijo Arthur–. ¿Para qué?

–¿Cómo te llamas, humano?

–Dent, Arthur Dent –dijo Arthur.

–Tarde, tanto como si fueras el extinto Dentarthurdent –dijo el anciano con voz firme–. Es una especie de amenaza, ¿sabes?

Otra expresión de nostalgia surgió de sus ojos fatigados. Arthur entornó los suyos.

–¡Qué persona tan extraordinaria! –murmuró para sí.

–¿Cómo has dicho? –preguntó el anciano.

–Nada, nada, lo siento –dijo Arthur, confundido–. Bueno, ¿adónde vamos?

–Entremos en mi aerodeslizador –dijo el anciano, indicando a Arthur que subiera a la nave que se había detenido en silencio junto a ellos–. Vamos a descender a las entrañas del planeta, donde en estos momentos nuestra raza revive de su sueño de cinco millones de años. Magrathea despierta.

Arthur sufrió un escalofrío involuntario al sentarse junto al anciano. Lo extraño de todo aquello, el movimiento silencioso y fluctuante de la nave al remontarse en el cielo nocturno, le inquietó profundamente.

Miró al anciano, que tenía el rostro iluminado por el débil resplandor de las tenues luces del cuadro de mandos.

–Disculpe –le dijo–, ¿cómo se llama usted, a todo esto?

–¿Que cómo me llamo? –dijo el anciano, y la misma tristeza lejana volvió a su rostro. Hizo una pausa y prosiguió–: Me llamo... Slartibartfast.

Arthur casi se atragantó.

–¿Cómo ha dicho? –farfulló.

–Slartibartfast –repitió con calma el anciano.

–¿Slartibartfast?

El anciano le miró con gravedad.

–Ya te dije que no tenía importancia –comentó.

El aerodeslizador siguió su camino en medio de la noche.

23

Es un hecho importante y conocido que las cosas no siempre son lo que parecen. Por ejemplo, en el planeta Tierra el hombre siempre supuso que era más inteligente que los delfines porque había producido muchas cosas –la rueda, Nueva York, las guerras, etcétera–, mientras que los delfines lo único que habían hecho consistía en juguetear en el agua y divertirse. Pero a la inversa, los delfines siempre creyeron que eran mucho más inteligentes que el hombre, precisamente por las mismas razones.

Curiosamente, los delfines conocían desde tiempo atrás la inminente destrucción del planeta Tierra, y realizaron muchos intentos para advertir del peligro a la humanidad; pero la mayoría de sus comunicaciones se interpretaron mal, considerándose como entretenidas tentativas de jugar al balón o de silbar para que les dieran golosinas, así que finalmente desistieron y dejaron que la Tierra se las arreglara por sí sola, poco antes de la llegada de los vogones.

El último mensaje de los delfines se interpretó como un intento sorprendente y complicado de realizar un doble salto mortal hacia atrás pasando a través de un aro mientras silbaban el «Star Spangled Banner», pero en realidad el mensaje era el siguiente: *Hasta luego, y gracias por el pescado.*

Efectivamente, en el planeta sólo existía una especie más inteligente que los delfines, y pasaba la mayor parte del tiempo en laboratorios de investigación conductista corriendo en el interior de unas ruedas y llevando a cabo alarmantes, sutiles y elegantes experimentos sobre el hombre. El hecho de que los humanos volvieran a interpretar mal esa relación correspondía enteramente a los planes de tales criaturas.

24

La pequeña nave se deslizaba silenciosa por la fría oscuridad: un fulgor suave y solitario que surcaba la negra noche magratheana. Viajaba deprisa. El compañero de Arthur parecía sumido en sus propios pensamientos, y cuando en un par de ocasiones trató Arthur de entablar conversación, el anciano se limitó a contestar preguntándole si estaba cómodo, sin añadir nada más.

Arthur intentó calcular la velocidad a la que viajaban, pero la oscuridad exterior era absoluta y carecía de puntos de referencia. La sensación de movimiento era tan suave y ligera, que casi estaba a punto de creer que no se movían en absoluto.

Entonces, un tenue destello de luz apareció en el horizonte y al cabo de unos segundos aumentó tanto de tamaño, que Arthur comprendió que se dirigía hacia ellos a velocidad colosal, y trató de averiguar qué clase de vehículo podría ser. Miró pero no pudo distinguir claramente su forma, y de pronto jadeó alarmado cuando el aerodeslizador se inclinó abruptamente y se precipitó hacia abajo en una trayectoria que seguramente acabaría en colisión. Su velocidad relativa parecía increíble, y Arthur apenas tuvo tiempo de respirar antes de que todo terminara. Lo primero que percibió fue una demencial mancha plateada que parecía rodearle. Volvió la cabeza con brusquedad y vio un pequeño punto negro que desaparecía rápidamente tras ellos, a lo lejos, y tardó varios segundos en comprender lo que había pasado.

Se habían introducido en un túnel excavado en el suelo. La velocidad colosal era la que ellos llevaban en dirección al destello luminoso, que era un agujero inmóvil en el suelo, la embocadura del túnel. La demencial mancha plateada era la pared circular del túnel por donde iban disparados, al parecer, a varios centenares de kilómetros a la hora.

Aterrado, cerró los ojos.

Al cabo de un tiempo que no trató de calcular, sintió una leve disminución de la velocidad, y un poco más tarde comprendió que iban deteniéndose suavemente, poco a poco.

Volvió a abrir los ojos. Aún seguían en el túnel plateado, abriéndose paso, colándose, entre una intrincada red de túneles convergentes. Finalmente se detuvieron en una pequeña cámara de acero ondulado. Allí iban a parar varios túneles y, al otro extremo de la cámara, Arthur vio un ancho círculo de luz suave e irritante. Era molesta porque jugaba malas pasadas a los ojos, era imposible orientarse bien o decir cuán lejos o cerca estaba. Arthur supuso (equivocándose por completo) que sería ultravioleta.

Slartibartfast se dio la vuelta y miró a Arthur con sus graves ojos de anciano.

–Terrícola –le dijo–, ya estamos en las profundidades de Magrathea.

–¿Cómo sabía que soy terrícola? –inquirió Arthur.

–Ya comprenderás estas cosas –respondió amablemente el anciano, que añadió con una leve duda en la voz–: Al menos las verás con mayor claridad que en estos momentos.

Y prosiguió:

–He de advertirte que la cámara en la que estamos a punto de entrar no existe literalmente en el interior de nuestro planeta. Es un poco... ancha. Vamos a cruzar una puerta y a entrar en un vasto tramo de hiperespacio. Tal vez te inquiete.

Arthur hizo unos ruidos nerviosos.

Slartibartfast tocó un botón y, en un tono que no era muy tranquilizador, añadió:

–A mí me da escalofríos de temor. Agárrate bien.

El vehículo saltó hacia delante, justo por en medio del círculo luminoso, y Arthur tuvo súbitamente una idea bastante clara de lo que era el infinito.

En realidad, no era el infinito. El infinito tiene un aspecto plano y sin interés. Si se mira al cielo nocturno, se atisba el infinito: la distancia es incomprensible y, por tanto, carece de sentido. La cámara en que emergió el aerodeslizador era cualquier cosa menos infinita; sólo era extraordinariamente grande, tanto que daba una impresión mucho más aproximada de infinito que el mismo infinito.

Arthur percibió que sus sentidos giraban y danzaban al viajar a la inmensa velocidad que, según sabía, alcanzaba el aerodeslizador; ascendían lentamente por el aire dejando tras ellos la puerta por la que habían pasado como un alfilerazo en el débil resplandor de la pared.

La pared.

La pared desafiaba la imaginación, la atraía y la derrotaba. Era tan pasmosamente larga y alta que su cima, fondo y costados se desvanecían más allá del alcance de la vista: sólo la impresión de vértigo que daba era ya capaz de matar a un hombre.

Parecía absolutamente plana. Se hubiera necesitado el equipo de medición láser más perfecto para descubrir que, a medida que subía, hasta el infinito al parecer, a medida que caía vertiginosamente, y a medida que se extendía a cada lado, se iba haciendo curva. Volvía a encontrarse a sí misma a trece segundos luz. En otras palabras, la pared formaba la parte interior de una esfera hueca con un diámetro de unos cuatro millones y medio de kilómetros y anegada de una luz increíble.

–Bienvenido –dijo Slartibartfast mientras la manchita diminuta que formaba el aerodeslizador, que ahora viajaba a tres veces la velocidad del sonido, avanzaba de manera imperceptible en el espacio sobrecogedor–, bienvenido a la planta de nuestra fábrica.

Arthur miró a su alrededor con una especie de horror maravillado. Colocados delante de ellos, a una distancia que no podía juzgar ni adivinar siquiera, había una serie de suspensiones curiosas, delicadas tracerías de metal y de luz colgaban junto a vagas formas esféricas que flotaban en el espacio.

–Mira –dijo Slartibartfast–, aquí es donde hacemos la mayor parte de nuestros planetas.

–¿Quiere decir –dijo Arthur, tratando de encontrar las palabras–, quiere decir que ya van a empezar otra vez?

–¡No, no! ¡Santo cielo, no! –exclamó el anciano–. No, la Galaxia todavía no es lo suficientemente rica para mantenernos. No, nos han despertado para realizar solamente un encargo extraordinario para unos.... clientes muy especiales de otra dimensión. Quizás te interese..., allá, a lo lejos, frente a nosotros.

Arthur siguió la dirección del dedo del anciano hasta distinguir el armazón flotante que señalaba. Efectivamente, era la única estructura que manifestaba indicios de actividad, aunque se trataba más de una impresión subliminal que de algo palpable.

Sin embargo, en aquel momento un destello de luz formó un arco en la estructura y mostró con claro relieve los contornos que se formaban en la oscura esfera interior. Contornos que Arthur conocía, formas ásperas y apelmazadas que le resultaban tan familiares como la configuración de las palabras, que eran parte de los enseres de su mente. Durante unos momentos permaneció en un silencio pasmado mientras las imágenes se agolpaban en su cerebro y trataban de hallar un sitio donde resolverse y encontrar su sentido.

Parte de su mente le decía que sabía perfectamente lo que estaba buscando y lo que representaban aquellas formas, y otra parte rechazaba con bastante sensatez la admisión de semejante idea, negándose a seguir pensando en tal sentido.

Volvió a surgir el destello, y esta vez no cabía duda.

–La Tierra... –musitó Arthur.

–Bueno, en realidad es la Tierra número Dos –dijo alegremente Slartibartfast–. Estamos haciendo una reproducción de nuestra cianocopia original.

Hubo una pausa.

–¿Está tratando de decirme –inquirió Arthur con voz lenta y controlada– que ustedes... *hicieron* originalmente la Tierra?

–Claro que sí –dijo Slartibartfast–. ¿Has ido alguna vez a un sitio que... me parece que se llamaba Noruega?

–No –contestó Arthur–, no he ido nunca.

–Qué lástima –comentó Slartibartfast–, fue obra mía. Ganó un premio, ¿sabes? ¡Qué costas tan encantadoras y arrugadas! Lo sentí mucho al enterarme de su destrucción.

–¡Que lo *sintió!*

–Sí. Cinco minutos después no me habría importado tanto. Fue un error espantoso.

–¡Cómo! –exclamó Arthur.

–Los ratones se pusieron furiosos.

–¡Que los *ratones* se pusieron furiosos!

–Pues sí –dijo el anciano con voz suave.

–Y me figuro que lo mismo se pondrían los perros, los gatos y los ornitorrincos, pero...

–¡Ah!, pero ellos no habían pagado para verlo, ¿verdad?

–Mire –dijo Arthur–, ¿no le ahorraría un montón de tiempo si me diera por vencido y me volviese loco ahora mismo?

Durante un rato el aerodeslizador voló en medio de un silencio embarazoso. Luego, el anciano trató pacientemente de dar una explicación:

–Terrícola, el planeta en el que vivías fue encargado, pagado y gobernado por ratones. Quedó destruido cinco minutos antes de alcanzarse el propósito para el cual se proyectó, y ahora tenemos que construir otro.

Arthur sólo se quedó con una palabra.

–¿Ratones? –dijo.

–Efectivamente, terrícola.

–Lo siento, escuche..., ¿estamos hablando de las pequeñas criaturas peludas que tienen una fijación con el queso y ante los cuales las mujeres se subían gritando encima de las mesas en las comedias televisivas a principios de los sesenta?

Slartibartfast tosió cortésmente.

–Terrícola –dijo–, resulta un poco difícil seguir tu manera de hablar. Recuerda que he estado dormido en el interior de este planeta de Magrathea durante cinco millones de años y no sé mucho de esas comedias televisivas de los primeros sesenta de que me hablas. Mira, esas criaturas que tú llamas ratones no son enteramente lo que parecen. No son más que la proyección en nuestra dimensión de seres pandimensionales sumamente hiperinteligentes. Todo eso del queso y de los gritos no es más que una fachada.

El anciano hizo una pausa y, con una mueca simpática, prosiguió:

–Me temo que han hecho experimentos con vosotros.

Arthur pensó aquello durante un segundo, y luego se le iluminó el rostro.

–¡Ah, no! –dijo–. Ya veo el origen del malentendido. No, mire usted, lo que pasó es que nosotros hacíamos experimentos *con ellos*. Con frecuencia se les utilizaba en investigaciones conductistas, Pavlov y todas esas cosas. De manera que lo que pasó fue que a los ratones se les presentaba todo tipo de pruebas, aprendían a tocar campanillas y a correr por laberintos y cosas así, para luego analizar todas las características del proceso de aprendizaje. Por la observación de su conducta, nosotros aprendíamos todo tipo de cosas sobre la nuestra...

La voz de Arthur se apagó.

–Es de admirar... –dijo Slartibartfast– semejante sutileza.

–¿Cómo? –dijo Arthur.

–Qué cosa mejor para ocultar su verdadera naturaleza, para guiar mejor vuestras ideas: correr de pronto por el lado erróneo de un laberinto, comer el trozo equivocado de queso, caer repentinamente muertos de mixomatosis...; si eso se calcula adecuadamente, el efecto acumulativo es enorme.

Hizo una pausa para causar efecto.

–Mira, terrícola, son seres pandimensionales realmente listos y especialmente hiperinteligentes. Vuestro planeta y vuestra gente han formado la matriz de un ordenador orgánico que realizaba un programa de investigación de diez millones de años... Permite que te cuente toda la historia. Llevará un poco de tiempo.

–El tiempo –dijo débilmente Arthur– no suele ser uno de mis problemas.

25

Desde luego, existen muchos problemas relacionados con la vida, entre los cuales algunos de los más famosos son: *¿Por qué nacemos? ¿Por qué morimos? ¿Por qué queremos pasar la mayor parte de la existencia llevando relojes de lectura directa?*

Hace muchísimos millones de años, una raza de seres pandimensionales hiperinteligentes (cuya manifestación física en su propio universo pandimensional no es diferente a la nuestra) quedó tan harta de la continua discusión sobre el sentido de la vida, que interrumpieron su pasatiempo preferido de críquet ultrabrockiano (un curioso juego que incluía golpear a la gente de improviso, sin razón aparente alguna, y luego salir corriendo) y decidieron sentarse a resolver sus problemas de una vez para siempre.

Con ese fin construyeron un ordenador estupendo que era tan sumamente inteligente, que incluso antes de que se conectaran sus bancos de datos empezó por *Pienso, luego existo,* y llegó hasta inferir la existencia del pudín de arroz y del impuesto sobre la renta antes de que alguien lograra desconectarlo.

Era del tamaño de una ciudad pequeña.

Su consola principal estaba instalada en un despacho de dirección de un modelo especial, montada sobre un enorme escritorio de la ultracaoba más fina con el tablero tapizado de lujoso cuero ultrarrojo. La alfombra oscura era discretamente suntuosa; había plantas exóticas y elegantes grabados de los programadores principales del ordenador y de sus familias generosamente desplegados por la habitación, y ventanas magníficas daban a un patio público bordeado de árboles.

El día de la Gran Conexión, dos programadores sobriamente vestidos llegaron con sus portafolios y se les hizo pasar discretamente al despacho. Eran conscientes de que aquel día representaban a toda su raza en su momento más álgido, pero se condujeron con calma y tranquilidad, se sentaron deferentemente al escritorio, abrieron los portafolios y sacaron sus libretas de notas encuadernadas en cuero.

Se llamaban Lunkwill y Fook.

Durante unos momentos siguieron sentados en un silencio respetuoso, y luego, tras intercambiar una tranquila mirada con Fook, Lunkwill se inclinó hacia delante y tocó un pequeño panel negro.

Un zumbido de lo más tenue indicó que el enorme ordenador había entrado en total actividad. Tras una pausa, les habló con una voz resonante y profunda.

–¿Cuál es esa gran tarea para la cual yo, Pensamiento Profundo, el segundo ordenador más grande del Universo del Tiempo, he sido creado? –les dijo.

Lunkwill y Fook se miraron sorprendidos.

–Tu tarea, oh, ordenador... –empezó a decir Fook.

–No, espera un momento, eso no está bien –dijo Lunkwill, inquieto–. Hemos proyectado expresamente este ordenador para que sea el primero de todos, y no nos conformaremos con el segundo. Pensamiento Profundo –se dirigió al ordenador–, ¿no eres tal como te proyectamos, el más grande, el más potente ordenador de todos los tiempos?

–Me he descrito como el segundo más grande –entonó Pensamiento Profundo–, y eso es lo que soy.

Los dos programadores cruzaron otra mirada de preocupación. Lunkwill carraspeó.

–Debe de haber algún error –dijo–. ¿No eres más grande que el ordenador Milliard Gargantusabio de Maximégalon, que puede contar todos los átomos de una estrella en un milisegundo?

–¿Milliard Gargantusabio? –dijo Pensamiento Profundo con abierto desdén–. Un simple ábaco; ni lo menciones.

–¿Y acaso no eres –le dijo Fook, inclinándose ansiosamente hacia delante– mejor analista que el Pensador de la Estrella Googleplex en la Séptima Galaxia de la Luz y del Ingenio, que puede calcular la trayectoria de cada partícula de polvo de una tormenta de arena de cinco semanas de Dangrabad Beta?

–¿Una tormenta de arena de cinco semanas? –dijo altivamente Pensamiento Profundo–. ¿Y me preguntas eso a mí, que he examinado hasta los vectores de los átomos del Big Bang? No me molestéis con cosas de calculadora de bolsillo.

Durante un rato, los dos programadores guardaron un incómodo silencio. Luego, Lunkwill volvió a inclinarse hacia delante y dijo:

–Pero ¿es que no eres un argumentista más temible que el gran Polemista Neutrón Omnicognaticio Hiperbólico de Ciceronicus 12, el Mágico e Infatigable?

–El gran Polemista Neutrón Omnicognaticio Hiperbólico –dijo Pensamiento Profundo, alargando las erres– podría dejar sin patas a un megaburro arcturiano a base de charla, pero sólo yo podría persuadirle para que se fuera después a dar un paseo.

–Entonces, ¿cuál es el problema? –le preguntó Fook.

–No hay ningún problema –afirmó Pensamiento Profundo

con tono magnífico y resonante–. Sencillamente, soy el segundo ordenador más grande del Universo del Espacio y del Tiempo.

–Pero... ¿el *segundo?* –insistió Lunkwill–. ¿Por qué afirmas ser el segundo? Seguro que no pensarás en el Multicorticoide Perpicutrón Titán Muller, ¿verdad? O en el Ponderamático. O en el...

Luces desdeñosas salpicaron la consola del ordenador.

–¡Yo no gasto ni una sola unidad de pensamiento en esos papanatas cibernéticos! –tronó–. ¡Yo sólo hablo del ordenador que me sucederá!

Fook estaba perdiendo la paciencia. Apartó a un lado la libreta de notas y murmuró:

–Me parece que la cosa se está poniendo innecesariamente mesiánica.

–Tú no sabes nada del tiempo futuro –sentenció Pensamiento Profundo–, pero con mi prolífico sistema de circuitos yo puedo navegar por las infinitas corrientes de las probabilidades futuras y ver que un día llegará un ordenador cuyos parámetros de funcionamiento no soy digno de calcular, pero que en definitiva será mi destino proyectar.

Fook exhaló un hondo suspiro y miró a Lunkwill.

–¿Podemos proseguir y hacerle la pregunta? –inquirió.

Lunkwill le hizo señas de que esperara.

–¿De qué ordenador hablas? –preguntó.

–No hablaré más de él por el momento –dijo Pensamiento Profundo–. Y ahora, decidme qué otra cosa queréis de mis funciones.

Los programadores se miraron y se encogieron de hombros. Fook se dominó y habló.

–¡Oh, ordenador Pensamiento Profundo! La tarea para la que te hemos proyectado es la siguiente: queremos que nos digas... –hizo una pausa– ¡la Respuesta!

–¿La Respuesta? –repitió Pensamiento Profundo–. ¿La Respuesta a qué?

–¡A la Vida! –le apremió Fook.

–¡Al Universo! –exclamó Lunkwill.

–¡A Todo! –dijeron ambos a coro.

Pensamiento Profundo hizo una breve pausa para reflexionar.

–Difícil –dijo al fin.

–Pero ¿puedes darla?

–Sí –dijo Pensamiento Profundo–, puedo darla.

De nuevo se produjo una pausa significativa.

–¿Existe la respuesta? –inquirió Fook, jadeando de emoción.

–¿Una respuesta sencilla? –añadió Lunkwill.

–Sí –respondió Pensamiento Profundo–. A la Vida, al Universo y a Todo. Hay una respuesta. Pero –añadió– tengo que pensarla.

Un alboroto repentino destruyó la emoción del momento: la puerta se abrió de golpe y dos hombres furiosos, que llevaban las túnicas de azul desteñido y las bandas de la Universidad de Cruxwan, irrumpieron en la habitación, apartando a empujones a los ineficaces lacayos que trataban de impedirles el paso.

–¡Exigimos admisión! –gritó el más joven de los intrusos, dando un codazo en la garganta a una secretaria guapa y joven.

–¡Vamos! ¡No podéis dejarnos fuera! –gritó el de más edad, echando a empujones por la puerta a un programador subalterno.

–¡Exigimos que no podéis dejarnos fuera! –chilló el más joven, aunque ya estaba dentro de la habitación y no se hacían más intentos de detenerlo.

–¿Quiénes sois? –preguntó Lunkwill, irritado, levantándose de su asiento–. ¿Qué queréis?

–¡Yo soy Majikthise! –anunció el de más edad.

–¡Y yo exijo que soy Vroomfondel! –gritó el más joven.

–Vale –dijo Majikthise volviéndose hacia Vroomfondel con furia y explicándole–: No es necesario que exijas eso.

–¡De acuerdo! –aulló Vroomfondel, dando un puñetazo en un escritorio–. ¡Soy Vroomfondel, y eso *no* es una exigencia, sino un *hecho* incontrovertible! ¡Lo que nosotros exigimos son *hechos* incontrovertibles!

–¡No, no es eso! –exclamó airadamente Majikthise–. ¡Eso es precisamente lo que no exigimos!

–¡*No* exigimos hechos incontrovertibles! –gritó Vroomfondel, sin casi detenerse a tomar aliento–. ¡Lo que exigimos es una total *ausencia* de hechos incontrovertibles! ¡Exijo que yo sea o no sea Vroomfondel!

–Pero ¿qué demonios sois vosotros? –exclamó Fook, ofendido.

–Nosotros –anunció Majikthise– somos filósofos.

–Aunque quizás no lo seamos –añadió Vroomfondel, moviendo un dedo en señal de advertencia a los programadores.

–Sí, lo *somos* –insistió Majikthise–. Estamos precisamente aquí en representación de la Unión Amalgamada de Filósofos, Sabios, Lumbreras y Otras Personas Pensantes, ¡y queremos que se desconecte esa máquina *ahora mismo!*

–¿Cuál es el problema? –inquirió Lunkwill.

–Te diré cuál es el problema, compañero –dijo Majikthise–: ¡Demarcación, ése es el problema!

–¡Exigimos –gritó Vroomfondel– que la demarcación pueda o no pueda ser el problema!

–Dejad que las máquinas sigan haciendo sumas –advirtió Majikthise–, y nosotros nos ocuparemos de las verdades eternas, muchas gracias. Si queréis comprobar vuestra situación legal, hacedlo, compañeros. Según la ley, la Búsqueda de la Verdad Última es, con toda claridad, la prerrogativa inalienable de los obreros pensadores. Si cualquier máquina puñetera va y la *encuentra,* nosotros nos quedamos inmediatamente sin trabajo, ¿verdad? ¿Qué sentido tiene que nosotros nos quedemos levantados casi toda la noche discutiendo la existencia de Dios, si esa máquina se pone a funcionar y os da su puñetero número de teléfono a la mañana siguiente?

–¡Eso es –aulló Vroomfondel–, exigimos áreas rígidamente definidas de duda y de incertidumbre!

De pronto, una voz atronadora retumbó por la habitación.

–¿Podría hacer *yo* una observación a esa cuestión? –inquirió Pensamiento Profundo.

–¡Iremos a la huelga! –gritó Vroomfondel.

–¡Eso es! –convino Majikthise–. ¡Tendréis que véroslas con una huelga nacional de filósofos!

El zumbido que había en la habitación se incrementó repentinamente cuando varias unidades auxiliares de los tonos graves, montadas en altavoces sobriamente labrados y barnizados, entraron en funcionamiento por toda la habitación para dar más potencia a la voz de Pensamiento Profundo.

–Lo único que quería decir –bramó el ordenador– es que en estos momentos mis circuitos están irrevocablemente ocupados en calcular la respuesta a la Pregunta Última de la Vida, del Universo y de Todo. –Hizo una pausa y se cercioró de que todos le atendían antes de proseguir en voz más baja–: Pero tardaré un poco en desarrollar el programa.

Fook miró impaciente su reloj.

–¿Cuánto? –preguntó.

–Siete millones y medio de años –contestó Pensamiento Profundo.

Lunkwill y Fook se miraron y parpadearon.

–¡Siete millones y medio de años...! –gritaron a coro.

–Sí –declamó Pensamiento Profundo–, he dicho que tenía que pensarlo, ¿no es así? Y me parece que desarrollar un programa semejante puede crear una enorme cantidad de publicidad popular para toda el área de la filosofía en general. Todo el mundo elaborará sus propias teorías acerca de cuál será la respuesta que al fin daré, ¿y quién mejor que vosotros para capitalizar el mercado de los medios de comunicación? Mientras sigáis en desacuerdo violento entre vosotros y os destrocéis mutuamente en periódicos sensacionalistas, y en la medida en que dispongáis de agentes inteligentes, podréis continuar viviendo del cuento hasta que os muráis. ¿Qué os parece?

Los dos filósofos lo miraron boquiabiertos.

–¡Caray! –exclamó Majikthise–. ¡Eso es lo que yo llamo pensar! Oye, Vroomfondel, ¿por qué no hemos pensado nunca en eso?

–No lo sé –respondió Vroomfondel con un susurro reverente–, creo que nuestros cerebros deben estar sobreenterados, Majikthise.

Y diciendo esto, dieron media vuelta, salieron de la habitación y adoptaron un tren de vida que superó sus sueños más ambiciosos.

26

–Sí, es algo muy provechoso –comentó Arthur, después de que Slartibartfast le contara los puntos más sobresalientes de esta historia–, pero no entiendo qué tiene que ver todo eso con la Tierra, los ratones y lo demás.

–Ésta no es más que la mitad de la historia, terrícola –le advirtió el anciano–. Si quieres saber lo que ocurrió siete millones y medio de años después, en el gran día de la Respuesta, permíteme invitarte a mi despacho, donde podrás observar por ti mismo los acontecimientos en nuestras grabaciones en Sensocine. Es decir, si no quieres dar un paseo rápido por la superficie de la Nueva Tierra. Me temo que está a medio terminar; aún no hemos acabado de enterrar en la corteza los esqueletos de los dinosaurios artificiales, y luego tenemos que poner los períodos Terciario y Cuaternario de la Era Cenozoica, y...

–No, gracias –dijo Arthur–, no sería lo mismo.

–No, no sería igual –convino Slartibartfast, virando en redondo el aerodeslizador y poniendo rumbo de nuevo hacia la pasmosa pared.

27

El despacho de Slartibartfast era un revoltijo absoluto, como los resultados de una explosión en una biblioteca pública. Cuando entraron, el anciano frunció el ceño.

–Una desgracia tremenda –explicó–; saltó un diodo en uno de los ordenadores de mantenimiento vital. Cuando tratamos de revivir a nuestro personal de limpieza, descubrimos que habían estado muertos desde hacía casi treinta mil años. ¿Quién va a retirar los cadáveres?, eso es lo que quiero saber. Oye, ¿por qué no te sientas ahí y dejas que te conecte?

Hizo señas a Arthur para que se sentara en un sillón que parecía hecho del costillar de un estegosaurio.

–Está hecho del costillar de un estegosaurio –explicó el anciano mientras iba de un lado para otro acarreando instrumentos y recogiendo trocitos de alambre de debajo de tambaleantes montones de papel.

–Toma –le dijo a Arthur, pasándole un par de alambres pelados en los extremos.

En el momento en que Arthur los cogió, un pájaro voló derecho hacia él.

Se encontró suspendido en el aire y completamente invisible a sí mismo. Bajo él vio la plaza de una ciudad bordeada de árboles, y en torno a ella, hasta donde abarcaba su mirada, había blancos edificios de cemento de amplia y elegante estructura, pero algo dañados por el paso del tiempo: muchos estaban agrietados y manchados de lluvia. Sin embargo, brillaba el sol, una brisa fresca danzaba ligeramente entre los árboles, y la extraña sensación de que todos los edificios estuvieran canturreando se debía, probablemente, al hecho de que la plaza y las calles de alrededor bullían de gente animada y alegre. En algún sitio tocaba una orquesta, banderas de brillantes colores ondeaban con la brisa y el espíritu de carnaval flotaba en el aire.

Arthur se sintió muy solo colgado en el aire por encima de todo aquello sin siquiera tener un cuerpo que albergara su nombre, pero antes de que tuviera tiempo de pensar en ello, una voz resonó en la plaza llamando la atención de todo el mundo.

Un hombre, de pie sobre un estrado vivamente engalanado delante de un edificio que dominaba la plaza, se dirigía a la multitud a través de un Tannoy.

–¡Oh, gentes que esperáis a la sombra de Pensamiento Profundo! –gritó–. ¡Honorables descendientes de Vroomfondel y de Majikthise, los Sabios más Grandes y Realmente Interesantes que el Universo ha conocido jamás..., el Tiempo de Espera ha terminado!

La multitud estalló en vítores desenfrenados. Tremolaron banderas y gallardetes; se oyeron silbidos agudos. Las calles más estrechas parecían ciempiés vueltos de espaldas y agitando frenéticamente las patas en el aire.

–¡Nuestra raza ha esperado siete millones y medio de años este Gran Día Optimista e Iluminador! –gritó el dirigente de los vítores–. ¡El Día de la Respuesta!

La extática multitud rompió en hurras.

–Nunca más –gritó el hombre–, nunca más volveremos a levantarnos por la mañana preguntándonos: ¿Quién soy? ¿Qué sentido tiene mi vida? ¿Tiene alguna *importancia,* cósmicamente hablando, si no me levanto para ir a trabajar? ¡Porque hoy, finalmente, conoceremos, de una vez por todas, la lisa y llana respuesta a todos esos problemillas inoportunos de la Vida, del Universo y de Todo!

Cuando la multitud aclamaba una vez más, Arthur se encontró deslizándose por el aire y bajando hacia una de las magníficas ventanas del primer piso del edificio que se levantaba detrás del estrado donde el orador se dirigía a la multitud.

Sufrió un momento de pánico al pasar por la ventana, pero lo olvidó un par de segundos después al descubrir que, al parecer, había atravesado el cristal sin tocarlo.

Ninguno de los que estaban en la habitación notó su curiosa aparición, lo que no es de extrañar si se piensa que no estaba allí. Comenzó a comprender que toda aquella experiencia no era más que una proyección grabada que dejaba por los suelos a una película de setenta milímetros y seis pistas.

La habitación se parecía bastante a la descripción de Slartibartfast. La habían cuidado bien durante siete millones y medio de años, y cada cien años la habían limpiado con regularidad. El escritorio de ultracaoba estaba un poco gastado en los bordes, la alfombra ya estaba desvaída, pero el ancho terminal del ordenador descansaba con brillante magnificencia en la tapicería de cuero de la mesa, tan reluciente como si se hubiera construido el día anterior.

Dos hombres severamente vestidos se sentaban con gravedad ante la terminal, esperando.

–Casi ha llegado la hora –dijo uno de ellos, y Arthur se sorprendió al ver que una palabra se materializaba en el aire, justo al lado del cuello de aquel hombre. Era la palabra LOONQUAWL, y destelló un par de veces para disiparse de nuevo. Antes de que Arthur pudiera asimilarlo, el otro hombre habló y la palabra PHOUCHG apareció junto a su garganta.

–Hace setenta y cinco mil generaciones, nuestros antepasados pusieron en marcha este programa –dijo el segundo hombre–, y en todo este tiempo nosotros seremos los primeros en oír las palabras del ordenador.

–Es una perspectiva pavorosa, Phouchg –convino el primer

hombre, y Arthur se dio cuenta de repente de que estaba viendo una película con subtítulos.

–¡Somos nosotros quienes oiremos –dijo Phouchg– la respuesta a la gran pregunta de la Vida...!

–¡Del Universo...! –exclamó Loonquawl.

–¡Y de Todo...!

–¡Chsss! –dijo Loonquawl con un suave gesto–. ¡Creo que Pensamiento Profundo se dispone a hablar!

Hubo un expectante momento de pausa mientras los paneles de la parte delantera de la consola empezaban a despertarse lentamente. Comenzaron a encenderse y a apagarse luces de prueba que pronto funcionaron de modo continuo. Un canturreo leve y suave se oyó por el canal de comunicación.

–Buenos días –dijo al fin Pensamiento Profundo.

–Hmmm... Buenos días, Pensamiento Profundo –dijo nerviosamente Loonquawl–, ¿tienes... hmmm, es decir...?

–¿Una respuesta que daros? –le interrumpió Pensamiento Profundo en tono majestuoso–. Sí, la tengo.

Los dos hombres temblaron de expectación. Su espera no había sido en vano.

–¿De veras existe? –jadeó Phouchg.

–Existe de veras –le confirmó Pensamiento Profundo.

–¿A todo? ¿A la gran Pregunta de la Vida, del Universo y de Todo?

–Sí.

Los dos hombres estaban listos para aquel momento, se habían preparado durante toda la vida; se les escogió al nacer para que presenciaran la respuesta, pero aun así jadeaban y se retorcían como criaturas nerviosas.

–¿Y estás dispuesto a dárnosla? –le apremió Loonquawl.

–Lo estoy.

–¿Ahora mismo?

–Ahora mismo –contestó Pensamiento Profundo.

Ambos se pasaron la lengua por los labios secos.

–Aunque no creo –añadió Pensamiento Profundo– que vaya a gustaros.

–¡No importa! –exclamó Phouchg–. ¡Tenemos que saberla! ¡Ahora mismo!

–¿Ahora mismo? –inquirió Pensamiento Profundo.

–¡Sí! Ahora mismo...

–Muy bien –dijo el ordenador, volviendo a guardar silencio.

Los dos hombres se agitaron inquietos. La tensión era insoportable.

–En serio, no os va a gustar –observó Pensamiento Profundo.

–¡Dínosla!

–De acuerdo –dijo Pensamiento Profundo–. La Respuesta a la Gran Pregunta...

–¡Sí...!

–...de la Vida, del Universo y de Todo... –dijo Pensamiento Profundo.

–¡Sí...!

–Es... –dijo Pensamiento Profundo, haciendo una pausa.

–¡Sí...!

–Es...

–¡¡¡...¿Sí...?!!!

–Cuarenta y dos –dijo Pensamiento Profundo, con calma y majestad infinitas.

28

Pasó largo tiempo antes de que hablara alguien.

Con el rabillo del ojo, Phouchg veía los expectantes rostros de la gente que aguardaba en la plaza.

–Nos van a linchar, ¿verdad? –susurró.

–Era una misión difícil –dijo Pensamiento Profundo con voz suave.

–¡Cuarenta y dos! –chilló Loonquawl–. ¿Eso es todo lo que tienes que decirnos después de siete millones y medio de años de trabajo?

–Lo he comprobado con mucho cuidado –manifestó el ordenador–, y ésa es exactamente la respuesta. Para ser franco con vosotros, creo que el problema consiste en que nunca habéis sabido realmente cuál es la pregunta.

–¡Pero se trata de la Gran Pregunta! ¡La Cuestión Última de la Vida, del Universo y de Todo! –aulló Loonquawl.

–Sí –convino Pensamiento Profundo, con el aire del que soporta bien a los estúpidos–, pero ¿cuál es realmente?

Un lento silencio lleno de estupor fue apoderándose de los dos hombres, que se miraron mutuamente tras apartar la vista del ordenador.

–Pues ya lo sabes, de Todo..., Todo... –sugirió débilmente Phouchg.

–¡Exactamente! –sentenció Pensamiento Profundo–. De manera que, en cuanto sepáis cuál es realmente la pregunta, sabréis cuál es la respuesta.

–¡Qué tremendo! –murmuró Phouchg, tirando a un lado su cuaderno de notas y limpiándose una lágrima diminuta.

–De acuerdo, de acuerdo –dijo Loonquawl–. Mira, ¿no puedes *decirnos* la pregunta?

–¿La Cuestión Última?

–Sí.

–¿De la Vida, del Universo y de Todo?

–¡Sí!

Pensamiento Profundo meditó un momento.

–Difícil –comentó.

–Pero ¿puedes decírnosla? –gritó Loonquawl.

Pensamiento Profundo meditó sobre ello otro largo momento.

–No –dijo al fin con voz firme.

Los dos hombres se derrumbaron desesperados en sus asientos.

–Pero os diré quién puede hacerlo –dijo Pensamiento Profundo.

Ambos levantaron bruscamente la vista.

–¿Quién? ¡Dínoslo!

De pronto, Arthur empezó a sentir que su cráneo, en apariencia inexistente, empezaba a hormiguear mientras él se movía despacio, pero de modo inexorable, hacia la consola, aunque sólo se trataba, según imaginó, de un dramático *zoom* realizado por quienquiera que hubiese filmado el acontecimiento.

–No hablo sino del ordenador que me sucederá –entonó Pensamiento Profundo, mientras su voz recobraba sus acostumbrados tonos declamatorios–. Un ordenador cuyos parámetros funcionales no soy digno de calcular; y sin embargo yo lo proyectaré para vosotros. Un ordenador que podrá calcular la Pregunta de la Respuesta Última, un ordenador de tan infinita y sutil complejidad, que la misma vida orgánica formará parte de su matriz funcional. ¡Y hasta vosotros adoptaréis formas nuevas para introduciros en el ordenador y conducir su programa de diez millones de años! ¡Sí! Os proyectaré ese ordenador. Y también le daré un nombre. Se llamará... la Tierra.

Phouchg miró boquiabierto a Pensamiento Profundo.

–¡Qué nombre tan insípido! –comentó, y grandes incisiones aparecieron a todo lo largo de su cuerpo. De pronto, Loonquawl sufrió unos cortes horrendos procedentes de ninguna parte. La consola del ordenador se llenó de manchas y de grietas, las paredes oscilaron y se derrumbaron y la habitación se precipitó hacia arriba, contra el techo...

Slartibartfast estaba de pie frente a Arthur, sosteniendo los dos alambres.

–Fin de la cinta –explicó.

29

–¡Zaphod! ¡Despierta!

–¿Eemmmmmhhhheerrrrr?

–Venga, vamos, despierta.

–Déjame hacer una cosa que se me da bien, ¿quieres? –murmuró Zaphod, dándole la espalda a quien le hablaba y volviéndose a dormir.

–¿Quieres que te dé una patada? –le dijo Ford.

–¿Y eso te causaría mucho placer? –replicó débilmente Zaphod.

–No.

–A mí tampoco. Así que no tendría sentido. Deja de fastidiarme. –Zaphod se hizo un ovillo.

–Ha recibido doble dosis de gas –dijo Trillian, mirándolo–: Dos tragos.

–Y dejad de hablar –dijo Zaphod–, ya resulta bastante difícil tratar de dormir. ¿Qué pasa con el suelo? Está todo duro y frío.

–Es oro –le explicó Ford.

Con un pasmoso movimiento de ballet, Zaphod se puso en pie y empezó a otear el horizonte, porque hasta aquella línea se extendía el suelo áureo en todas direcciones, macizo y de una suavidad perfecta. Relucía como..., es imposible decir cómo relucía porque en el Universo nada existe que reluzca exactamente como un planeta de oro macizo.

–¿Quién ha puesto ahí todo eso? –gritó Zaphod, con los ojos en blanco.

–No te excites –le aconsejó Ford–. Sólo es un catálogo.

–¿Un qué?

–Un catálogo –le explicó Trillian–, una ilusión.

–¿Cómo podéis decir eso? –gritó Zaphod, cayendo a gatas y mirando fijamente al suelo.

Lo golpeó y lo raspó. Era muy sólido y muy suave y ligero, podía hacerle marcas con las uñas. Era muy rubio y brillante, y cuando respiró sobre él, su aliento se evaporó de esa manera tan extraña y especial en que el aliento se evapora sobre el oro macizo.

–Trillian y yo hace rato que recuperamos el sentido –le dijo Ford–. Gritamos y chillamos hasta que vino alguien, y luego seguimos gritando y chillando hasta que nos trajeron comida y nos introdujeron en el catálogo de planetas para tenernos ocupados hasta que estuvieran preparados para atendernos. Todo esto es una grabación en Sensocine.

Zaphod lo miró con rencor.

–¡Mierda! –exclamó–. ¿Y me despiertas de mi sueño perfecto para mostrarme el de otro?

Se sentó resoplando.

–¿Qué es esa serie de valles de allá? –preguntó.

–El contraste –le explicó Ford–. Lo hemos visto.

–No te hemos despertado antes –le dijo Trillian–. El último planeta estaba lleno de peces hasta la rodilla.

–¿Peces?

–A cierta gente le gustan las cosas más raras.

–Y antes de eso –terció Ford– tuvimos platino. Un poco soso. Pero pensamos que te gustaría ver éste.

Hacia donde mirasen, mares luminosos destellaban con una sólida llamarada.

–Muy bonito –comentó Zaphod con aire petulante.

En el cielo apareció un enorme número verde de catálogo. Osciló y cambió, y cuando volvieron a mirar, el panorama también era diferente.

–¡Uf! –dijeron a coro.

El mar era púrpura. La playa en la que se encontraban se componía de guijarros amarillos y verdes: gemas tremendamente preciosas, podría asegurarse. A lo lejos, las crestas rojas de las montañas eran suaves y onduladas. Más cerca, se levantaba una mesa de playa con un escarolado parasol malva y borlas plateadas.

En el cielo apareció un letrero enorme que sustituía al número de catálogo. Decía: *Cualesquiera que sean tus gustos, Magrathea puede complacerte. No somos orgullosos.*

Y quinientas mujeres completamente desnudas cayeron del cielo en paracaídas.

Al cabo de un momento la escena se desvaneció, dejándolos en una pradera primaveral llena de vacas.

–¡Uf! –exclamó Zaphod–. ¡Mis cerebros!

–¿Quieres hablar de ello? –le dijo Ford.

–Sí, muy bien –aceptó Zaphod, y los tres se sentaron ignorando las escenas que surgían y se disipaban a su alrededor.

–Esto es lo que me figuro –empezó a decir Zaphod–. Sea lo que sea lo que le ha ocurrido a mi mente, lo he conseguido. Y lo he logrado de un modo que no podrían detectar las pantallas de prueba del Gobierno. Y yo no debía saber nada al respecto. Qué locura, ¿verdad?

Los otros dos asintieron con la cabeza.

–De manera que me pregunto: ¿qué es tan secreto para que yo no pueda decirle a nadie que lo sé, ni siquiera al Gobierno Galáctico, ni a mí mismo? La respuesta es: no lo sé. Es evidente. Pero he relacionado unas cuantas cosas y empiezo a adivinar. ¿Cuándo decidí presentarme a la presidencia? Poco después de la muerte del presidente Yooden Vranx. ¿Te acuerdas de Yooden, Ford?

–Sí –dijo Ford–, aquel sujeto que conocimos de muchachos, el capitán arcturiano. Tenía gracia. Nos dio castañas cuando asaltaste su megavión. Decía que eras el chico más impresionante que había conocido.

–¿Qué es todo eso? –preguntó Trillian.

–Historia antigua –le contestó Ford–, de cuando éramos muchachos en Betelgeuse. Los megaviones arcturianos llevaban la mayor parte de su voluminosa carga entre el Centro Galáctico y las regiones periféricas. Los exploradores comerciales de Betelgeuse descubrían los mercados y los arcturianos los abastecían. Había muchas dificultades con los piratas del espacio antes de que los aniquilaran en las guerras Dordellis, y los megaviones tenían que dotarse de los escudos defensivos más fantásticos conocidos por la ciencia galáctica. Eran naves enormes, realmente descomunales. Cuando entraban en la órbita de un planeta eclipsaban al sol.

»Un día, el joven Zaphod decidió atacar uno con una escúter de tres propulsores a chorro proyectada para trabajar en la estratosfera. No era más que un crío. Le dije que lo olvidara, que era el asunto más descabellado que había oído jamás. Yo lo acompañé en la expedición, porque había apostado un buen dinero a que no lo haría, y no quería que volviese con pruebas amañadas. ¿Y qué ocurrió? Subimos a su tripropulsor, que él había preparado convirtiéndolo en algo completamente distinto, recorrimos tres parsecs en cosa de semanas, entramos todavía no sé cómo en un megavión, avanzamos hacia el puente blandiendo pistolas de juguete y pedimos castañas. No he visto cosa más absurda. Perdí un año de dinero para gastos. ¿Y para qué? Para castañas.

–El capitán era un tipo realmente impresionante, Yooden Vranx –dijo Zaphod–. Nos dio comida, alcohol, género de las partes más extrañas de la Galaxia, y montones de castañas, por supuesto, y nos lo pasamos increíblemente bien. Luego nos teletransportó. Al ala de máxima seguridad de la cárcel estatal de Betelgeuse. Era un tipo excelente. Llegó a ser presidente de la Galaxia.

Zaphod hizo una pausa.

En aquellos momentos, la escena que les envolvía se llenó de oscuridad. Una niebla negra se levantaba a su alrededor y unas formas pesadas se movían furtivamente entre las sombras. De cuando en cuando rasgaban el aire los ruidos que unos seres ilusorios hacían al matar a otros seres ilusorios. Es probable que a bastante gente le hubiera gustado esa clase de cosas hasta el punto de encargarlas por una suma de dinero.

–Ford –dijo Zaphod en voz baja.

–¿Sí?

–Justo antes de morir, Yooden vino a verme.

–¿Cómo? Nunca me lo has dicho.

–No.

–¿Qué te dijo? ¿Para qué fue a verte?

–Me contó lo del *Corazón de Oro.* La idea de que yo lo robara se le ocurrió a él.

–¿A *él?*

–Sí –dijo Zaphod–, y la única posibilidad de robarlo era en la ceremonia de botadura.

Ford lo miró un momento, boquiabierto de asombro, y luego soltó una estrepitosa carcajada.

–¿Quieres decirme que te presentaste a la presidencia de la Galaxia sólo para robar esa nave?

–Eso es –admitió Zaphod, con la especie de sonrisa que hace que a mucha gente se la encierre en una habitación de paredes acolchadas.

–Pero ¿por qué? –le preguntó Ford–. ¿Por qué era tan importante poseerla?

–No lo sé –respondió Zaphod–, creo que si supiera conscientemente por qué era tan importante y para qué la necesitaba, se habría proyectado en las pantallas de las pruebas cerebrales y no las habría pasado. Creo que Yooden me contó un montón de cosas que aún siguen bloqueadas.

–De modo que crees que te hiciste un lío en tu propio cerebro como resultado de la conversación que Yooden mantuvo contigo...

–Tenía una endiablada capacidad de convicción.

–Sí, pero Zaphod, viejo amigo, es preciso que cuides de ti mismo, ¿sabes?

Zaphod se encogió de hombros.

–¿No tienes ninguna idea de las razones de todo esto? –le preguntó Ford.

Zaphod lo pensó mucho y pareció sentir dudas.

–No –dijo al fin–, me parece que no voy a permitirme descubrir ninguno de mis secretos. Sin embargo –añadió, tras pensarlo un poco más–, lo comprendo. No confiaría en mí mismo ni para escupir a una rata.

Un momento después, el último planeta del catálogo desapareció bajo sus plantas y el mundo real volvió a aparecer.

Estaban sentados en una lujosa sala de espera llena de mesas con tablero de cristal y premios de proyectos.

Un magratheano de gran talla estaba en pie delante de ellos.

–Los ratones os verán ahora –les dijo.

30

–Así que ahí lo tienes –dijo Slartibartfast, haciendo un intento débil y superficial de ordenar el asombroso revoltijo de su despacho. Cogió una hoja de papel de un montón, pero luego no se le ocurrió ningún otro sitio para ponerla, de manera que volvió a depositarla encima del montón original, que se derrumbó enseguida–. Pensamiento Profundo proyectó la Tierra, nosotros la construimos y vosotros la habitasteis.

–Y los vogones llegaron y la destruyeron cinco minutos antes de que concluyera el programa –añadió Arthur, no sin amargura.

–Sí –dijo el anciano, haciendo una pausa para mirar desalentado por la habitación–. Diez millones de años de planificación y de trabajo echados a perder como si nada. Diez millones de años, terrícola... ¿Te imaginas un período de tiempo semejante? En ese tiempo, una civilización galáctica podría desarrollarse cinco veces a partir de un simple gusano. Echados a perder.

Hizo una pausa.

–Bueno, para ti eso es burocracia –añadió.

–Mire usted –dijo Arthur con aire pensativo–, todo esto explica un montón de cosas. Durante toda mi vida he tenido la sensación extraña e inexplicable de que en el mundo estaba pasando algo importante, incluso siniestro, y que nadie iba a decirme de qué se trataba.

–No –dijo el anciano–, eso no es más que paranoia absolutamente normal. Todo el mundo la tiene en el Universo.

–¿Todo el mundo? –repitió Arthur–. ¡Pues si todo el mundo la tiene, quizás posea algún sentido! Tal vez en algún sitio, fuera del Universo que conocemos...

–Quizás. ¿A quién le importa? –dijo Slartibartfast antes de que Arthur se emocionara demasiado, y prosiguió–: Tal vez esté viejo y cansado, pero siempre he pensado que las posibilidades de descubrir lo que realmente pasa son tan absurdamente remotas, que lo único que puede hacerse es decir: olvídalo y mantente ocupado. Fíjate en mí: yo proyecto líneas costeras. Me dieron un premio por Noruega.

Revolvió entre un montón de despojos y sacó un gran bloque de perspex y un modelo de Noruega montado sobre él.

–¿Qué sentido tiene esto? –prosiguió–. No se me ocurre ninguno. Toda la vida he estado haciendo fiordos. Durante un momento pasajero se pusieron de moda y me dieron un premio importante.

Se encogió de hombros, le dio vueltas en las manos y lo tiró descuidadamente a un lado, pero con el suficiente tiento para que cayera en un sitio blando.

–En la Tierra de recambio que estamos construyendo me han encomendado África, y la estoy haciendo con muchos fiordos, porque me gustan y soy lo bastante anticuado para pensar que dan un delicioso toque barroco a un continente. Y me dicen que no es lo bastante ecuatorial. ¡Ecuatorial! –Emitió una ronca carcajada–. ¿Qué importa eso? Desde luego, la ciencia ha logrado cosas maravillosas, pero yo preferiría, con mucho, ser feliz a tener razón.

–¿Y lo es?

–No. Ahí reside todo el fracaso, por supuesto.

–Lástima –dijo Arthur con simpatía–. De otro modo, parecía una buena forma de vida.

Una pequeña luz blanca destelló en un punto de la pared.

–Vamos –dijo Slartibartfast–, tienes que ver a los ratones. Tu llegada al planeta ha causado una expectación considerable. Según tengo entendido, la han saludado como el tercer acontecimiento más improbable de la historia del Universo.

–¿Cuáles fueron los dos primeros?

–Bueno, probablemente no fueron más que coincidencias –dijo con indiferencia Slartibartfast. Abrió la puerta y esperó a que Arthur lo siguiera.

Arthur miró alrededor una vez más, y luego inspeccionó su apariencia, la ropa sudada y desaliñada con la que se había tumbado en el barro el jueves por la mañana.

–Parece que tengo tremendas dificultades con mi forma de vida –murmuró para sí.

–¿Cómo dices? –le preguntó suavemente el anciano.

–Nada, nada –contestó Arthur–, sólo era una broma.

31

Desde luego, es bien sabido que unas palabras dichas a la ligera pueden costar más de una vida, pero no siempre se aprecia el problema en toda su envergadura.

Por ejemplo, en el mismo momento en que Arthur dijo «Parece que tengo tremendas dificultades con mi forma de vida», un extraño agujero se abrió en el tejido del continuo espacio-tiempo y llevó sus palabras a un pasado muy remoto, por las extensiones casi infinitas del espacio, hasta una Galaxia lejana donde seres extraños y guerreros estaban al borde de una formidable batalla interestelar.

Los dos dirigentes rivales se reunían por última vez.

Un silencio temeroso cayó sobre la mesa de conferencias cuando el jefe de los vl'hurgos, resplandeciente con sus enjoyados pantalones cortos de batalla, de color negro, miró fijamente al dirigente g'gugvuntt, sentado en cuclillas frente a él entre una nube de fragantes vapores verdes, y, con un millón de bruñidos cruceros estelares, provistos de armas horribles y dispuestos a desencadenar la muerte eléctrica a su sola voz de mando, exigió a la vil criatura que retirara lo que había dicho de su madre.

La criatura se removió entre sus vapores tórridos y malsanos, y en aquel preciso momento las palabras *Parece que tengo tremendas dificultades con mi forma de vida* flotaron por la mesa de conferencias.

Lamentablemente, en la lengua vl'hurga aquél era el insulto más terrible que pudiera imaginarse, y no quedó otro remedio que librar una guerra horrible durante siglos.

Al cabo de unos miles de años, después de que su Galaxia quedara diezmada, se comprendió que todo el asunto había sido un lamentable error, y las dos flotas contendientes arreglaron las pocas diferencias que aún tenían con el fin de lanzar un ataque conjunto contra nuestra propia Galaxia, a la que ahora se consideraba sin sombra de duda como el origen del comentario ofensivo.

Durante miles de años más, las poderosas naves surcaron la vacía desolación del espacio y, finalmente, se lanzaron contra el primer planeta con el que se cruzaron –dio la casualidad de que era la Tierra–, donde, debido a un tremendo error de bulto, toda la flota de guerra fue accidentalmente tragada por un perro pequeño.

Aquellos que estudian la compleja interrelación de causa y efecto en la historia del Universo, dicen que esa clase de cosas ocurren a todas horas, pero que somos incapaces de prevenirlas.

«Cosas de la vida», dicen.

Al cabo de un corto viaje en el aerodeslizador, Arthur y el anciano de Magrathea llegaron a una puerta. Salieron del vehículo y entraron a una sala de espera llena de mesas con tableros de cristal y premios de perspex. Casi enseguida se encendió una luz encima de la puerta del otro extremo de la habitación, y pasaron.

–¡Arthur! ¡Estás sano y salvo! –gritó una voz.

–¿Lo estoy? –dijo Arthur, bastante sorprendido–. Estupendo.

La iluminación era más bien débil y tardó un momento en distinguir a Ford, a Trillian y a Zaphod sentados en torno a una amplia mesa muy bien provista con platos exóticos, extrañas carnes dulces y frutas raras. Tenían los carrillos llenos.

–¿Qué os ha sucedido? –les preguntó Arthur.

–Pues nuestros anfitriones –dijo Zaphod, atacando una buena ración de tejido muscular a la plancha– nos han lanzado gases, nos han dado muchas sorpresas, se han portado de manera misteriosa y ahora nos han ofrecido una espléndida comida para resarcirnos. Toma –añadió, sacando de una fuente un trozo de carne maloliente–, come un poco de chuleta de rino vegano. Es deliciosa, si da la casualidad de que te gustan estas cosas.

–¿Anfitriones? –dijo Arthur–. ¿Qué anfitriones? Yo no veo ninguno...

–Bienvenido al almuerzo, criatura terrícola –dijo una voz suave.

Arthur miró en derredor y dio un grito súbito.

–¡Uf! –exclamó–. ¡Hay ratones encima de la mesa!

Hubo un silencio embarazoso y todo el mundo miró fijamente a Arthur.

Él estaba distraído, contemplando dos ratones blancos aposentados encima de la mesa, en algo parecido a vasos de whisky. Percibió el silencio y miró a todos.

–¡Oh! –exclamó al darse cuenta–. Lo siento, no estaba completamente preparado para...

–Permite que te presente –dijo Trillian–. Arthur, éste es el ratón Benjy...

–¡Hola! –dijo uno de los ratones. Sus bigotes rozaron un panel, que por lo visto era sensible al tacto, en la parte interna de lo que semejaba un vaso de whisky, y el vehículo se movió un poco hacia delante.

–Y éste es el ratón Frankie.

–Encantado de conocerte –dijo el otro ratón, haciendo lo mismo.

Arthur se quedó boquiabierto.

–Pero no son...

–Sí –dijo Trillian–, son los ratones que me llevé de la Tierra.

Le miró a los ojos y Arthur creyó percibir una levísima expresión de resignación.

–¿Me pasas esa fuente de megaburro arcturiano a la parrilla? –le pidió ella.

Slartibartfast tosió cortésmente.

–Humm, discúlpeme –dijo.

–Sí, gracias, Slartibartfast –dijo bruscamente el ratón Benjy–; puedes irte.

–¿Cómo? ¡Ah..., sí! Muy bien –dijo el anciano, un tanto desconcertado–. Entonces voy a seguir con algunos de mis fiordos.

–Mira, en realidad no será necesario –dijo el ratón Frankie–. Es muy probable que ya no necesitemos la nueva Tierra. –Hizo girar sus ojillos rosados–. Ahora hemos encontrado a un nativo que estuvo en ese planeta segundos antes de su destrucción.

–¡Qué! –gritó Slartibartfast, estupefacto–. ¡No lo dirá en serio! ¡Tengo preparados mil glaciares, listos para extenderlos por toda África!

–En ese caso –dijo Frankie en tono agrio–, tal vez puedas tomarte unas breves vacaciones y marcharte a esquiar antes de desmantelarlos.

–¡Irme a esquiar! –gritó el anciano–. ¡Esos glaciares son obras de arte! ¡Tienen unos contornos elegantemente esculpidos! ¡Altas cumbres de hielo, hondas y majestuosas cañadas! ¡Esquiar sobre ese noble arte sería un sacrilegio!

–Gracias, Slartibartfast –dijo Benjy en tono firme–. Eso es todo.

–Sí, señor –repuso fríamente el anciano–, muchas gracias. Bueno, adiós, terrícola –le dijo a Arthur–, espero que se arregle tu forma de vida.

Con una breve inclinación de cabeza al resto del grupo, se dio la vuelta y salió tristemente de la habitación.

Arthur le siguió con la mirada, sin saber qué decir.

–Y ahora –dijo el ratón Benjy–, al asunto.

Ford y Zaphod chocaron las copas.

–¡Por el asunto! –exclamaron.

–¿Cómo decís? –dijo Benjy.

–Lo siento, creí que estaba proponiendo un brindis –dijo Ford, mirando a un lado.

Los dos ratones dieron vueltas impacientes en sus vehículos de vidrio. Finalmente, se tranquilizaron y Benjy se adelantó, dirigiéndose a Arthur.

–Y ahora, criatura terrícola –le dijo–, la situación en que nos encontramos es la siguiente: como ya sabes, hemos estado más o menos rigiendo tu planeta durante los últimos diez millones de años con el fin de hallar esa detestable cosa llamada Pregunta Última.

–¿Por qué? –preguntó bruscamente Arthur.

–No, ya hemos pensado en ésa –terció Frankie–, pero no encaja con la respuesta. *¿Por qué?: Cuarenta y dos...,* como ves, no cuadra.

–No –dijo Arthur–, me refiero a por qué lo habéis estado rigiendo.

–Ya entiendo –dijo Frankie–. Pues para ser crudamente francos, creo que al final sólo era por costumbre. Y el problema es más o menos éste: estamos hasta las narices de todo el asunto, y la perspectiva de volver a empezar por culpa de esos puñeteros vogones me pone los pelos de punta, ¿comprendes lo que quiero decir? Fue una verdadera suerte que Benjy y yo termináramos nuestro trabajo correspondiente y saliéramos pronto del planeta para tomarnos unas breves vacaciones; desde entonces nos las hemos arreglado para volver a Magrathea mediante los buenos oficios de tus amigos.

–Magrathea es un medio de acceso a nuestra propia dimensión –agregó Benjy.

–Desde entonces –continuó su murino compañero–, nos han ofrecido un contrato enormemente ventajoso en nuestra propia dimensión para realizar el espectáculo de entrevistas 5D y una gira de conferencias, y nos sentimos muy inclinados a aceptarlo.

–Yo lo aceptaría, ¿y tú, Ford? –se apresuró a decir Zaphod.

–Pues claro –dijo Ford–, yo lo firmaría con sumo placer.

–Pero hemos de tener un *producto,* ¿comprendes? –dijo Frankie–; me refiero a que, desde un punto de vista ideal, de una forma o de otra seguimos necesitando la Pregunta Última.

Zaphod se inclinó hacia Arthur y le dijo:

–Mira, si se quedan ahí sentados en el estudio con aire de estar muy tranquilos y se limitan a decir que conocen la Respuesta a la pregunta de la Vida, del Universo y de Todo, para luego admitir que en realidad es Cuarenta y dos, es probable que el espectáculo se quede bastante corto. Faltarán detalles, ¿comprendes?

–Debemos tener algo que *suene* bien –dijo Benjy.

–¡Algo que *suene* bien! –exclamó Arthur–. ¿Una Pregunta Última que *suene* bien? ¿Expresada por un par de ratones?

Los ratones se encresparon.

–Bueno, yo digo que *sí* al idealismo, *sí* a la dignidad de la investigación pura, *sí* a la búsqueda de la verdad en todas sus formas, pero me temo que se llega a un punto en que se empieza a sospechar que si existe una verdad *auténtica,* es que toda la infinitud multidimensional del Universo está regida, casi sin lugar a dudas, por un hatajo de locos. Y si hay que elegir entre pasarse otros diez millones de años averiguándolo, y coger el dinero y salir corriendo, a mí me vendría bien hacer ejercicio –dijo Frankie.

–Pero... –empezó a decir Arthur, desesperado.

–Oye, terrícola –le interrumpió Zaphod–, ¿quieres entenderlo? Eres un producto de la última generación de la matriz de ese ordenador, ¿verdad?, y estabas en tu planeta en el preciso momento de su destrucción, ¿no es así?

–Humm...

–De manera que tu cerebro formaba parte orgánica de la penúltima configuración del programa del ordenador –concluyó Ford con bastante lucidez, según le pareció.

–¿De acuerdo? –preguntó Zaphod.

–Pues... –dijo Arthur en tono de duda. No tenía conciencia de haber formado parte orgánica de nada. Siempre había considerado que ése era uno de sus problemas.

–En otras palabras –dijo Benjy, acercándose a Arthur en su curioso y pequeño vehículo–, hay muchas probabilidades de que la estructura de la pregunta esté codificada en la configuración de tu cerebro; así que te lo queremos comprar.

–¿El qué, la pregunta? –inquirió Arthur.

–Sí –dijeron Ford y Trillian.

–Por un montón de dinero –sugirió Zaphod.

–No, no –repuso Frankie–, lo que queremos comprar es el cerebro.

–¡Cómo!

–Bueno, ¿quién iba a echarlo de menos? –añadió Benjy.

–Creía que podíais leer su cerebro por medios electrónicos –protestó Ford.

–Ah, sí –dijo Frankie–, pero primero tenemos que sacarlo. Tenemos que prepararlo.

–Que tratarlo –añadió Benjy.

–Que cortarlo en cubitos.

–¡Gracias! –gritó Arthur, derribando la silla y retrocediendo horrorizado hacia la puerta.

–Siempre se puede volver a poner –explicó Benjy en tono razonable–, si tú crees que es importante.

–Sí, un cerebro electrónico –dijo Frankie–; uno sencillo sería suficiente.

–¡Uno sencillo! –gimió Arthur.

–Sí –dijo Zaphod, sonriendo de pronto con una mueca perversa–, sólo tendrías que programarlo para decir. *¿Qué?, No comprendo* y *¿Dónde está el té?* Nadie notaría la diferencia.

–¿Cómo? –gritó Arthur, retrocediendo aún más.

–¿Entiendes lo que quiero decir? –le preguntó Zaphod, aullando de dolor por algo que le hizo Trillian en aquel momento.

–*Yo* notaría la diferencia –afirmó Arthur.

–No, no la notarías –le dijo el ratón Frankie–; te programaríamos para que no la notaras.

Ford se dirigió hacia la puerta.

–Escuchad, queridos amigos ratones –dijo–; me parece que no hay trato.

–A mí me parece que sí –dijeron los ratones a coro, y todo el encanto de sus vocecitas aflautadas se desvaneció en un instante. Con un débil gemido sus dos vehículos de cristal se elevaron por encima de la mesa y surcaron el aire hacia Arthur, que siguió dando tropezones hacia atrás hasta quedar arrinconado y sintiéndose incapaz de solucionar aquel problema ni de pensar en nada.

Trillian lo tomó desesperadamente del brazo y trató de arrastrarlo hacia la puerta, que Ford y Zaphod intentaban abrir con esfuerzo, pero Arthur era un peso muerto, parecía hipnotizado por los roedores que se abalanzaban por el aire hacia él.

Trillian le dio un grito, pero él siguió con la boca abierta.

Con otro empujón, Ford y Zaphod lograron abrir la puerta. Al otro lado había una cuadrilla de hombres bastante feos que, según supusieron, eran los tipos duros de Magrathea. No sólo ellos eran feos; el equipo médico que llevaban distaba mucho de ser bonito. Arremetieron contra ellos.

De ese modo, Arthur estaba a punto de que le abrieran la cabeza, Trillian no podía ayudarle y Ford y Zaphod se encontraban en un tris de ser atacados por varios bribones bastante más fuertes y mejor armados que ellos.

Con todo, tuvieron la suerte extraordinaria de que en aquel preciso momento todas las alarmas del planeta empezaran a sonar con un estruendo ensordecedor.

32

–*¡Emergencia! ¡Emergencia!* –proclamaron ruidosamente los altavoces por todo Magrathea–. *Una nave enemiga ha aterrizado en el planeta. Intrusos armados en la sección 8A. ¡Posiciones defensivas, posiciones defensivas!*

Los dos ratones agitaban irritados los hocicos entre los fragmentos de sus vehículos de cristal, que se habían roto contra el suelo.

–¡Maldita sea! –murmuró el ratón Frankie–. ¡Todo este alboroto por un kilo de cerebro terrícola!

Empezó a moverse de un lado para otro, mientras sus ojos

rosados echaban chispas y se le erizaba el pelaje blanco por la electricidad estática.

–Lo único que podemos hacer ahora –le dijo Benjy, agachándose y mesándose reflexivamente los bigotes– es tratar de inventarnos una pregunta que tenga visos de credibilidad.

–Es difícil –comentó Frankie. Pensó–. ¿Qué te parece: *Qué es una cosa amarilla y peligrosa?*

–No, no es buena –dijo Benjy tras considerarlo un momento–. No cuadra con la respuesta.

Guardaron silencio durante unos segundos.

–Muy bien –dijo Benjy–. *¿Qué resultado se obtiene al multiplicar seis por siete?*

–No, no, eso es muy literal, demasiado objetivo –alegó Frankie–. No confirmaría el interés de los apostadores.

Volvieron a pensar.

–Tengo una idea –dijo Frankie al cabo de un momento–. *¿Cuántos caminos debe recorrer un hombre?*

–¡Ah! –exclamó Benjy–. ¡Eso parece prometedor! –Repasó un poco la frase y afirmó–: ¡Sí, es excelente! Parece tener mucho significado sin que en realidad obligue a decir nada en absoluto. *¿Cuántos caminos debe recorrer un hombre? Cuarenta y dos.* ¡Excelente, excelente! Eso los confundirá. ¡Frankie, muchacho, estamos salvados!

Con la emoción, ejecutaron una danza retozona.

Cerca de ellos, en el suelo, yacían varios hombres bastante feos a quienes habían golpeado en la cabeza con pesados premios de proyectos.

A casi un kilómetro de distancia, cuatro figuras corrían por un pasillo buscando una salida. Llegaron a una amplia sala de ordenadores. Miraron frenéticamente en derredor.

–¿Por qué camino te parece, Zaphod? –preguntó Ford.

–Así, a bulto, diría que por allí –dijo Zaphod, echando a correr hacia la derecha, entre una fila de ordenadores y la pared. Cuando los demás empezaron a seguirle, se vio frenado en seco por un rayo de energía que restalló en el aire a unos centímetros delante de él, achicharrando un trozo de la pared contigua.

–Muy bien, Beeblehrox –se oyó por un altavoz–, detente ahí mismo. Te estamos apuntando.

–¡Polis! –siseó Zaphod, empezando a dar vueltas en cuclillas–. ¿Tienes alguna preferencia, Ford?

–Muy bien, por aquí –dijo Ford, y los cuatro echaron a correr por un pasillo entre dos filas de ordenadores.

Al final del pasillo apareció una figura, armada hasta los dientes y vestida con un traje espacial, que les apuntaba con una temible pistola Mat-O-Mata.

–¡No queremos dispararte, Beeblebrox! –gritó el hombre.

–¡Me parece estupendo! –replicó Zaphod, precipitándose por un claro entre dos unidades de proceso de datos.

Los demás torcieron bruscamente tras él.

–Son dos –dijo Trillian–. Estamos atrapados.

Se agacharon en un rincón entre la pared y un ordenador grande.

Contuvieron la respiración y esperaron.

De pronto, el aire estalló con rayos de energía cuando los dos policías abrieron fuego a la vez contra ellos.

–Oye, nos están disparando –dijo Arthur, agachándose y haciéndose un ovillo–. Creí que habían dicho que no lo harían.

–Sí, *yo* también lo creía –convino Ford.

Zaphod asomó peligrosamente una cabeza.

–¡Eh! –gritó–. ¡Creí que habías dicho que no ibais a disparamos!

Volvió a agacharse.

Esperaron.

–¡No es fácil ser policía! –le replicó una voz al cabo de un momento.

–¿Qué ha dicho? –susurró Ford, asombrado.

–Ha dicho que no es fácil ser policía.

–Bueno, eso es asunto suyo, ¿no?

–Eso me parece a mí.

–¡Eh, escuchad! –gritó Ford–. ¡Me parece que ya tenemos bastantes contrariedades con que nos disparéis, de modo que si dejáis de imponernos *vuestros* propios problemas, creo que a todos nos resultará más fácil arreglar las cosas!

Hubo otra pausa y luego volvió a oírse el altavoz.

–¡Escucha un momento, muchacho! –dijo la voz–. ¡No estáis tratando con unos pistoleros baratos, estúpidos y retrasados mentales, con poca frente, ojillos de cerdito y sin conversación; somos un par de tipos inteligentes y cuidadosos que probablemente os caeríamos simpáticos si nos conocierais socialmente! ¡Yo no voy por ahí disparando por las buenas a la gente para luego alardear de ello en miserables bares de vigilantes del espacio, como algunos policías que conozco! ¡Yo voy por ahí disparando por las buenas a la gente, y luego me paso las horas lamentándome delante de mi novia!

–¡Y yo escribo novelas! –terció el otro policía–. ¡Pero todavía no me han publicado ninguna, así que será mejor que os lo advierta: estoy de *maaaaal* humor!

–¿Quiénes son esos tipos? –preguntó Ford, con los ojos medio fuera de las órbitas.

–No lo sé –dijo Zaphod–, me parece que me gustaba más cuando disparaban.

–De manera que, o venís sin armar jaleo –volvió a gritar uno de los policías–, u os hacemos salir a base de descargas.

–¿Qué preferís vosotros? –gritó Ford.

Un microsegundo después, el aire empezó a hervir otra vez a su alrededor, cuando los rayos de las Mat-O-Mata empezaron a dar en el ordenador que tenían delante.

Durante varios segundos las ráfagas continuaron con insoportable intensidad.

Cuando se interrumpieron, hubo unos segundos de silencio casi absoluto mientras se apagaban los ecos.

–¿Seguís ahí? –gritó uno de los policías.

–Sí –respondieron ellos.

–No nos ha gustado nada hacer eso –dijo el otro policía.

–¡Ya nos hemos dado cuenta! –gritó Ford.

–¡Escucha una cosa, Beeblebrox, y será mejor que atiendas bien!

–¿Por qué? –gritó Zaphod.

–¡Porque es algo muy sensato, muy interesante y muy humano! –gritó el policía–. Veamos: ¡o bien os entregáis todos ahora mismo, dejando que os golpeemos un poco, aunque no mucho, desde luego, porque somos firmemente contrarios a la violencia innecesaria, o hacemos volar este planeta y posiblemente uno o dos más con que nos crucemos al marcharnos!

–¡Pero eso es una locura! –gritó Trillian–. ¡No haríais una cosa así!

–¡Claro que lo haríamos! –gritó el policía, y le preguntó a su compañero–: ¿Verdad?

–¡Pues claro que lo haríamos, sin duda! –respondió el otro.

–Pero ¿por qué? –preguntó Trillian.

–¡Porque hay cosas que deben hacerse aunque se sea un policía liberal e ilustrado que lo sepa todo acerca de la sensibilidad y esas cosas!

–Yo, simplemente, no creo a esos tipos –murmuró Ford, meneando la cabeza.

–¿Volvemos a dispararles un poco? –le preguntó un policía al otro.

–Sí, ¿por qué no?

Volvieron a soltar otra andanada eléctrica.

El ruido y el calor eran absolutamente fantásticos. Poco a poco, el ordenador empezaba a desintegrarse. La parte delantera casi se había fundido, y gruesos arroyuelos de metal derretido corrían hacia donde estaban agazapados los fugitivos. Se retiraron un poco más y aguardaron el final.

33

Pero el final nunca llegó, al menos entonces.

La andanada se cortó bruscamente, y el súbito silencio que siguió quedó realzado por un par de gorgoteos sofocados y sendos golpes secos.

Los cuatro se miraron mutuamente.

–¿Qué ha pasado? –dijo Arthur.

–Han parado –le contestó Zaphod, encogiéndose de hombros.

–¿Por qué?

–No lo sé. ¿Quieres ir a preguntárselo?

–No.

Esperaron.

–¡Eh! –gritó Ford.

No respondieron.

–¡Qué raro!

–A lo mejor es una trampa.

–No son lo bastante inteligentes.

–¿Qué fueron esos golpes secos?

–No lo sé.

Aguardaron unos segundos más.

–Muy bien –dijo Ford–, voy a echar una ojeada.

Miró a los demás.

–¿Es que nadie va a decir: *No, tú no puedes ir, deja que vaya en tu lugar?*

Todos los demás menearon la cabeza.

–Bueno, vale –dijo, poniéndose en pie.

Durante un momento no pasó nada.

Luego, al cabo de un segundo o así, siguió sin pasar nada.

Ford atisbó entre la espesa humareda que se elevaba del ordenador en llamas.

Con cautela, salió al descubierto.

Siguió sin pasar nada.

Entre el humo, vio a unos veinte metros el cuerpo vestido con un traje espacial de uno de los policías. Estaba tendido en el suelo, en un montón arrugado. A veinte metros, en dirección contraria, yacía el segundo hombre. No había nadie más a la vista.

Eso le pareció sumamente raro a Ford.

Lenta, nerviosamente, se acercó al primero. Al aproximarse, el cuerpo inmóvil ofrecía un aspecto tranquilizador, y quieto e indiferente estaba cuando llegó a su lado y puso el pie sobre la pistola Mat-O-Mata, que aún colgaba de sus dedos inertes.

Se agachó y la recogió, sin encontrar resistencia.

Era evidente que el policía estaba muerto.

Un rápido examen demostró que procedía de Blagulon Kappa: era un ser orgánico que respiraba metano y cuya supervivencia en la tenue atmósfera de oxígeno de Magrathea dependía del traje espacial.

El pequeño ordenador del mecanismo de mantenimiento vital que llevaba en la mochila parecía haber estallado de improviso.

Ford husmeó en su interior con asombro considerable. Aquellos diminutos ordenadores de traje solían estar alimentados por el ordenador principal de la nave, con el que estaban directamente conectados por medio del subeta. Semejante mecanismo era a prueba de fallos en toda circunstancia, a menos que algo fracasara totalmente en la retroacción, cosa que no se conocía.

Se acercó deprisa hacia el otro cuerpo y descubrió que le había ocurrido exactamente el mismo accidente inconcebible, probablemente al mismo tiempo.

Llamó a los demás para que lo vieran. Llegaron y compartieron su asombro, pero no su curiosidad.

–Salgamos a escape de este agujero –dijo Zaphod–. Si lo que creo que busco está aquí, no lo quiero.

Cogió la segunda pistola Mat-O-Mata, arrasó un ordenador contable, absolutamente inofensivo, y salió precipitadamente al pasillo, seguido de los demás. Casi destruyó un aerodeslizador que los esperaba a unos metros de distancia.

El aerodeslizador estaba vacío, pero Arthur lo reconoció: era el de Slartibartfast.

Había una nota para él sujeta a una parte de sus escasos instrumentos de conducción. En la nota había trazada una flecha que apuntaba a uno de los mandos.

Decía: *Probablemente, éste es el mejor botón para apretar.*

34

El aerodeslizador los impulsó a velocidades que excedían de R17 por los túneles de acero que llevaban a la pasmosa superficie del planeta, ahora sumida en otro lóbrego crepúsculo matinal. Una horrible luz grisácea petrificaba la tierra.

R es una medida de velocidad, considerada como razonable para viajar y compatible con la salud, con el bienestar mental y con un retraso no mayor de unos cinco minutos. Por tanto, es una figura casi infinitamente variable según las circunstancias, ya que los dos primeros factores no sólo varían con la velocidad considerada como absoluta, sino también con el conocimiento del tercer factor. A menos que se maneje con tranquilidad, tal ecuación puede producir considerable tensión, úlceras e incluso la muerte.

R17 no es una velocidad fija, pero sí muy alta.

El aerodeslizador surcó el espacio a R17 y aún más, dejando a sus ocupantes cerca del *Corazón de Oro,* que estaba severamente plantado en la superficie helada como un hueso calcinado, y luego se precipitó en la dirección por donde los había traído, probablemente para ocuparse de importantes asuntos particulares.

Miraron los cuatro a la nave, tiritando.

Junto a ella, había otra.

Era la nave patrulla de Blagulon Kappa, bulbosa y con forma de tiburón, de color verde pizarra y apagado; tenía escritos unos caracteres negros, de varios tamaños y diversas cotas de hostilidad. La leyenda informaba a todo aquel que se tomara la molestia de leerla de la procedencia de la nave, de a qué sección de la policía estaba asignada y de adónde debían acoplarse los repuestos de energía.

En cierto modo parecía anormalmente oscura y silenciosa, hasta para una nave cuyos dos tripulantes yacían asfixiados en aquel momento en una habitación llena de humo a varios kilómetros por debajo del suelo. Era una de esas cosas extrañas que resultan imposibles de explicar o definir, pero que pueden notarse cuando una nave está completamente muerta.

Ford lo notó y lo encontró de lo más misterioso: una nave y dos policías habían muerto de forma espontánea. Según su experiencia, el Universo no actuaba de aquel modo.

Los demás también lo notaron, pero sintieron con mayor fuerza el frío intenso y corrieron al *Corazón de Oro* padeciendo de un ataque agudo de falta de curiosidad.

Ford se quedó a examinar la nave de Blagulon. Al acercarse, casi tropezó con un cuerpo de acero que yacía inerte en el polvo frío.

–¡Marvin! –exclamó–. ¿Qué estás haciendo?

–No te sientas en la obligación de reparar en mí, por favor –se oyó una voz monótona y apagada.

–Pero ¿cómo estás, hombre de metal? –inquirió Ford.

–Muy deprimido.

–¿Qué te pasa?

–No lo sé –dijo Marvin–. Es algo nuevo para mí.

–Pero ¿por qué estás tumbado de bruces en el polvo? –le preguntó Ford, tiritando y poniéndose en cuclillas junto a él.

–Es una manera muy eficaz de sentirse desgraciado –dijo Marvin–. No finjas que quieres charlar conmigo, sé que me odias.

–No, no te odio.

–Sí, me odias, como todo el mundo. Eso forma parte de la configuración del Universo. Sólo tengo que hablar con alguien y enseguida empieza a odiarme. Hasta los robots me odian. Si te limitas a ignorarme, creo que me marcharé.

Se puso en pie de un salto y miró resueltamente en dirección contraria.

–Esa nave me odiaba –dijo en tono desdeñoso, señalando a la nave de la policía.

–¿Esa nave? –dijo Ford, súbitamente alborotado–. ¿Qué le ha pasado? ¿Lo sabes?

–Me odiaba porque le hablé.

–¡Que le *hablaste!* –exclamó Ford–. ¿Qué quieres decir con eso de que le hablaste?

–Algo muy simple. Me aburría mucho y me sentía muy deprimido, así que me acerqué y me conecté a la toma externa del ordenador. Hablé un buen rato con él y le expliqué mi opinión sobre el Universo –dijo Marvin.

–¿Y qué pasó? –insistió Ford.

–Se suicidó –dijo Marvin, echando a anclar con aire majestuoso hacia el *Corazón de Oro.*

35

Aquella noche, mientras el *Corazón de Oro* procuraba poner varios años luz entre su propio casco y la Nebulosa Cabeza de Caballo, Zaphod holgazaneaba bajo la pequeña palmera del puente tratando de ponerse en forma el cerebro con enormes detonadores gargáricos pangalácticos; Ford y Trillian estaban sentados en un rincón hablando de la vida y de los problemas que suscita; y Arthur se llevó a la cama el ejemplar de Ford de la *Guía del autoes-*

topista galáctico. Pensó que, como iba a vivir por allí, sería mejor aprender algo al respecto.

Se topó con un artículo que decía:

«La historia de todas las civilizaciones importantes de la Galaxia tiende a pasar por tres etapas diferentes y reconocibles, las de Supervivencia, Indagación y Refinamiento, también conocidas por las fases del Cómo, del Por qué y del Dónde.

»Por ejemplo, la primera fase se caracteriza por la pregunta: ¿Cómo podemos comer?; *la segunda, por la pregunta:* ¿Por qué comemos? *y la tercera, por la pregunta:* ¿Dónde vamos a almorzar?»

No siguió adelante porque el intercomunicador de la nave se puso en funcionamiento.

–¡Hola, terrícola! ¿Tienes hambre, muchacho? –dijo la voz de Zaphod.

–Pues..., bueno, sí. Me apetece picar un poco –dijo Arthur.

–De acuerdo, chico, aguanta firme –le dijo Zaphod–. Tomaremos un bocado en el restaurante del Fin del Mundo.

Epílogo,

por Robbie Stamp

A las 19.30 del 19 de abril de 2004, la canción «Shoorah, Shoorah», cantada por Betty Wright, tronaba en un «piso de Islington» construido en el Plató 7 de los Estudios Elstree, en Hertfordshire. Bajo la mirada del director, Garth Jennings, y del productor, Nick Goldsmith, que juntos forman la empresa de producción Hammer and Tongs, el primer ayudante de dirección, Richard Whelan, gritó: «¡Acción!», y por fin, después de más de un cuarto de siglo desde que la primera serie radiofónica se emitiera en Radio 4, comenzaba a rodarse una película basada en la *Guía del autoestopista galáctico.* Arthur Dent, interpretado por Martin Freeman, estaba solo, leyendo un libro, mientras más de cuarenta actores con disfraces comenzaron a bailar. En medio de la multitud, entre la que había un ratón color rosa algodón de azúcar, un cowboy borracho y un jefe indio, la actriz norteamericana Zooey Deschanel, en el papel de Tricia McMillan, saltaba arriba y abajo, vestida como Charles Darwin. La histórica hoja con el plan de trabajo de ese primer día se reproduce en las páginas 283-285.

Es famosa la frase de Douglas Adams en la que describe el proceso de rodar una película en Hollywood como «intentar hacer un bistec a la plancha mediante el sistema de hacer entrar a una serie de gente en la cocina y echarle el aliento». ¿Por qué, entonces –a pesar del fenomenal éxito internacional de la serie radiofónica del *Autoestopista*, la serie de televisión, y sobre todo las novelas–, se había tardado más de veinticinco años en conseguir rodar la película? Es una larga historia.

Este epílogo a la edición de la *Guía del autoestopista galáctico*, aprovechando el estreno de la película, no es un relato exhaustivo de las dos décadas y media que tardó un ejecutivo importante de Hollywood en decir finalmente: «Sí, hagamos la película del *Autoestopista*.» Tal como ha dicho Ed Victor, amigo personal de Douglas y agente literario desde 1981: «Mucha, mucha gente le dio un mordisquito, lo probó, y lo rechazó.» Haría falta todo un libro para contar la historia de todos estos mordisquitos. Pero como soy uno de los productores ejecutivos, puedo contar la historia de cómo la película acabó haciéndose, basándome en conversaciones con muchas de las personas decisivas involucradas en el proyecto.

Conocí a Douglas Adams en su casa de Islington en 1991, donde me interpretó una pieza de Bach porque quería mostrarme algo en relación con la música y las matemáticas, y hablamos de una serie de televisión en preparación que él quería escribir y presentar. Lo que más me impresionó de ese primer encuentro fue la poderosa curiosidad intelectual de Douglas Adams. Seguimos llamándonos. Me aficionó al sushi. Fundamos una empresa juntos.[1] Vimos muchas películas y tuve la suerte de que nos hiciéramos amigos además de socios.

1. La Digital Village fue concebida como una empresa multimedia, y produjo el juego de ordenador *Starship Titanic* y la página web h2g2.com, basada en la propia *Guía*. Los fundadores fuimos Douglas, yo, Richard Creasey (un veterano productor de televisión), Ian Charles Stewart (un banquero inversor), Mary Glanville (también ejecutiva de televisión), Richard Harris (un experto en tecnología) y Ed Victor.

Douglas y yo seguimos siendo buenos amigos a lo largo de los años, por lo que no resultó sorprendente que, diez años después, cuando murió mi padre, Douglas fuera una de las primeras personas a las que llamé al volver a casa del hospital. Se había mostrado muy gentil y me había prestado su amable apoyo cuando mi padre estuvo enfermo, y hablamos mucho de la clase de persona que había sido mi padre. Al cabo de un rato regresamos a nuestros temas habituales de conversación, incluyendo las nuevas ideas que Douglas estaba incubando, y –por enésima vez– comentamos nuestra frustración por la película de la *Guía del autoestopista galáctico,* que ya formaba parte del folklore de Hollywood por el tiempo al parecer interminable que llevaba sumida en el infierno de la preparación.

Al día siguiente, el viernes 11 de mayo de 2001, recibí una llamada de Ed Victor, y mientras estaba sentado en mi silla favorita de la cocina, desde donde había hablado con Douglas la noche anterior, me enteré de que éste había muerto de un ataque al corazón hacía menos de una hora, en su gimnasio de Montecito, California. Recuerdo que mi esposa soltó un grito a causa de la impresión cuando me oyó hablar con Ed, pero yo me quedé simplemente como atontado, y me pasé la noche atendiendo llamadas y telefoneando a amigos y colegas.

Las muestras de dolor y afecto por la muerte de Douglas en Internet y en la prensa fueron un tributo al enorme impacto que la *Guía del autoestopista galáctico* ha causado entre gente de todo el mundo. Quizás, por desgracia, la muerte trágicamente precoz de Douglas y la inmensa reacción que provocó fueron el catalizador que finalmente puso en marcha el proceso de producción. Si fue así, se trata de una ironía muy cruel. Ed Victor comenta la frustración provocada al intentar poner en marcha la película diciendo: «Siempre estaba intentando vender el *Autoestopista.* Douglas siempre, *siempre* quiso que se hiciera una película del libro. Cuatro veces vendí los derechos, y he calificado el hecho de no haber visto rodada la película en todos estos años como la frustración profesional más importante de mi vida. Fue algo de lo que siempre me sentí muy seguro. Había visto las sacas de correos. Sabía que había un público para la película. Le vendí los derechos a Don Tafner para que la ABC hiciera una serie de televisión. Se los vendí a la Columbia y a Ivan Reitman. Hicimos un trato con Michael Nesmith para hacerla a medias y finalmente se los vendimos a Disney, e incluso así se tardó siete años en comenzar la producción.»

Mi relación con Douglas no es tan antigua como la de Ed, pero me he visto implicado en el proyecto de la película desde que comenzaron las negociaciones para vender los derechos a Disney, en 1997, cuando, después del tremendo éxito de *Men in Black,* parecía que volvía a haber interés por la comedia y la ciencia ficción. Bob Bookman, el primer agente cinematográfico de Douglas en la poderosa agencia de talentos de Hollywood CAA (Creative Artists Agency), organizó una serie de reuniones en las que Douglas y yo nos entrevistamos con algunos posibles productores. Y, como resultado de esas reuniones, dos personas comenzaron a llevar hacia delante el proyecto de la película del *Autoestopista.* Roger Birnbaum, de la independiente Caravan Pictures (que luego se convertiría en Spyglass), tuvo el «músculo» y el entusiasmo para embarcar a la Disney, y a través de Michael Nesmith, amigo de Douglas y ex socio en la producción y escritura de la película, conocimos a Peter Safran, Nicle Reed y Jimmy Miller, que juntos, en ese momento, representaban a Jay Roach, entonces un nuevo y taquillero director que acababa de triunfar con su sorprendente éxito del verano *Austin Powers: Agente internacional.* Jay también tenía una estrecha relación con Disney. Casi de inmediato, Douglas y Jay entablaron una profunda relación creativa, y parecía haberse formado un triunvirato ganador.

La *Guía del autoestopista galáctico* comenzó como una serie radiofónica, se convirtió en una novela famosa, una «trilogía en cinco partes», una obra de teatro y un juego de ordenador, y en esa época Digital Village la estaba convirtiendo en una guía «real» al planeta Tierra. La situación de los derechos era, por tanto, enormemente complicada, y costaba un enorme esfuerzo cerrar un trato. Ken Kleinberg y Christine Cuddy se convirtieron en los abogados que negociaron con Disney. A pesar de lo duro que trabajaron, del apoyo y entusiasmo de Roger Birnbaum y Jay Roach, y de los equipos de la CAA, de la oficina de Ed Victor y de Digital Village, todos haciendo horas extra, las negociaciones prosiguieron durante casi dieciocho meses. El trato se cerró por fin antes de las navidades de 1998, y estipulaba que Douglas y yo seríamos los productores ejecutivos, y que él escribiría un nuevo guión.

Douglas llevaba años haciendo guiones del *Autoestopista*, por lo que, con la aportación de Jay y Shauna Robertson, su socia en esa época, pudo hacer rápidamente un borrador lleno de su extraordinario ingenio e inteligencia; había nuevas ideas que intentaban hacerse sitio entre las escenas y personajes favoritos de los libros y la serie radiofónica. Ese primer borrador de 1999 era bueno, pero las dificultades para encontrar un equilibrio entre el hecho de que el *Autoestopista* fuera un relato por episodios y un impulso narrativo que le diera coherencia no se habían resuelto del todo. De hecho, ése era el problema que había afectado a todos los borradores de la película a lo largo de los años, y seguía siendo un enorme escollo. Jay recuerda su colaboración con Douglas con gran cariño, pero también reflexiona acerca de los problemas con que se encontraron.

«Incluso cuando escribíamos, y durante lo que se convirtió en un proceso de elaboración horrorosamente frustrante, no recuerdo haber disfrutado tanto de colaborar con alguien. Las cenas, nuestras largas charlas, sus risas. Incluso después, mientras decíamos "esto no funciona", seguíamos haciendo chistes acerca del absurdo de todo eso. Por lo que el proceso fue en extremo agradable. Sólo que no llegamos a ninguna parte. Hubo una combinación de cosas que fueron obstaculizando nuestra lucha por conseguir que el *Autoestopista* se hiciera..., siempre había un desfase entre, por un lado, la idea de la gente de que iba a ser una superproducción de ciencia ficción con un gran presupuesto, con mucho espectáculo, y, por otra, el reconocimiento de que era una película más inteligente, más compleja, un poco más inglesa, un poco más irónica que las comedias taquilleras inglesas y americanas, y no conseguíamos sincronizar esas dos visiones, por lo que era difícil conectar con las necesidades de Disney.»

El 19 de abril de 1999, Douglas, frustrado por el ritmo a que avanzaba el proyecto, le mandó un fax a David Vogel, por entonces presidente de Producción de Disney, sugiriéndole celebrar una reunión. Le escribió: «Parece que hemos llegado a un punto en el que los problemas parecen más grandes que las oportunidades. No sé si tengo razón al pensar esto, pero por lo demás lo único que tengo es silencio, que es una fuente de información muy pobre..., el hecho de que podamos tener ideas distintas debería ser una fructífera fuente de debate y una manera de resolver los problemas que se vienen repitiendo. No tengo claro que una serie de "notas" escritas, procedentes de una sola dirección y respondidas por largos y horribles silencios, sirva para arreglar nada... ¿Por qué no nos reunimos y charlamos? Le adjunto una lista de números de teléfono en los que puede encontrarme. Si no lo consigue... sabré que procura no encontrarme con todas sus fuerzas.» Con su humor característico, le proporcionó docenas de números de contacto, entre los que estaban los de su casa, su móvil, su abuela, su madre, su hermana, su vecino de al lado (que, decía, «seguro que cogerá el recado»), un par de sus restaurantes favoritos e incluso el número de Sainsbury, el supermercado de su barrio, donde estaba seguro de que le llamarían por megafonía. La carta tuvo el efecto deseado, y poco después Douglas y yo volábamos hacia Los Ángeles para un «encuentro en la cumbre». Durante el vuelo estuvimos horas hablando de lo que sospechábamos que estaba pasando: Disney iba a sugerir que participara otro guionista. Roger Birnbaum, que estaba en la reunión en los Estudios Disney de Burbank, lo recuerda perfectamente: «Sabía que sería complicado. Quería que supiera lo mucho que lo respetábamos. Yo le admiraba mucho, y no quería poner en peligro el material, pero también opinaba que después de tantos años haciendo tantos borradores, Douglas se estaba quedando atascado.»

Douglas se enfrentaba a un dilema angustioso. El mensaje era claro. El impulso, la más preciosa de todas las mercancías de Hollywood, se estaba frenando peligrosamente, y para que la película no se quedara atascada del todo –otra vez–, iba a tener que permitir que interviniera otro guionista. Disney y Spyglass manejaron el asunto con bastante tacto y respeto. En la reunión, David Vogel, un hombre atento y antiguo erudito rabínico, comparó a Douglas con el constructor de una catedral, y dijo que el siguiente paso del proceso se parecía a contratar al maestro mampostero, no el hombre que había tenido la idea, sino un artesano diferente, cuya misión fuera asegurarse de que la brillante concepción original contara con los cimientos adecuados.

Josh Friedman, un escritor experimentado, fue contratado y escribió un nuevo borrador, que completó en otoño de 1999. No fue posible hacer gran cosa en colaboración con Douglas, y aunque de ninguna manera era un mal guión, ni siquiera con el apoyo de Douglas se consiguió que el proceso adelantara un paso. Peor presagio fue que coincidiera con un cambio de régimen en el estudio. David Vogel y Joe Roth, que habían estado al frente cuando Disney compró los derechos, se fueron. Nina Jacobson, ahora presidenta de Buena Vista Pictures, responsable de desarrollar los guiones y supervisar la producción de las películas para Walt Disney Pictures, se hizo responsable. Su mayor preocupación era el presupuesto, y en aquel momento no estaba segura de que el material, tal como estaba, pudiera interesar a alguien que no fuera fan de Douglas y se lograra hacer una película que Disney pudiera apoyar.

Frustrado de nuevo, Douglas decidió escribir otro borrador, y lo entregó en el verano de 2000. Los de Disney seguían sin estar convencidos, y, de hecho, cada vez estaban menos seguros de que fuera una película para ellos. De modo que, con su permiso, el guión fue discretamente enviado a otros estudios. El proyecto seguía teniendo acérrimos partidarios. En aquel momento Jay era un director de comedia en el candelero, y Roger Birnbaum y su socio, Gary Barber, de Spyglass, eran enormemente influyentes. No obstante, todos los estudios, y los principales productores independientes a quienes enseñaron el borrador, lo rechazaron. Recuerdo una llamada en particular que resume todo lo que era tan doloroso en esa torturante época. Douglas me telefoneó desde Santa Bárbara mientras yo estaba en Córcega, en la playa con mi familia. Me dijo que Joe Roth, que ahora se hallaba en los Estudios Revolution, había declinado el proyecto. Recuerdo la horrible sensación de desánimo mientras observaba a mi familia y veía que mi mujer se daba cuenta de la angustia que reflejaba mi cara. Para mí esa llamada fue una noticia especialmente mala, pues Joe era íntimo amigo y colega de Roger Birnbaum, y, entre bastidores, había sido fundamental a la hora de llevar el *Autoestopista* a Disney cuando era jefe del estudio. Si a él no le interesaba el proyecto, ¿a quién iba a interesarle? Ed Victor también recuerda perfectamente esa época: «Volví a caer en un agujero negro. En cierto momento nos fuimos al bar que había junto a la oficina, pedimos unos martinis de vodka tamaño gigante y Douglas dijo: "Calculo que habré gastado un total de cinco años de mi vida profesional en esta puta película, Ed. No permitas que nunca lo repita."»

Pero, por supuesto, Douglas nunca abandonó la esperanza de que algún día el *Autoestopista* llegara a ser una película.

En la primavera de 2001, con el proyecto de la película en punto muerto, Jay Roach se dio cuenta de que, tras haber trabajado en la película durante varios años, quizás simplemente no era la persona adecuada para llevar las cosas más lejos, y con tristeza, y a regañadientes, decidió retirarse como director, aunque como productor siguió igual de implicado que antes. Spyglass también seguía decidida a encontrar una manera de salir del atasco. Jon Glickman, presidente de Spyglass Pictures, y Derek Evans, que había sido el primero que había conseguido que Roger Birnbaum se interesara por el *Autoestopista,* cuando se unió a Spyglass como director de proyectos, habían sido dos de los más incansable partidarios de la película desde su llegada a Spyglass.[1] Jon recuerda haberse dado cuenta de que había que afrontar el presupuesto con realismo, y de que había que regresar a su idea inicial, que había sido la de encontrar un director que fuera camino al estrellato como había sido Jay cuando le conocimos, en 1997. Pero fue una época de bastante desánimo.

Y entonces, en mayo de 2001, llegó la llamada que me informó de que Douglas había muerto. En el período de una semana volé a California para asistir al funeral de Douglas y volví a Inglaterra para el de mis padres. Fueron momentos agotadores, emocional y físicamente. En las reuniones de amigos que tuvieron lugar en las semanas y meses posteriores a la muerte de Douglas, se habló mucho de la frustración que éste experimentó en todos esos años que pasó intentando hacer «la Película». Casi se convirtió en una obsesión para él, y algún tiempo después le pregunté a su viuda, Jane Belsen, si, caso de que resultara posible hacer la película, ella daría su aprobación. Simplemente dijo que sí, e hizo un comentario en particular, que, dado el equipo de dirección y producción que al final acabó haciendo la película, resultó muy clarividente. «Busca a un director joven, alguien que no creciera cuando el *Autoestopista* apareció y tuvo su gran éxito. Recuerda

1 Cuando la película acabó haciéndose, Jon Glickman y Derek Evans fueron productor y productor ejecutivo, respectivamente.

que Douglas era un veinteañero cuando escribió el *Autoestopista*. Encuentra a alguien que tenga auténtica energía, no un modernillo, pero sí un tío enrollado. Cuando se publicó por primera vez, el *Autoestopista* era un libro enrollado.»

De manera que volví a hablar con Roger Birnbaum, y, como siempre, me ofreció su apoyo y continuo entusiasmo. Recuerda perfectamente la llamada. «Después de la muerte de Douglas, el proyecto quedó aparcado, pero entonces recibimos tu llamada diciendo que los herederos seguían interesados en hacer la película, y eso nos puso en marcha otra vez. El proyecto seguía encantándonos, y por el respeto que sentíamos por Douglas, estábamos felices de intentar llevarlo a cabo.»

También hablé con Jay Roach, cuyo apoyo sabía que sería esencial. El proyecto necesitaba todos los aliados que pudiéramos encontrar, y una película como el *Autoestopista* debía tener a alguien que la apoyara «desde dentro» si queríamos tener alguna opción de que se hiciera. En cuanto supo que Jane Belsen quería que la película se hiciera, su profundo afecto por Douglas significaba que Jay volvía a lanzarse a la batalla alegremente como director.

Todos sabíamos que sin una nueva versión del guión no íbamos a ninguna parte; el *Autoestopista* podía pasarse años en el limbo. Era absolutamente necesario contratar a un nuevo escritor, y a través de Jennifer Perrini, de la compañía de Jay, Everyman Pictures, tuvimos mucha suerte al encontrar a Karey Kirkpatrick. Nos cuenta la historia de cómo se metió en el proyecto en una entrevista que se hace a sí mismo. Karey no era un fan del *Autoestopista* –aunque lo acabaría siendo–, sino que simplemente se hizo cargo del guión porque era un escritor experimentado que se daba cuenta de dónde estaban los problemas. Su punto de arranque fue el guión definitivo de Douglas, y pude conseguirle mucho material del disco duro del Mac de Douglas: versiones anteriores y notas sobre cómo solucionar algunos problemas. Y así fue como

Karey y Jay, este último de nuevo en la silla del director, se pusieron a trabajar en un nuevo «enfoque», marcando la dirección fundamental en la que ahora podría ir la película.

Varios meses más tarde, a primera hora de una mañana de primavera de 2002, se convocó una reunión en la casa de Roger Birnbaum de Beverly Hills. Allí, con un fuego en la chimenea y salmón ahumado y bollos en la mesa, Karey Kirkpatrick expuso el enfoque que él y Jay habían adoptado delante de Nina Jacobson, Jay Roach, Jennifer Perrini (la socia de Jay en su productora, Everyman Pictures), Roger Birnbaum, Jon Glickman y Derek Evans. Ése era el grupo fundamental de gente que podía conseguir que la película se hiciera. Karey comenzó su exposición con una visión de conjunto de cómo podía funcionar la narración en la película. Simplemente leyó el «resumen de lo publicado», al principio de *El restaurante del fin del mundo,* que resumía los hechos de la *Guía del autoestopista galáctico.*

> Resumen de lo publicado:
>
> Al principio se creó el Universo.
>
> Eso hizo que se enfadara mucha gente, y la mayoría lo consideró un error.
>
> Muchas razas mantienen la creencia de que lo creó alguna especie de dios, aunque los jatravártidos de Viltvodle VI creen que todo el Universo surgió de un estornudo de la nariz de un ser llamado Gran Arklopopplético Verde.
>
> Los jatravártidos, que viven en continuo miedo del momento que llaman «La llegada del gran pañuelo blanco», son pequeñas criaturas de color azul y, como poseen más de cincuenta brazos cada una, constituyen la única raza de la historia que ha inventado el pulverizador desodorante antes que la rueda.
>
> Sin embargo, y prescindiendo de Vutvodle VI, la teoría del Gran Arklopopplético no es generalmente aceptada, y como

el Universo es un lugar tan incomprensible, constantemente se están buscando otras explicaciones.

Por ejemplo, una raza de seres hiperinteligentes y pandimensionales construyeron en una ocasión un gigantesco superordenador llamado Pensamiento Profundo para calcular de una vez por todas la Respuesta a la Pregunta Última de la Vida, del Universo y de Todo lo demás.

Durante siete millones y medio de años, Pensamiento Profundo ordenó y calculó, y al fin anunció que la respuesta definitiva era Cuarenta y dos; de manera que hubo de construirse otro ordenador, mucho mayor, para averiguar cuál era la pregunta verdadera.

Y tal ordenador, al que se le dio el nombre de Tierra, era tan enorme que con frecuencia se le tomaba por un planeta, sobre todo por parte de los extraños seres simiescos que vagaban por su superficie, enteramente ignorantes de que no eran más que una parte del gigantesco programa del ordenador.

Cosa muy rara, porque sin esa información tan sencilla y evidente, ninguno de los acontecimientos producidos sobre la Tierra podría tener el más mínimo sentido.

Lamentablemente, sin embargo, poco antes de la lectura de datos, la Tierra fue inesperadamente demolida por los vogones con el fin, según afirmaron, de dar paso a una vía de circunvalación; y de ese modo se perdió para siempre toda esperanza de descubrir el sentido de la vida.

O eso parecía.

Sobrevivieron dos de aquellas criaturas extrañas, semejantes a los monos.

Arthur Dent se escapó en el último momento porque de pronto resultó que un viejo amigo suyo, Ford Prefect, procedía de un planeta pequeño situado en las cercanías de Betelgeuse, y no de Guildford, tal como había manifestado hasta

> entonces; y además conocía la manera de que le subieran en platillos volantes.
>
> Tricia McMillan, o Trillian, se había fugado del planeta seis meses antes con Zaphod Beeblebrox, por entonces presidente de la Galaxia.
>
> Dos supervivientes.
>
> Son todo lo que queda del mayor experimento jamás concebido: averiguar la Pregunta Última y la Respuesta Última de la Vida, del Universo y de Todo lo demás.

Nina proclamó que «lo pillaba». Teníamos una amplia forma narrativa: comenzaba con la destrucción de la Tierra, y contaba la historia del viaje hasta Magrathea, el legendario planeta que construye planetas. Gran parte del nuevo material que es ahora la película trata de la dificultad de llegar a Magrathea, y es aquí donde Douglas concibió los nuevos mecanismos de la trama y personajes nuevos, como la fabulosa pistola «punto de vista» y a Humma Kavula, el misionero demente, que reza por «la llegada del gran pañuelo blanco». La otra decisión clave fue que la película tendría a Arthur como personaje principal, y que veríamos la Galaxia desde su punto de vista. Parece algo muy sencillo, pero a lo largo de los años se habían hecho versiones en las que Zaphod o los vogones eran el centro de la historia; pero quizás al no sentir tanto la necesidad creativa de reinventar de Douglas, Karey dio con una estructura narrativa que funcionaba. Tiene muy buen oído para el humor inglés –su ironía y su desconfianza del sentimentalismo–, pero también comprende perfectamente que en Hollywood se necesita una férrea estructura.

Por fin tuvimos la impresión de que se iba por buen camino. Pero apenas habíamos insuflado nueva vida a la película, cuando pareció que ésta volvía a tambalearse. En las semanas siguientes a la «exposición junto al hogar», Disney, que ya había gastado una suma considerable en la compra de los derechos y en diversas versiones, se negó a pagarle a Karey la tarifa de reescribir el guión, y pareció que todo iba a irse al garete. Pero Roger Birnbaum y su socio Gary Barber salvaron el proyecto: Spyglass demostró su compromiso absoluto con la película pagando ellos mismos la tarifa de Karey. Jon Glickman, de Spyglass, describe ese episodio fundamental: «Tuvimos una reunión con los de Disney en la que Nina Jacobson –que entonces era una gran entusiasta de la película, pero que al mismo tiempo le parecía que todo aquello era demasiado raro– dijo: "No voy a pagar el sueldo de Karey." Lo cierto es que Karey es un escritor caro: sólo había tenido un gran éxito con *Chicken Run: Evasión en la granja,* y también había escrito *James y el melocotón gigante, y* ahora todos temíamos que el *Autoestopista* se nos fuera otra vez de las manos. No sé por qué los de Spyglass reaccionaron así en ese momento, salvo que el material les gustara mucho. Habíamos vivido seis años con ese proyecto, y creo que, para nosotros, era una especie de conexión emocional con Douglas. No tenía nada que ver con la manera en que habitualmente hacemos negocios. Pero nosotros corrimos con los gastos del sueldo de Karey. Era algo muy arriesgado..., básicamente sólo estábamos pagando un borrador, mientas pensábamos: "Ojalá Karey dé en el clavo." Y eso fue lo que Karey, trabajando en colaboración con Jay, se propuso conseguir.»

Bob Bookman, uno de los más expertos agentes de Hollywood, comenta la fenomenal entrega de tanta gente al proyecto del *Autoestopista:* «El cine es un medio en el que todo se hace en colaboración, tanto a la hora de poner a la gente a trabajar como a la hora de mantenerlos en el tajo. Había mucha gente implicada, y llevaban en ello muchos años: tú, Ed, Jay, Roger, varias personas a las que podías mirar y decir: "Si no te hubieras metido en esto, no lo habríamos conseguido", y sin embargo la magia de esto es que toda esa gente siguió ahí hasta que pudimos lanzar la película.»

Y el resultado fue que a finales de la primavera de 2002 Karey, que seguía trabajando con Jay y con aportaciones de Spyglass y mías, comenzó a escribir. Siempre que Karey se topaba con un problema, regresaba a la serie radiofónica, a los libros, a *The Salmon of Doubt,*[1] a los fragmentos que había en el disco duro de Douglas que yo le había conseguido, para ver qué había en la mente de éste. Entregó el guión antes de las navidades de aquel año. Una tarde volví a casa y me lo encontré en mi correo electrónico. Me senté y me lo leí de un tirón mientras se me erizaban los pelos de la nuca. Ahí había un guión que era el *Autoestopista* al cien por cien en su sensibilidad, pero que ahora había dado el salto y parecía una película, con su presentación, nudo y desenlace.

Ed Victor recuerda una conversación con Michael Nesmith acerca de la importancia fundamental que tiene para una película tener un buen guión: «Michael dijo: "Si eres el productor de una película, posees una propiedad, y lo que estás haciendo es llevar al jefe del estudio a la boca de una cueva oscura y decirle: 'Dentro de esta cueva hay una estatua de oro. Dame cien millones de dólares.[2] Tendrás la estatua. Entra y coge la estatua.' Bueno, el jefe del estudio no quiere darte cien millones de dólares para poder entrar en la oscuridad." Y entonces Nesmith hace una pausa y dice: "El guión es una linterna, y con él puedes apuntar a la cueva oscura y ver tan sólo un atisbo, los contornos de la estatua. Entonces él te da los cien millones de dólares y entra y ve si puede coger la estatua..." Me pareció una metáfora muy inteligente. Tienes que poner a alguien a hacer el guión del *Autoestopista* antes de poder tenerla como película, pues hasta ahora sólo

1. *The Salmon of Doubt:* una recopilación de escritos de Douglas y el comienzo de la última novela en la que trabajaba antes de morir, que habría sido el tercer libro de Dirk Gently.

2. ¡No se crean que éste es el presupuesto de la película del *Autoestopista!*

ha tenido éxito en forma de libro o de serial radiofónico.» Ahora teníamos esa linterna.

En el Año Nuevo, Jay se dio cuenta de que el proyecto se estaba acelerando, y como tenía otros compromisos más acuciantes como director, decidió renunciar por última vez. De modo que necesitábamos un nuevo director. Lo que era bastante decepcionante, pues por primera vez teníamos un guión. En todos mis largos años intentando hacer la película siempre había sido al revés: teníamos directores interesados, pero no guión. Ahora teníamos una mercancía que Hollywood podía comprender, y comenzamos a hacer circular el guión. Jay conocía a Spike Jonze, director de *Cómo ser John Malkovich* y *Adaptation: El ladrón de orquídeas,* que había sido un importante director de videoclips, y le mandó el guión. Existía la impresión general de que Spike, que había demostrado que sabía manejar materiales singulares, sería una buena elección. Era un fan de Douglas, leyó el guión y le gustó, pero tenía otros compromisos. No obstante, desempeñó un papel fundamental a la hora de hacernos avanzar. Sugirió Hammer and Tongs, Garth Jennings y Nick Goldsmith, una de las firmas más respetadas y creativas en el negocio de vídeos musicales y anuncios publicitarios, que habían trabajado, entre otros, con los siguientes grupos: R.E.M, Blur, Fatboy Slim y Ali G.

Inicialmente, Hammer and Tongs le dijeron a su agente, Frank Wuliger, que ni se molestara en mandar el guión. Estaban trabajando en un proyecto propio, y temían que un guión del *Autoestopista,* hecho en Hollywood y sin Douglas presentando batalla, probablemente echaría a perder algo por lo que ellos sentían un gran cariño. Sin embargo, Frank desempeñó otro papel pequeño pero vital a la hora de mantener el impulso: de todos modos les mandó el guión. Y allí estuvo, en el escritorio de su barcaza, muerto de risa durante una semana, hasta que Nick se lo llevó a casa. Al día siguiente, con el habitual eufemismo, le sugirió a Garth que no estaba mal y que le echara un vistazo. Garth se lo llevó a casa y lo leyó casi todo sentado en el retrete, hasta que salió para decirle a su mujer «que no estaba nada mal». Se daban cuenta del magnífico trabajo que había hecho Karey dejando respirar el genio de Douglas.

Cuando Nick y Garth viajaron a Londres, yo fui el primero en ir a recibirles. Una hermosa mañana de primavera, casi un año después de nuestra reunión junto a la chimenea en Beverly Hills, me los encontré en su barcaza remodelada, irónicamente a sólo diez minutos andando de la casa de Douglas en Islington. Después de recorrer tantos kilómetros en avión y de llevar a su familia a vivir a California para conseguir que la película se hiciera, la iban a «devolver a casa» un equipo que vivía en Inglaterra, al lado de la casa de Douglas. Había galletitas de chocolate, un perro negro y muy amistoso llamado Mack, y, lo mejor de todo, la barcaza era un homenaje al ordenador Apple. Douglas, como todos sus fans saben, era fanático del Apple –de hecho, llegó a ser un «Apple Master»–, y de algún modo, si Nick y Garth hubieran trabajado en PC, probablemente habría puesto alguna excusa y me habría ido. Pero ni ellos trabajaban con PC ni yo me fui. Desde el principio de la reunión me quedó claro que Nick y Garth tenían la preparación, la visión y el sentido del humor para tomar finalmente el mando de la película del *Autoestopista*.

Una de las primeras reuniones resume ese sentido del humor y la fenomenal atención al detalle que caracterizan a Nick y Garth. Mantuvimos una videoconferencia con Jay, Spyglass y el equipo de Disney, capitaneado por Nina Jacobson. La comunicación era entre una sala de juntas en Los Ángeles y otra en Londres, pero Nick y Garth, que estaban con nosotros, habían dispuesto un pequeño telón teatral, el clásico de color rojo con brocados dorados, instalado delante de la cámara. Cuando el equipo de Los Ángeles llegó para la conferencia, allí en su pantalla, en lugar de verse la habitual gran mesa de reuniones en una sala anodina, apareció el telón cerrado. Cuando estábamos preparados para empezar,

Garth, que había atado a su silla el mecanismo del telón, comenzó a moverse gradualmente hacia atrás, las cortinas se abrieron y las palabras «No se asuste» aparecieron en un pizarrín. Nada resume mejor que esa cortina lo juguetones que eran Nick y Garth, ese camino que han seguido entre frescura y fidelidad, y su amor por los artilugios.

Fue en esa reunión donde Nina dejó bien claro que si iban a hacer esa película, debían hacerla bien. No iba a pasar a la historia como la ejecutiva que se cargó el *Autoestopista.* Tenía que estar arraigada en la visión del mundo de Douglas, pero para que interesara a Disney tenía que llegar a un público nuevo.

A lo largo del verano de 2003, Hammer and Tongs trabajaron en el diseño de producción, la historia y el presupuesto. Para pasar a la fase de producción resultó crucial abordar el proyecto desde un presupuesto que hiciera que los de Disney se sintieran cómodos. Nick y Garth disfrutaron con ese reto. Para ellos la invención y solucionar los problemas eran medallas de honor. En otoño, Roger Birnbaum decidió que las piezas ya estaba todas colocadas. «Teníamos un guión, un director, una idea global y un presupuesto. Había llegado el momento de averiguar si Disney estaba a punto.»

Según los términos del acuerdo concluido cuando Spyglass se hizo cargo del sueldo de Karey, Roger y Gary controlaban ahora el proyecto, y Disney poseía derecho preferente a ser socio en la financiación o distribución. Nick y Garth volaron a Los Ángeles y le expusieron su idea a Nina. No era de ningún modo seguro que Disney participara en la película, y Jay, que entonces figuraba como productor, recuerda que llamó a Nina desde su coche, mientras iba por la autopista de la Costa del Pacífico, e intuyó que todavía no estaba convencida del todo.

El 17 de septiembre Nina convocó la reunión, y, tal como Jay había prometido, se vio arrastrada por la energía y concepción de Nick y Garth. El paso final fue una reunión con el jefe inmediato de Nina, Dick Cook, presidente de Walt Disney Studios. Dick, un ejecutivo afable y enormemente respetado, fue la última persona a quien había que convencer, y, tras una desesperante espera de varios días, Nick y Garth, el equipo de Spyglass, Jay y Nina se congregaron en su oficina el jueves 25 de septiembre de 2003 a las 4.00 de la tarde, hora de Los Ángeles. Garth, que, en maravillosa expresión de Hollywood, es «muy bueno en las reuniones», comenzó su presentación. Dick le escuchó atentamente y enseguida le preguntó si podría tener la película lista para el verano siguiente. Garth entendió que eso significaba que si era «técnicamente» factible tenerla lista para el verano de 2005, y simplemente dijo que era posible. Dick y Nina intercambiaron unos susurros. Cuando todo el mundo salía de la reunión y Garth recogía los diseños y *story boards* que había utilizado en su exposición, Dick le dijo a Garth que para cualquier cosa que necesitara, se pusieran en contacto con él. Hizo falta que Nina nos acompañara a todos hasta el ascensor para indicarnos que se acababa de dar luz verde a la película. Incluso para gente con experiencia en Hollywood, como Roger, Gary y Jay, el que se diera luz verde a una película sin haber hablado del reparto era de lo mis inusual, y cuando las puertas del ascensor se cerraron, todo el equipo gritó literalmente de alegría. A la 1 de la mañana, hora de Londres, recibí una llamada de Nick, y simplemente me dijo: «Estamos haciendo una película.» Jay se puso al teléfono, y estaba casi llorando. Para todos aquellos que habían trabajado con Douglas todos esos años, era ciertamente un momento agridulce; Douglas había soñado con oír esas palabras, asistir a una reunión como esa donde un pez gordo de Hollywood dijera: «Sí, vamos a hacer la película del *Autoestopista.*»

Teniendo ya luz verde la película, Disney tomó dos decisiones muy importantes. La primera fue convertirla de nuevo en un proyecto de la casa. La fe de Nina Jacobson en Nick y Garth, y su entusiasmo por el material que tenían entre manos, la había decidido a hacer que fuera la producción clave de Disney, y se preparó para lo que sería uno de los estrenos importantes del verano en la modalidad de «película con actores reales». La segunda fue quizás aún más importante; tras haber hecho una elección muy osada y creativa al permitir que un director y un productor noveles controlaran una película de alto presupuesto, Nina permitió que Garth y Nick contrataran el núcleo del equipo creativo con el que habían trabajado en sus videoclips y anuncios publicitarios. El director de fotografía, Igor Jadue-Lillo; el diseñador de producción, Joel Collins; el director de la segunda unidad, Dominic Leung; y el diseñador de vestuario, Sammy Sheldon, eran todos miembros claves de la familia Hammer and Tongs. De hecho, fue precisamente porque Garth y Nick habían reunido en torno a ellos a un grupo de personas enormemente creativas con las que habían trabajado muchos años por lo que Nina se sentía lo bastante segura como para permitirles «ponerse manos a la obra». Spyglass siguieron siendo los productores de la película, y a finales del otoño de 2003 pasamos a «preproducción», el período en que se busca el reparto, se programa y se hace el presupuesto de la producción, y se prepara el guión de rodaje.

La historia de cómo se reunieron los actores principales la contarán mejor ellos mismos en las entrevistas que siguen, pero a medida que reflejan su experiencia al trabajar con Garth y Nick, hay un tema que reaparece una y otra vez: la enorme atención al detalle que éstos muestran. Desde el principio, Garth y Nick decidieron que el *Autoestopista* no debía ser una Galaxia «generada por ordenador». La mirada más superficial a su trabajo muestra su amor a las marionetas, al attrezo que funciona «delante de la cámara», a los platós reales. Naturalmente, en una película como el *Autoestopista* siempre habrá espectaculares creaciones por ordenador, pero al final los actores pasaron muy poco tiempo actuando delante de una pelota de tenis al extremo de un palo sobre un plató de grabación cubierto con una tela verde o azul. La Creature Shop de Henson en Camden, Londres, fue contratada para crear a los vogones y a docenas de criaturas «reales» con las que los actores pudieran interactuar. A lo largo de las dieciséis semanas de rodaje en los Estudios de Elstree, Frogmore y Shepperton, y en exteriores en North Hertfordshire, Gales y Londres centro, el equipo de diseño de producción creó una serie de «mundos reales» maravillosamente concebidos para que el reparto los habitara.

Probablemente, para los fans y el reparto, el «santo de los santos» era el plató del *Corazón de Oro.* En el famoso Plató George Lucas de los Estudios Elstree se construyó el interior de la nave con todo detalle. Era algo realmente hermoso: relucientes curvas blancas, un magnífico panel de control con el botón de la Energía de la Improbabilidad en el medio, una cocina e incluso una zona de bar para servir los detonadores gargáricos pangalácticos. Y, de manera muy adecuada, el 11 de mayo de 2004, tercer aniversario de la muerte de Douglas, todo los actores y el equipo se reunieron en el plató del *Corazón de Oro* para guardar un minuto de silencio en agradecimiento a Douglas. Ésta es la reflexión de Jay Roach, que había guardado su minuto de silencio ese mismo día en Los Ángeles: «Todo comenzó con Douglas, y todos nosotros nos hemos puesto al servicio de lo que los libros y los seriales radiofónicos tenían de asombroso. El espíritu de Douglas nos unió a todos, y ninguno de nosotros quiso hacer nada que no nos llevara por un camino que, en nuestra opinión, pudiera no gustarle a él o a sus fans. Necesitaba transformarse para adaptarse a este nuevo canal, pero no tenía por qué ser otra cosa de lo que era en esencia. Se trataba de ese increíble prisma a través del cual puedes mirar el mundo y sentirte inspirado y estimulado, y todos sabíamos que no funcionaría sin esa esencia, y cuando conocimos a Garth y a Nick sinceramente creí que ellos lo harían mejor que yo a la hora de dejar respirar esa esencia.»

Roger Birnbaum también considera que «ésta ha sido una de las grandes aventuras de mi vida. Cuando algo tarda mucho tiempo en conseguirse y funciona, resulta aún más satisfactorio..., todo el mundo se ha mostrado apasionado con el proyecto y se ha esforzado al máximo. Lo hemos hecho por el espíritu de Douglas».

Durante el largo período que abarca la realización de una película, hay muchos momentos que se te quedan grabados. Para mí, uno de esos momentos fue cuando rodábamos en las afueras de Tredegar, al sur de Gales, en una cantera abandonada (manteniendo viva esa larga y honorable tradición de la ciencia ficción inglesa y las canteras), y nos habíamos pasado el día entrando y saliendo de las furgonetas, pues llovía a cántaros, y el agua entraba horizontal en la cantera. La productora de la Creature Shop de Henson estaba envuelta de pies a cabeza con ropa de ir a explorar el Ártico que le había pedido prestada a un amigo, mientras que, en una espléndida demostración de que eran unos tipos duros, parte del equipo iba en pantalón corto y Timberlands, por mucho frío que hiciera. Los períodos de sol necesarios para rodar habían sido muy escasos. Pero en cierto momento, en la suave luz de la tarde, distinguí a un hombre muy menudo que estaba solo en mitad del fondo de la cantera; intentaba colocar una cabeza grande y blanca en su sitio, de donde el viento quería arrancarla. También vi que el director, con su inagotable energía y entusiasmo, probaba un artilugio que tres de los actores principales tendrían que utilizar al día siguiente. Al apretar un pequeño botón, una pala saltó delante de él con alarmante velocidad, y se detuvo a pocos centímetros de su nariz. Mientras tanto, un hombre vestido con pijama y batín, con una toalla en las manos, pasó el día con el Presidente de la Galaxia. A lo lejos, una nave espacial rojo Ferrari, que había provocado un agujero de cincuenta metros al estrellarse, reflejaba el sol sobre su aleta de cola.

Fue el 1 de julio de 2004, y estábamos filmando tomas exteriores para el planeta Vogosfera, y no por primera vez sentí un arrebato de orgullo y entusiasmo por el hecho de, después de tantos años, estar rodando «la película» de la *Guía del autoestopista galáctico.* Era algo que Douglas tenía muchísimas ganas de hacer, y, como siempre, el orgullo se mezclaba con una profunda tristeza por no tenerlo allí para que pudiera compartirlo con los demás.

Muchísimas veces, durante la preproducción y rodaje del *Autoestopista,* me preguntaron cosas como: «¿Cree que Douglas aprobaría el diseño de la Voraz Bestia Bugblatter de Traal?», o: «¿Le habría gustado que se utilizara una escultura de diez metros de alto de su nariz como entrada al templo de Humma Kavula?» Mi respuesta era casi siempre la misma: se me hace difícil contestar en referencia a detalles concretos como la caja o la nariz (aunque puedo aventurar que en ambos casos la respuesta sería sí), pero sí sé que le habría encantado la pasión, la atención al detalle y la magnífica exuberancia creativa que todo el mundo que participó en la producción aportó a la película. Y ahí, en ese retablo de la cantera –con el doble de Warwick Davis, Gerald Staddon,[1] ayudando a preparar la siguiente toma de Marvin el Androide Paranoide; Martin Freeman y Sam Rockwell, en los papeles de Arthur Dent y Zaphod Beeblebrox respectivamente, sacando el máximo provecho a aquellas condiciones bastante duras en que rodábamos; Garth Jennings demostrando lo que puede hacer un objeto de atrezzo; y todo el equipo entrando y saliendo obstinadamente de los vehículos abarrotados–, estaba todo lo que, a mi parecer, habría hecho feliz a Douglas.

Robbie Stamp,
Londres, diciembre de 2004

1. El doble sustituye a los protagonistas en el plató mientras el director de fotografía y el director iluminan la siguiente toma y ensayan los movimientos de cámara.

EL REPARTO

Durante años, mientras la película del *Autoestopista* era tan sólo un proyecto, uno de los juegos favoritos de sus fans era imaginar quién interpretaría a cada personaje. Antes de morir, Douglas Adams había dejado dicho sobre el asunto: «Cuando llegue el momento de decidir, mi norma es: Arthur debería ser inglés. El resto del reparto puede decidirse exclusivamente según el talento y no la nacionalidad.» –DNA.

El reparto que fue elegido cumplió su deseo, y resultó un excitante y singular grupo de actores que durante 2004 estuvieron trabajando en la *Guía del autoestopista galáctico.* El reparto completo es el siguiente:

Zaphod Beeblebrox **Sam Rockwell**
Ford Prefect **Mos Def**
Trillian (Tricia McMillan) **Zooey Deschanel**
Arthur Dent **Martin Freeman**
Marvin **Warwick Davis**
Slartibartfast **Bill Nighy**
Questular **Anna Chancellor**
Humma Kavula **John Malkovich**
Lunkwill **Jack Stanley**

Fook **Dominique Jackson**
Prosser **Steve Pemberton**
Barman **Albie Woodington**
Gag Halfrunt **Jason Schwartzman**
Imagen Espectral **Simon Jones**
Conductor de buldócer **Mark Longhurst**
Cliente del bar **Su Elliott**
Técnico **Terry Bamber**
Periodista **Kelly Macdonald**

Voces
La Guía **Stephen Fry**
Marvin **Alan Rickman**
Pensamiento Profundo **Helen Mirren**
La Ballena **Bill Bailey**
Eddie el ordenador de a bordo **Tom Lennon**
Kwaltz **Ian McNeice**
Jettz **Richard Griffiths**
Vogones **Mark Gatiss**
Reece Shearsmith
Steve Pemberton

Durante el rodaje, Robbie Stamp habló largo y tendido con los principales miembros humanos del reparto acerca de cómo daban vida a los irónicos personajes de Douglas Adams. En una serie de conversaciones que tuvieron lugar en remolques, o junto a carritos de golf, entre toma y toma, y mientras se bebían una cerveza, los protagonistas hablaron de lo bien que conocían el *Autoestopista* antes de ser elegidos como actores, y de lo que significaba para ellos trabajar en la película. Éstas son las entrevistas.

ENTREVISTA CON MARTIN FREEMAN (ARTHUR DENT)

Entre las películas en las que ha participado tenemos *Zombies Party, Love Actually, Ali G anda suelto,* y ha sido «Tim» en *The Office.*

Robbie Stamp: *¿Habías oído hablar del* Autoestopista *antes de que te propusieran participar como actor?*

Martin Freeman: Desde luego que sí. Cuando era pequeño era uno de los libros favoritos en mi casa. No mío, sino de mi padrastro y mis hermanos. Yo era muy pequeño cuando hicieron la serie, pero recuerdo haberla visto. Recuerdo que los libros estaban en casa, y que de vez en cuando les echaba un vistazo o leía algún fragmento, aunque no me leyera todo el viaje de principio a fin. Pero sí, desde luego que lo conocía, ya lo creo.

RS: *¿Y cómo acabaste participando en la película?*

MF: Me enviaron el guión, lo leí, y pensé que no era la persona adecuada para el papel. Luego fui a conocer a Garth, Nick y Dom.[1] Lo que más me preocupaba en ese momento era que Aman-

1. Garth y Nick, de Hammer and Tongs, y Dominic Leung, director de la segunda unidad y tercer socio fundador de la empresa.

da, mi novia, me estaba esperando aparcada en zona prohibida. Me dije: «Sólo voy a estar quince o veinte minutos.» Pero pasaron quince o veinte minutos antes de que pudiera ver a Garth, pues había estado hablando con Nick, y entonces apareció Garth y, bueno, ya sabes cómo es, tan cordial que estuvimos hablando otros veinte o veinticinco minutos, y entonces fui a hacer la prueba. Y todo el tiempo estaba pensando: «Dios mío, Amanda me matará», de manera que cuando entramos y me puse a leer, me dije: «Tengo que salir de aquí. ¡Este papel no es para mí! No voy a conseguirlo.»

RS: *¿Por qué pensabas que no era un papel para ti?*

MF: Porque me acordaba de la serie de televisión. Yo soy un actor muy distinto a Simon Jones,[1] y creo que en mi mente Simon Jones *era* Arthur Dent. Y también para mucha gente. Y si no Simon Jones, alguien que se le pareciera mucho, lo que no es mi caso. De todos modos, se notaba que estaban muy interesados en que yo hiciera el papel, pero tenían que ver a otros y calcular los pros y los contras, porque yo no soy famoso, y siempre pensaba: «¿Por qué alguien de Hollywood iba a estar de acuerdo en que yo fuera protagonista de una película?» Bueno, al menos uno de los protagonistas humanos. Pero después de algunas dudas y vacilaciones, y de que sonaran y desaparecieran otros nombres, me hicieron una prueba de cámara con Zooey,[2] y eso fue todo.

RS: *Tu impresión de que el papel no era para ti era completamente distinta de la mía. Desde el momento en que vi la primera prueba me quedé convencido. Mientras buscábamos la esencia del* Autoes-

1. Simon Jones interpretaba a Arthur Dent en la serie original de radio y televisión.

2. Zooey Deschanel, que interpreta a Tricia McMillan.

topista, *todos hemos procurado no intentar recrear lo que fue hace veinticinco años.*

MF: Una parte de mí consideraba que querrían hacer una recreación de ese tipo, y si no lo hacían así, pensaba que se querría hacer una película ultramoderna y enrollada, que querríais hacer una versión totalmente opuesta a las anteriores, y poner a un chaval de diecinueve años haciendo de Arthur Dent, y que fuera algo muy callejero, muy urbano, y me decía: «Bueno, eso no va conmigo.» Eso fue lo que pensé en la primera prueba: «Tengo que salir de aquí. Amanda me espera mal aparcada.» Creo que Garth se dio cuenta. Nos tratamos con mucha simpatía y amabilidad, pero creo que él debió de pensar: «A este tipo le importa un pito el papel, no le interesa.» Se daba cuenta de que me iban a echar una bronca, ¡y me echaron una bronca! Pero todo fue bien.

RS: *¿Quién te echó una bronca?*

MF: Amanda. Me recordó que le había dicho que sólo iba a tardar quince minutos, pero me alegro de verdad de que haya gente que se arriesgue por mí, y estoy muy agradecido, porque sé que si lo miramos desde una perspectiva puramente cinematográfica, se podría haber elegido a muchos otros actores por delante de mí.

RS: *Así pues, ¿cómo empezaste? Cuando pensaste: «Bueno, no soy Simon Jones, pero me han pedido que interprete a Arthur Dent, y eso significa mucho para mucha gente», ¿qué te pasó por la cabeza?*

MF: Justo lo que había hecho en la prueba. Pensaba que si les gustaba lo bastante como para estar interesados, haría el papel. Simplemente intentaría infundirle realismo, y no interpretar a Arthur Dent tal como creemos conocerle. Hay que exagerarlo un poco, porque es una comedia ligera, pero tampoco quería hacerlo como si no me importara, como si no significara nada. Tenía que acercarme al personaje como si nunca hubiera oído hablar del *Autoestopista*. Porque sería muy aburrido para mí y para los demás intentar transmitir algo que estaba de moda hace veinticinco años. Si Arthur hubiera sido alguien muy de clase media alta con un batín superrancio, si todo hubiera sido básicamente eduardiano, entonces el contraste con gente como Sam, Moss y Zooey, que son personas actuales y muy corrientes, y aunque no interpretan personajes americanos, son gente del espacio con acento americano, habría sido más fuerte, y habríamos tenido otra más de esas muchas películas en las que los americanos molan mucho y el inglés es un muermazo. Y eso ya no es interesante. Fíjate por ejemplo en el batín. Había ciertos aspectos que tenía que reproducir fielmente, sobre todo en cuestiones de vestuario, que tenían que estar en la película. Yo no iba a decir: «¿Puedo llevar chándal o traje?» Siempre tendría que ser un batín, zapatillas y pijama. La única cuestión era cómo serían, y, para ser franco, no iba a poner muchas objeciones. Sammy[1] es una buena diseñadora, sabe lo que quiere, y Garth mete cuchara en todo, cómo es, cómo suena, todo. Tiene a una gente fantástica trabajando con y para él, y mi trabajo es aparecer y actuar. Si me hubieran venido con algo que yo encontrara detestable habría dicho que no, pero siempre y cuando Arthur pareciera contemporáneo, y no un chiste, como si fuéramos a juzgarle antes de que abriera la boca, para mí estaba bien. Desde el punto de vista del maquillaje y la peluquería, no quería que pareciera un verdadero niño de mamá, porque eso es otro elemento típico de los ingleses rancios, que son aburridos. Les aplastan el pelo y parece que les hubiera vestido una madre antediluviana. Pero siempre y cuando pareciera una persona normal que vivía en un mundo normal, eso era todo lo que necesitaba saber para interpretarlo como una persona normal. No quería que resultara una caricatura.

1. Sammy Sheldon, diseñadora de vestuario.

RS: *Casi al principio de la historia, vemos a Arthur echado en el suelo delante de un* buldócer: *es un tipo al que le pasa algo.*

MF: Sí, sí, y creo que hay que tener un par de huevos para echarse ahí delante... porque eso no se le ocurre de buenas a primeras. Normalmente, a la gente no se le ocurre de buenas a primeras echarse delante de un buldócer, pero él no se corta un pelo. Es divertido porque, para ser honesto, mi propio jurado aún no ha decidido si he conseguido ser Arthur. Me daré cuenta cuando se estrene la película, porque cuando estás haciendo algo nunca lo sabes, pero, joder, el mundo está lleno de películas de gente cuyo instinto les dice que están haciendo algo buenísimo y en realidad es espantoso. No creo que eso pase con esta película. Creo que será realmente buena, y que yo seré un Arthur Dent convincente, pero habrá que verlo.

RS: *¿Te pesa la responsabilidad?*

MF: Para ser franco, he dejado que sean otros los que se preocupen por ello, pues yo nunca he sido un colgado del *Autoestopista*. Espero haber mostrado respeto y que todos vieran que comprendía que para mucha gente significaba mucho, pero no son ellos quienes lo interpretan, sino yo. No puedes cargar con esa responsabilidad, pues yo no soy un fan enloquecido del *Autoestopista*. Otra cosa sería interpretar a John Lennon, alguien que significa mucho más en mi vida cotidiana. O interpretar a Jesucristo o a alguien a quien todo el mundo, todo el mundo *de verdad,* conozca, y tú te sepas la historia de verdad y pienses que más te vale hacerlo bien. Esto no es más que la interpretación de un guión basado en un libro y en una serie de radio, y tengo el mismo derecho que cualquiera a hacer el papel. Veremos si lo hago bien. De momento me esfuerzo todo lo que puedo.

RS: *¿Qué me dices de la relación con Trillian? Nos hemos esforzado mucho en desarrollar el personaje.*

MF: No me cabe duda, y creo que ha salido muy bien. No parece un añadido al estilo Hollywood. Posee la esencia del material original. Y, para ser honesto, creo que sin ese personaje no sería tan bueno.

RS: *En ese primer encuentro con Trillian, en la fiesta del piso de Islington, ¿qué sucede, cómo conectan?*

MF: Arthur es un tipo bastante inteligente, y creo que conectan porque Arthur ve a alguien que... bueno, ve a una mujer a la que no le da miedo ir vestida como un viejo y que sigue siendo físicamente hermosa. Ella no sólo aparece como científico, pilla los chistes y las alusiones, más que ningún otro asistente a la fiesta. No es que él sea exactamente extrovertido. No está en situación de decir que esas personas son idiotas. ¿Qué sabe él, en realidad? No habla con nadie. Es la típica persona reprimida, capaz de juzgar a todo el mundo desde la comodidad de saber que no va a acabar averiguando si tiene razón porque es demasiado tímido. Pero he ahí una mujer que muestra interés por él, y menuda mujer, es como el puto Darwin, está estupenda y es divertida, ¿quién le haría ascos?

RS: *Arthur estaba solo, leyendo un libro.*

MF: Ya lo creo, ya lo creo, y ella cruza la habitación para estar con él. Él se la queda mirando, pero es ella la que cruza la sala. Y todo va muy bien hasta que ese desconocido aparece y se la roba. Y cuando él vuelve a encontrarse con ella en el *Corazón de Oro,* pasa de estar triste porque ella ha desaparecido a estar celoso de verdad porque se haya ido con Zaphod. No sólo ella se ha largado con otro, sino con alguien que es todo lo contrario de Arthur;

no sólo no es humano, sino que es un idiota a ojos de Arthur, todo lo que Arthur nunca querría ser y todo lo que, en cierto modo, querría ser. No le gustaría ser un idiota, pero le gustaría ser un poco más chulo y más seguro de sí mismo con las mujeres, pero es lo bastante inteligente para saber que puede considerar que Zaphod está por debajo de él porque trata a las mujeres como objetos, cosa que Arthur nunca haría. Pero mete la pata con ella por culpa de muchas cosas: el mundo está contra él, literalmente ha perdido su planeta, ha perdido su chica frente a un absoluto idiota y ella no le presta la debida atención. Creo que es aún peor cuando estás en una situación en la que el objeto de tu deseo es amable contigo y te aprecia, pero eso no es suficiente, quieres que te amen o te odien; cualquier cosa intermedia te llena de desasosiego, y a Arthur eso le parece muy, muy difícil. Y él sabe que se ha pasado de la raya, y comparte algunas aventuras con Trillian, que lo deja sin habla, ante la que se disculpa, pero al final llegan a entenderse. Él ha visto lo mejor de ella y ella ha visto lo mejor de él, porque al final él se convierte en una especie de héroe.

RS: *Uno de los aspectos más delicados a la hora de convertir todo este material en película era desarrollar a Arthur sin convertirlo en un héroe del espacio con una macroespada en la mano.*

MF: Exacto. Creo que no hace falta verle hacer demasiado, y ese poco es lo que le convierte en líder del grupo. No se convierte en un hombre de acción según los criterios de Hollywood, pero según los criterios de Arthur Dent, él es más que un hombre de acción, le ves convertirse en alguien especial. A medida que la película avanza, aumenta su estatura como persona, y tiene más autoridad y convicción acerca de lo que está haciendo. Supongo que llega un momento en el que piensa: «Ya no tengo hogar, de modo que, sea lo que sea el lugar en el que ahora estoy, es mejor que empiece a acostumbrarme, y deje de intentar volver a casa pensando que ojalá no hubiera pasado lo que pasó.» Comienza a controlar la situación, y quizás, en cierto modo, podría controlar la situación en el espacio. En su empleo en la Tierra, no habría podido controlar la situación. Mientras la cuentas, resulta una película sorprendente. No hay muchas películas en las que se encuentre lo personal y lo ridículo en lo universal. No es una gran épica espacial. Es una película llena de alienígenas ridículos y criaturas estúpidas de cojones..., bueno, menos [John] Malkovich. Humma Kavula da miedo de verdad, pero no es lo habitual. Los vogones son ridículos. Te das cuenta de lo absurdos que son, y matan a la gente con poesía, ¡hay que joderse!

RS: *Y en el espacio existe la burocracia, y muchas cosas que tenemos en la Tierra, sólo que a una escala un poco mayor.*

MF: Exacto, y con cabezas divertidas. Es una película de alienígenas muy humana.

RS: *Hablando de alienígenas humanos, ¿qué me dices de tu relación con Ford?*

MF: Ford es mi guía, mi guía de *Autoestopista.* Yo no soy un autoestopista, soy un rehén. Sin Ford, Arthur no estaría en ninguna parte. Seguiría en la Tierra. De hecho, estaría muerto, pero debido a esa deuda que Ford cree que tiene con Arthur, se lleva a éste con él, y le cuenta todo lo que hay que saber para sobrevivir en el espacio: quiénes son esas extrañas criaturas y qué pasa en este planeta y qué sucede en esa nave espacial. De modo que se puede decir que Ford cuida de Arthur.

RS: *Y siente un auténtico afecto hacia él, ¿verdad?*

MF: Bueno, todo el afecto que alguien como Ford puede expresar. Cuesta reconocerlo como afecto humano; es un poco raro, y tampoco está mal, porque Arthur también es un tipo un poco raro, y tampoco una persona especialmente sociable ni ñoña. De modo que, en ese aspecto, son tal para cual. Para empezar, Arthur cree que Ford es sólo un humano un tanto raro, y cuando averigua que procede de otro planeta supongo que entiende un poco mejor por qué Ford es como es, pero Ford es totalmente creíble como ser humano excéntrico. Sin duda, Arthur no se ha dado cuenta de que Ford es un alienígena antes de que éste se lo diga.

RS: *¿Ha habido algún momento que te gustaría destacar?*

MF: Sí. El plató del *Corazón de Oro* era enorme, y todos nos paseábamos por allí y decíamos: «Joder, estamos en una película del espacio.» Para ser franco, no ha habido ni un decorado que no fuera increíble. Fue la atención al detalle lo que me impresionó realmente, de verdad, el detalle de los diseños y del atrezzo lo que me ha alucinado. La verdad es que no he disfrutado de ninguna escena en especial, eran más los decorados, porque me gustan *todas* las escenas, y, desde el punto de vista de la interpretación, resultaba fascinante actuar en algunas de ellas, pero no es como si hicieran un Chéjov, no es como decir: «Joder, hoy tengo un diálogo bastante duro, tengo que hablar de cómo perdí a mi madre.» Por otro lado, hay algunas cosas que tienes que afrontar, como la manera en que te quedaste sin el planeta Tierra. Ésas fueron para mí las partes más difíciles, cuando Arthur está hecho polvo porque la Tierra ha desaparecido. Son difíciles de interpretar, porque tienes que encontrar el tono justo..., no estás haciendo un drama de realismo social, pero quieres que suene real, quieres que suene lo bastante real como para que a la gente le importe. No es una tragedia, es una comedia, pero aun así tienes que echarle emoción. Creo que, en una película, siempre tiene que notarse que te importa la gente, o los pescados, o Shrek, ¿entiendes? Si crees que a Arthur todo le importa un bledo, ¿por qué no te va importar un bledo a ti también?

RS: *Arthur es un personaje icónico, y tu reto, en gran parte, ha sido darle profundidad y riqueza sin cargar demasiado las tintas.*

MF: Exacto, exacto. Sí, es muy importante para mí porque lo era para mi familia, y porque para mí era un recuerdo, y porque en los últimos veinticinco años ha pasado a formar parte de nuestra cultura popular. La verdad es que me hubiera molestado que lo destrozaran, y sobre todo que lo hicieran los americanos. A lo mejor de haber sido un fan demasiado entusiasta no habría podido interpretar a Arthur. Tienes a un equipo de gente, y todos hacemos nuestro trabajo. Si todo el mundo fuera un fan enloquecido del *Autoestopista,* la película sería horrible, pues no actuarían como auténticos profesionales. Me gusta la comida porque no sé cocinar. De modo que espero que la gente confíe en nosotros. Creo que cuanto más oigo, más me parece que están dispuestos a hacerlo...

RS: *Ya lo creo. Y creo que comenzaron a confiar ya desde el guión. ¿Qué te pareció cuando lo leíste la primera vez?*

MF: Me gustó, me gustó, y funciona. Cuando me mandan un guión, casi nunca voy a la entrevista, así que éste debía de tener algo. Como ya he dicho antes, cuando conocí a los responsables me cayeron bien, y parecía importarles la película sin ser unos frikis: querían darle vida como película, y no vivirla como su propio mundo del *Autoestopista* en pequeño. Y parecían capaces de hacerlo. Luego vi lo que habían hecho antes, y pensé que visualmente era increíble y que yo quería formar parte de ello. Por suerte ha funcionado realmente bien, pues Garth es capaz de comunicarse con los actores, y no sólo con el director de fotografía. Hay personas que no son capaces de comunicarse con los actores en relación con lo que está haciendo tu personaje, pero no es el caso de Garth. Hay muchos que simplemente miran los monitores diciéndose que ojalá los actores no estuvieran. Pero a Garth le encantan los jodidos humanos, ama a los seres humanos, y también los juguetes, las marionetas y todo eso. Es consciente de que si no crees en Arthur y Trillian y en Ford y en Zaphod, sus aventuras no te interesan, y el resto de la película tampoco te interesa. Se convierte en algo académico. Oh, tiene buenos efectos y todo eso, pero a quién le importa, pues no hay nada que te haga seguir interesado en la historia.

RS: *¿Has disfrutado trabajando en la película?*

MF: Sí, de verdad, lo he pasado estupendamente. Es el trabajo en el que he estado más tiempo delante de la cámara, y obviamente podría habérmelo pasado bien o fatal, pero por suerte lo he pasado de maravilla.

ENTREVISTA CON SAM ROCKWELL (ZAPHOD BEEBLEBROX)

Ha aparecido en las siguientes películas: *Los impostores, Confesiones de una mente peligrosa, La milla verde* y *Héroes fuera de órbita.*

Robbie Stamp: *¿Cómo se crea para la pantalla un personaje tan desmadrado como Zaphod?*

Sam Rockwell: Comencé imitando a Bill Clinton, pero la verdad es que no funcionó. Era demasiado pasivo. Zaphod tiene que ser más agresivo, de modo que lo hice más a lo estrella de rock, Freddie Mercury, Elvis, un poco a lo Brad Pitt.

RS: *Pero sigue siendo un político, ¿no?*

SR: Desde luego. Es como si una estrella de rock se convirtiera en presidente de la Galaxia. Suelen darme papeles en los que hay que ser un poco teatral, y la interpretación de Zaphod exige que sea un poco pretencioso, un poco teatral. Supongo que tiene que ser icónico, y tener cierto encanto y envergadura. Nos alejamos de la serie de televisión. Nos quedamos con el libro.

RS: *¿Qué me dices de Zaphod y el sexo? Recuerdo al Zaphod original, Mark Wing-Davey, hablando de eso.*

SR: Zaphod es muy sexy, quiero decir que a eso se debe el toque a lo Freddie Mercury, y el esmalte de uñas y el lápiz de ojos. Tiene que ser un poco como Tim Curry en *The Rocky Horror Picture Show.* Tiene que causar ese efecto en la gente. No sabes de qué pie calza; sexualmente, puede ser un poco veleta.

RS: *Hay muchas especies ahí fuera.*

SR: ¡Desde luego que hay muchas especies ahí fuera! Macho o hembra, es un poco desmadrado, es David Bowie, es Freddie Mercury, es Keith Richards, es rock and roll, tanto le da. No es lineal, es un tipo totalmente imprevisible...

RS: *Has trabajado realmente duro con muchos de los atributos físicos, cosas como el vestuario y la pistola.*

SR: Sí, es cierto, es cierto. Hemos trabajado mucho con el pelo rubio, la pistola, el esmalte de uñas, la cota de malla y la camisa dorada.

RS: *¿Eso fue idea tuya?*

SR: Bueno, me gustó porque quería una camisa brillante y ajustada, y al principio dije plateada, y entonces apareció Sammy con el color que más encajaba: *Corazón de Oro* ¡dorada! Le debo mucho a esa camisa.

RS: *¿Cómo es eso?*

SR: Bueno, a menudo el vestuario, las ropas, te dan el personaje. Antes de empezar, las botas eran mucho más pesadas, como grandes botas de cowboy, y dije: «No, escucha, necesito que sean más aerodinámicas. Necesito que sean más ligeras.»

RS: *¡Para poder bailar!*

SR: Sí, porque al parecer siempre aporto un toque bailarín a todos mis personajes. Zaphod tenía que ser rápido, diestro. Es una estrella de rock, tiene que moverse.

RS: *¡Ya lo creo que se mueve! Háblame de la pistola. Has practicado muy duro con ella.*

SR: Tuvimos que hacer una pistola más pequeña, porque la primera no tenía guardamonte, y sin eso no puedes hacerla girar. De modo que le pusieron un guardamonte, la hicieron aerodinámica de verdad, la pintaron de un hermoso color rojo y blanco, y diseñaron esa asombrosa pistolera, que es magnética. Es algo que me voy a llevar a casa. ¡Necesito esa pistola!

RS: *Una de las cosas por las que quería preguntarte es la manera de andar.*

SR: De hecho no ando mucho, pero he de caminar en Viltvodle VI y en la nieve, y andar y correr un poco en Vogosfera. *Me gusta* la manera de andar del personaje. [*Sam se levanta y da unos pasos como su personaje.*] Con cierto pavoneo.

RS: *Pero es simpático, seguro de sí mismo, como diciendo «aquí estoy».*

SR: Exacto, es afable, pero en esencia es una estrella de rock.

RS: *Háblame de la segunda cabeza.*

SR: Sí, la segunda cabeza es muy desconcertante. Quise poner acento de Nueva York para la segunda cabeza, una especie de cosa retro, pero no funcionó. Yo quería un fuerte contraste, y ahora lo tenemos, pero no es tanto un contraste vocal o un acento, es más un contraste emocional entre las dos cabezas. Básicamente, una ha tomado demasiadas drogas. Siempre quiere patear algún culo: mucha testosterona y ese tipo de mal rollo. Eso es lo que le pasa a la segunda cabeza. Me gusta lo que ponen esas notas de Douglas Adams que me dio. Creía tener mejor memoria que la primera cabeza, y eso es fabuloso.

RS: *Cuando Douglas escribió el libro, no era más que una línea escrita de pasada: «Le pondremos dos cabezas al Presidente de la Galaxia», y en la radio y en el libro, lo de las dos cabezas está bien, pero en la pantalla es un poco más complicado. Sé que fue una de las cosas que Douglas y Jay Roach*[1] *comentaron largo y tendido al principio desde el punto de vista del personaje y también desde el punto de vista técnico –Douglas estaba muy interesado en desarrollar esas posibilidades–. Cuando se estrenó* Men in Black 2, *en la que había un personaje con una segunda cabeza sobre un tallo, pensamos: «Bueno, ése es un método que no podemos utilizar.»*

SR: ¿Lo de la segunda cabeza era una línea escrita de pasada?

RS: *Sí.*

SR: Porque en el libro no hay ninguna segunda cabeza hablando.

RS: *No, no hay ninguna distinción clara entre las dos cabezas. Por eso esas notas que te di al principio eran interesantes, porque se ve a Douglas pensando: «Bueno, en una película, ¿qué podemos hacer con dos cabezas?»*

SR: Sí, para la segunda cabeza hay una buena improvisación. Es comedia con monólogo. Pero yo quería que todo estuviera arraigado en el mundo que Douglas creó. De modo que he estado volviendo al libro y tomando notas. Las improvisaciones están bien

1. Por aquel entonces Jay Roach figuraba como director, y ahora es productor.

si sirven a la historia, si la impulsan hacia delante, pero si son arbitrarias, si es tan sólo el actor luciéndose y no ayuda en nada a la película, entonces mejor dejarlas.

RS: *¡Dentro de ese mundo, te lo pasaste muy bien con los dingos!*

SR: Eso fue divertido, y lo de las doce estaciones que me diste, eso me encantó. Espero que eso entre en el montaje final, junto con la *groupie* japonesa en Viltvodle; son escenas graciosas.

RS: *Eso era una referencia al hotel favorito de Douglas en Los Ángeles, el Four Seasons, donde hablamos mucho de la película en nuestros diversos viajes para intentar ponerla en marcha. ¿Qué me dices de Zaphod el político?*

SR: Si se rueda una secuela, me gustaría profundizar en algunos de los aspectos políticos. Mencionamos a Bill Clinton y a George W. Bush y es realmente divertido, creo.

RS: *Me imaginaba que a la gente le gustaría una frase como: «No puedes ser presidente si tienes todo el cerebro.» Creo que eso podría despertar alguna reacción en el clima político actual.*

SR: No puedes ser presidente si tienes todo el cerebro, es cierto, es algo que yo digo. Sí, ni se me había ocurrido.

RS: *¿Puedes decirme cómo te metiste en la película?*

SR: Tuve tres reuniones con Garth y Nick, dos antes de conseguir el papel, y otra después de que me lo ofrecieran. Pedí reunirme con ellos la tercera vez porque no tenía ni idea de por qué me habían elegido para hacer de Zaphod. ¡Al principio me habían hablado de hacer de Ford! La primera vez me vi con ellos en Nueva York antes de haber leído el guión. Pero rápidamente me hice con la serie en deuvedé y la miré. La recordaba de mi infancia, la había visto alguna vez, y también la de *Doctor Who,* por lo que quería recordar quién era Ford Prefect, y cuando lo vi, pensé: «Ah, ése es Ford Prefect, ya sé qué he de hacer», y de hecho me gustó. Y cuando fui a la reunión entré con una idea equivocada. Lo que ellos necesitaban era un protagonista más moderno, y creo que por eso Mos es tan perfecto. Comentaron que Ford era un investigador de la *Guía,* y lo compararon a uno de esos tipos que se van con una cámara a Irak, y pensé que eso era muy interesante. En la segunda reunión supuestamente no tenía que hacer ninguna prueba. Una de las cosas buenas de la vida es que cuando llegas a cierto punto de tu carrera no tienes que hacer muchas pruebas. Pero lo que hago a veces, cosa que quizás sea estúpida, es ofrecerme para hacer una prueba voluntaria, y eso les encanta, porque probablemente contratan a mucha gente que ni siquiera quiere reunirse con ellos, pero me dije: «Vamos a leer esto en voz alta y a ver qué pasa.» Y ellos me dijeron: «Por qué no lees un poco el papel de Ford», y yo contesté: «Os diré una cosa, no he preparado nada, esto es en frío», y era cierto, no había preparado nada, y leí a Ford y puse una especie de acento sureño y estuvo bien, se echaron a reír y besé a Garth en la mejilla o no sé qué, y después de haberlo hecho dije: «¿Qué me decís de Zaphod? Es interesante. ¿Por qué no me dejáis leer un poco el papel?» Y leí un poco el papel de Zaphod, y no fue nada bien. La lectura de Ford me salió mucho mejor.

RS: *¿Qué es lo que no te fue bien en la lectura de Zaphod?*

SR: Todavía no había pensado en Zaphod. Todo lo que recordaba era que la entrada de Zaphod era fantástica, y me imaginaba a Jack Black haciendo la entrada, así que pensé: «Bueno, ¿cómo haría yo esa entrada?» Sabía, de haberle echado un vistazo al guión, que Zaphod era un gran papel, un gran papel de verdad. Pero no me lo había leído del todo, de modo que lo dejamos estar y me dije: «Bueno, creo que he metido la pata, pues he leído a Ford muy bien, pero con Zaphod lo he hecho fatal.» De modo que les dije: «Me preguntaba si podríais pensar en darme el papel de Zaphod. A lo mejor no doy el papel, a lo mejor soy más adecuado para Ford, pero echad un vistazo a *Héroes fuera de órbita* y *La milla verde,* mirad esas dos películas por encima porque creo que hay elementos en ellas que podrían llevaros hasta Zaphod, son mucho más teatrales.» Durante semanas no tuve noticias suyas, y luego me enteré de que Mos iba a hacer el papel de Ford. Me sentí decepcionado, pero pensé: «Es una idea bastante buena. Yo también lo escogería para hacer de Ford», y no lo digo por decir, lo pensaba de verdad. De modo que pensé: «Bueno, pues ya está.» Pasó bastante tiempo, y luego, de pronto, así, sin más, estoy en Londres rodando *Piccadilly Jim* y recibo un mensaje de mis agentes y mi representante, y todos quieren hablar conmigo al mismo tiempo, y cuando eso ocurre, es que algo se cuece. Recibo una llamada de larga distancia y sé que son buenas noticias, pero no sé qué demonios pasa. Normalmente, cuando consigues un papel lo sabes una semana antes de que llegue la oferta, pues alguien dice: «Parece que eso tiene buena pinta, es muy probable que te hagan una oferta...» Pero no hubo nada de eso. De pronto me ofrecieron este sueldo realmente estupendo, y fue una sola llamada: «Tienes el papel y un salario buenísimo.» Y yo le digo: «¡Yo!, ¿de qué estás hablando? ¿Ya está todo hecho? ¿Todo? ¿Está todo arreglado?» Y los miembros de mi equipo dijeron: «Sí, estupendo, felicidades», pero llevaba un mes sin ni siquiera pensar en ello, y no sé si me había leído el guión entero, y me dicen: «¿Estás loco? ¡Tienes que hacer ese papel!», y yo dije: «Estoy agotado, trabajo como un cabrón, dejadme leérmelo entero y luego quizás me reúna con ellos dentro de una semana, pues no puedo leerlo hasta el jueves que viene.» Estaba haciendo esa gran escena de baile de *Piccadilly Jim.* Me sentía agotado, y estaba en mitad de una relación amorosa intensa con mi novia y necesitaba tiempo para pensar. De modo que me tomo dos días de descanso, jueves y viernes, leo el guión muy atentamente y me digo: «Entraré, me reuniré con esta gente y veré si están abiertos a nuevas ideas.» Ya los conocía, desde luego, pero no entendía muy bien por qué me habían elegido. De modo que Gina[1] me dijo: «¿Por qué no lo interpretas como ese personaje de Elvis que haces?» Y yo le dije: «No, no puedo hacer eso, es una estupidez, eso es como un numerito musical.» Pero básicamente fui allí con esa idea general, y les gustó. Hay una cinta de esa reunión. ¿Te la han enseñado?

RS: *Sí.*

SR: ¿De nosotros en la oficina?

RS: *Sí.*

SR: Estábamos de cachondeo, pero cuando Garth empezó a salirme con lo que yo llamo «ideas de actor» supe que tenía que hacer la película. Es un director visual de la MTV, que tiene ideas inventivas que proceden del punto de vista del personaje, no del punto de vista visual. Para mí, eso era lo de excitante y especial que tenían Garth y Nick. Normalmente, los directores, sobre todos los directores visuales, no saben qué hacer con las ideas de los actores. Es muy raro, la verdad es que nunca pasa. La única vez que me ha pasado fue con Dean Parisot en *Héroes fuera de órbita.* Estaba abierto de verdad a las ideas de los demás. Y también los actores que dirigen, como George Clooney, que siempre las aceptan. Yo diría que George Clooney, Ridley Scott, Dean Parisot y Garth Jennings son los cuatro mejores directores con los que he trabajado.

RS: *Todo un elogio, desde luego.*

SR: Creo que es bueno de verdad. Y me siento afortunado de estar en la película. Ha sido algo increíble. Tú me has ayudado con

1. Gina Belman.

todas mis estúpidas improvisaciones, y ha sido estupendo trabajar con Martin, Zooey y Mos. Tengo la impresión de que Mos y yo hemos creado algo que no estaba ni en la serie de televisión original ni en el guión, la relación entre Ford y Zaphod. Creo que entre esos dos personajes hemos creado un nuevo vínculo que no existía. Quiero decir que con Zaphod puedes hacer muchas cosas. Es uno de los mejores personajes que he interpretado.

RS: *¿Hay algún momento de los que has vivido en el plató que destacarías?*

SR: Muchos. Me encanta Zaphod cuando hace feliz a la gente, el momento de la botella de champán, cuando se columpia en la cuerda, justo antes de robar el *Corazón de Oro.* Justo antes de rodar me encontré un caramelo en el plató y simplemente lo cogí y aparecí en la escena comiéndomelo mientras soltaba mi discurso, y me dije: «Ése es Zaphod, le encanta la vida.» Creo que los mejores momentos ocurren cuando se muestra encantador y divertido, y la risa de Zaphod parece ser siempre la clave de su carácter. Siempre hago que mis personajes sean más físicos de lo necesario, como la escena del baile. Garth quería que la hiciera así. De modo que llegamos al plató de Viltvodle y me dijo: «Aquí es donde vas a hacer la escena del baile, ¿entendido?» Y yo dije: «Sí, claro, ¿qué clase de baile?» Porque eso no estaba en el guión. Garth me dijo: «Sería estupendo que te dispararan e hicieras ese baile de concierto de rock operístico.» No es que yo le estuviera retorciendo el brazo. Él quería que yo bailara porque sabía que yo sabía bailar. De modo que me preguntaron qué música quería y me puse a ello, ¡varias veces! Me sentí realmente honrado porque fue un gran momento para Zaphod.

RS: *Garth siempre ha sido consciente del peligro de caer en la clásica película de ciencia ficción con mucha acción, de modo que cuan-*

do uno de nuestros héroes es atacado por alienígenas del espacio, que le disparan, piensa: «¿Qué podemos hacer para darle un giro al Autoestopista?» *Y eso, claro, es típico de Douglas, darle al público justo lo que no espera, pero funciona. Has tenido que correr mucho, ¿no? Has corrido arriba y abajo por los valles de Gales...*

SR: Sí, sí. Dios mío, la escena de la paleta, creo que es la cosa más ridícula que he hecho, y era una de las últimas ideas de Douglas. Primero a causa del tiempo. Casi todos nosotros sufrimos hipotermia, y entre toma y toma yo me ponía capas y capas de ropa. Pero fingir que unas paletas nos daban en la cara... es lo más elemental del arte de actuar, y en esencia se reduce a ser un niño y jugar a policías y ladrones y a indios y vaqueros. Esa escena en concreto es de lo más básica, en la que estás en un estado infantil cuando actúas, en compañía de Mos y Martin, fingiendo que hay unas paletas de madera que salen del suelo y nos dan en la cara, podría haber sido ciencia ficción de lo mejor o de lo peor. Recuerdo haber visto *Parque Jurásico* con un amigo y ponerme a discutir con él, pues para mí los actores estaban muy bien. Pero él me dijo: «¿De qué me estás hablando? Eso no es actuar, eso es una mierda. Eso no es actuar.» No estoy de acuerdo, creo que los actores estaban muy bien; no sabes lo difícil que es hacer eso. Es muy difícil fingir estar aterrado de algo que no está ahí. Pero actuar con esos tipos fue estupendo, realmente es una película coral. Al principio yo pensaba que Zaphod era un papel secundario. Pero cuando me leí el guión de arriba abajo comprendí que aparecía mucho tiempo en pantalla, y que iba a ser un trabajo duro, y lo fue. Nos hemos dejado la piel en el curro.

ENTREVISTA CON MOS DEF (FORD PREFECT)

Entre sus películas encontramos *El hombre del bosque, Monster's Ball* y *Un trabajo en Italia.* Mos es también un artista de hip-hop de mucho talento.

Robbie Stamp: *Dime, ¿habías oído hablar del* Autoestopista *antes de que te propusieran hacer la película?*

Mos Def: La verdad es que sí, aunque no había leído el libro. Pero formaba parte de mí. A lo mejor nunca has oído tocar a Miles Davis, pero seguro que te suena el nombre, y el *Autoestopista* es una de esas cosas que mucha gente conoce bien y mucha gente no, pero que a todo el mundo le suena.

RS: *¿Cómo te escogieron para el papel?*

MD: Creo que Suzie Figgis, la directora de casting, me había visto en *Topdog/Underdog,* en el Royal Court de Londres, y les sugirió a Nick y a Garth que me conocieran cuando estuvieran en Nueva York. De modo que nos vimos y hablamos del proyecto y de su idea acerca de lo que querían ver no sólo en esta película, sino en las películas en general. Compartía sus gustos. No son convencionales. Tienen muchísima imaginación. Han hecho un vídeo que me encanta, de hecho un par, pero no sabía que eran ellos los autores: «Moving», de Supergrass, y «Coffee and TV», de Blur. Hammer and Tong saben venderse. Me gustó todo de ellos, su energía, su entusiasmo y su capacidad para asombrar. Te dabas cuenta de que eran muy serios, pero también de que lo pasaban bien.

RS: *Esa capacidad para asombrar..., tienes toda la razón.*

MD: Y eso es algo muy importante en un director. Creo también que Garth plasma el espíritu del libro de una manera única porque es muy serio, muy reflexivo, y sin embargo no se toma muy en serio..., es consciente de que se trata de un proyecto mastodóntico, muy ambicioso, pero no se deja amilanar por ello. Le entusiasma su trabajo, lo que es muy atractivo para un actor. Cuando me envió el guión, la primera línea ya me enganchó: *«Es un hecho conocido e importante que las cosas no son siempre lo que parecen.»* Es una gran frase para empezar una película. El *Autoestopista* es un libro tan importante y elevado que, en malas manos, se habría convertido en una película pesada, habría sido la obra de un listillo, pero él la convierte en un relato muy humano y accesible. También deja espacio para ideas y puntos de vista distintos del suyo, sin desacreditarlos o ridiculizarlos, al tiempo que se mantiene muy firme en su concepción. Me sorprendió de verdad su manera de abordar el tema de la religión, de Dios. Es claramente individual, pero deja sitio a otras perspectivas diferentes a la suya. Es muy raro trabajar en algo de esa dimensión y sensibilidad.

RS: *Me estabas diciendo que cuando te eligieron para el papel, los chavales se te acercaban y te decían lo mucho que iba a molar que estuvieras en el* Autoestopista.

MD: Cada vez que lo mencionaba, gente de todas las capas sociales solía reaccionar de la manera siguiente: algunos no tienen ni idea de lo que significa; otros dicen: «Vale, muy bien», y otros simplemente dicen: «¡Bueno, eso es demasiado!» Les encanta. Y a mí también. Me encanta el humor que hay en la historia, y esa sensación de asombro y respeto reverencial, la curiosidad por el mundo que nos rodea. Es como un niño que mira al cielo y se pregunta: «¿Qué hay ahí arriba?»

RS: *Creo que tienes toda la razón. La curiosidad de Douglas, su curiosidad intelectual, era una característica que sin duda le definía.*

MD: Ha sido muy satisfactorio. Me gusta que las cosas tengan cierto riesgo, y con el tiempo que se ha tardado en conseguir hacer esta película, y la mezcla de ideas y de humor, la gente va a prestarle atención. Es extraordinaria en el sentido literal de la palabra, es extra y muy ordinaria. Está todo ese universo que han creado, y es fantástico y prosaico al mismo tiempo.

RS: *¿Cómo te metiste en el personaje de Ford?*

MD: Es realmente interesante, porque Ford tiene diferentes velocidades. A veces es muy vehemente, y otras veces totalmente despreocupado y casi ajeno a todo; no pasota, sino fuera del mundo, tomándose las cosas de manera muy relajada. Antes de comenzar los ensayos, yo lo veía como un personaje mucho más agresivo o desagradable, una especie de Walter Winchell,[1] un periodista tramando la historia. Hay elementos así, y hay elementos heroicos a lo Indiana Jones, pero en lugar de convertirle en una sola cosa, intenté que fuera el más perspicaz, el que tuviera la reacción más honesta a todas las situaciones y retos; creo que Ford está preparado para cualquier cosa, lo mejor y lo peor, y es algo que él más o menos acepta. Se toma las cosas como son, no gi-

1. Polémico y popular periodista radiofónico nacido en 1897 y fallecido en 1972. *(N. del T.)*

motea ni juzga. Otra cosa que me gusta de Ford es que es muy leal con sus amigos; es muy generoso. Cree en las cosas que quieren sus amigos, y quiere ayudarles, pero no es sentimental. Es como cuando están en la burbuja de aire, a punto de ser arrojados al espacio, y Ford le pregunta a Arthur si le gustaría que lo abrazara... La reacción de Martin es divertida, pues consigue que un momento tierno no se rebaje y se convierta en algo didáctico o previsible.

RS: *Es algo que Douglas habría agradecido. Habría sido muy cauto a la hora de pulsar el botón sentimental, de modo que a un momento como ése habría querido darle la vuelta, añadirle algo. Hablando de ayudar a los amigos, interpretas la escena en la que le explicas a Arthur lo de las toallas como si importara de verdad.*

MD: Sí, y es que vas a necesitar tu toalla. Tienes que tenerla, es importante; es dura la vida ahí fuera, en la Galaxia.

RS: *Háblame un poco más de la relación con Arthur, porque creo haberte oído mencionar que una de las cosas que estaba en una versión anterior del guión, que volvía locos a algunos de los fans de Douglas, pues no les gustaba nada, era una broma reiterada mediante la cual Ford intentaba constantemente librarse de Arthur, y Arthur seguía salvándole la vida, pues creía que le debía la suya. Puede que no les gustara porque, en todos los libros, la amistad entre Ford y Arthur es la relación más duradera de todas.*

MD: Me gusta la amistad entre ellos. A menudo, en otras historias acerca de otras formas de vida en la Tierra, existe una actitud hostil hacia los humanos, mientras que Ford le ha cogido bastante cariño, a pesar de sus flaquezas. Por lo que a Arthur se refiere, me gusta de verdad la escena en Magrathea, cuando Ford le consuela, es casi tierna.

RS: *Explícame lo que le pasa.*

MD: Bueno, Zaphod encuentra ese portal en Magrathea, y cree que va a llevarles hasta Pensamiento Profundo, y Arthur tiene miedo. Ford es más calculador. Está evaluando la situación y calculando: «Podemos hacerlo.» Arthur está completamente asustado.

RS: *Da bastante miedo.*

MD: Es cierto. Es el lugar en el que tienen que saltar, y me gusta la metáfora que la situación representa: cuando haya una oportunidad de ir, ve. Ya sabes, ve al otro lado porque las puertas se cierran. Hay momentos en la vida en que tienes que tomar una decisión, buena, mala o lo que sea, y simplemente tienes que llevarla hasta el final. Y Arthur toma su decisión un pelín demasiado tarde. Necesita que le den un empujoncito, que le saquen de sí mismo y pueda ser un ciudadano del Universo. Sus ansiedades y aprensiones son internas. No las lleva a la vista de una manera predecible. Me encanta lo que Martin hace con su personaje, tío. Arthur se enfrenta a todas esas situaciones apremiantes en una Galaxia hermosa y absurda, delante de la cual se desabrocha el cinturón y salta. A veces porque lo arrastran a patadas y chillando...

RS: *Literalmente.*

MD: Sí, literalmente, pero él sabe adaptarse.

RS: *¿Y qué tal trabajar con Martin?*

MD: Es un actor de una facilidad increíble, y es estupendo trabajar con él. Es uno de los mejores repartos con los que he trabajado.

RS: *Háblame de tu vestuario.*

MD: Era un proceso realmente complicado, pues yo quería hacer algo que fuera tradicional pero también un poco raro. Mi personaje viene del espacio exterior, es un alienígena, pero no tiene que desentonar entre los humanos. Fueron cosas sutiles: coges una americana sport normal de tres botones, le pones otro y añades un chaleco. Todo se hacía por algo. Si hace frío tengo un sombrero, utilitario pero también elegante y sencillo. Es un hombre que trabaja, por tanto lleva traje y corbata, y es muy serio en su trabajo, pero nada pomposo. Al ser un investigador, está preparado para encontrarse con un jefe de Estado, un presidente o una celebridad. Siempre obtiene cierto respeto de cualquier persona que conoce sin parecer distante: ¡y también quería unos zapatos cómodos!

RS: *¿Y qué me dices del forro de la chaqueta, los colores?*

MD: Sí, el naranja, el naranja y el morado me atraían.

RS: *¿Son tus colores?*

MD: Sí, lo sé. Le pedí a Sammy que pusiera morado allí donde pudiera. Allí donde hubiera un forro, una solapa, cosas pequeñas y sutiles que quizás no se ven en las ropas de la Tierra, pequeños detalles, detallitos que pudieran quedar vanguardistas, pero que tampoco llamaran mucho la atención. Me encantó el resultado, de verdad.

RS: *¿Y qué lleva Ford en su portafolios?*

MD: Bueno, lo que Douglas describió en el libro, y más. Lleva agua, la *Guía,* por supuesto, cacahuetes, su toalla, su cámara, una pluma, una libreta, sus gafas y sus viseras para los momentos en que el sol de un planeta sea demasiado intenso y tenga que protegerse los ojos o para cuando quiera ocultar su identidad y ser un personaje. Me gusta que ese portafolios tenga ese elemento de la era espacial: es pequeño, pero cabe todo. También me gusta el diseño de la *Guía*. Es simple, sin complicaciones, elegante y moderna, que es como debería ser, teniendo en cuenta que viaja de un planeta a otro. La idea es que toda la existencia de Ford es portátil, y está siempre preparado para marcharse. Viaja con ligereza, rapidez y eficiencia, lo que sin duda me resultó atractivo.

RS: *Cuéntame todas las utilidades que tiene la toalla en el plató.*

MD: Bueno, intentas hacer que sea algo interesante. Quieres llevarla al hombro, intentar que forme parte de su vestuario o de su identidad tanto como cualquier otra cosa. La utiliza como arma, como servilleta, la utiliza para crear calor, para envolverse la cabeza. Creo que posee cierta conexión emocional con la toalla, y que ésta casi es capaz de amortiguar el peligro o eliminar todo lo indeseable o dar solaz. Pero sigue siendo real, creíble. No es más que una toalla, y no la hemos convertido en ningún tipo de artilugio de alta tecnología.

RS: *¿Qué te ha parecido trabajar con alguien de la energía de Sam?*

MD: Dios mío, Sam es una gran referencia para mí por lo que se refiere a mi personaje. Llegué a los ensayos pensando que a Ford se le notaría más que es raro. Yo no quería convertirle en una criatura espacial estrambótica, pero creía que en algunas cosas tendría que ser marcadamente rarito, y me parece que así es. Pero al ver a Zaphod, pensé: «Oh, ya hay alguien que hace eso», así que preferí poner un contraste. Ford es una persona muy realista, y Zaphod proporciona un gran contrapunto. Trabajar con él dejó muy clara la relación de Ford con la historia de Arthur y su posición en medio de los cuatro. Si tienes dos personajes estrafalarios en la misma película, acaba siendo un poco estúpida. Ves a Ford al principio de la película y te crees que está loco, pero cuando conoces a Zaphod te das cuenta de que Ford es como otra versión de Arthur.

RS: *Es como un puente, ¿no?*

MD: Exacto, Ford es el puente entre Arthur y Zaphod, y es estupendo de verdad tenerlos uno a cada lado.

RS: *¿Y qué me dices de Trillian?*

MD: Zooey es una actriz maravillosa y totalmente creíble: su desafecto, su aburrimiento, su inteligencia y su afición a la aventura quedan muy claros. Es un reparto fantástico de cabo a rabo. A veces te destroza los nervios, porque significa mucho estar en esta película, y la historia es complicada, con muchos niveles. Cada semana, o cada par de días, descubría algo nuevo. Incluso ahora que ya se está acabando el rodaje descubro cosas nuevas. Cuando comenzamos a rodar en Magrathea fue uno de esos momentos. Es el gran planeta perdido, y Ford no creía que fuera real, y ahora está allí, pone los pies en el suelo, y después del primer día en ese plató, volví al libro, y ahí estaba el pasaje que me dio otra pista de la relación de Ford con Zaphod:

> –Muy bien, admitiré el hecho de que esto sea Magrathea; de momento. Pero hasta ahora no has dicho nada de cómo lo has localizado en medio de la Galaxia. Con toda seguridad, no te limitaste a mirarlo en un atlas estelar.
>
> –Investigué. En los archivos del Gobierno. Hice indagaciones y algunas conjeturas acertadas. Fue fácil.
>
> –¿Y entonces robaste el *Corazón de Oro* para venir a buscarlo?
>
> –Lo robé para buscar un montón de cosas.
>
> –¿Un montón de cosas? –repitió Ford, sorprendido–. ¿Como cuáles?

–No lo sé.

–¿Cómo?

–No sé lo que estoy buscando.

–¿Por qué no?

–Porque..., porque..., porque si lo supiera, creo que no sería capaz de buscarlas.

–¡Pero qué dices! ¿Estás loco?

–Es una posibilidad que no he desechado –dijo Zaphod en voz baja–. De mí mismo sólo sé lo que mi inteligencia puede averiguar bajo condiciones normales. Y las condiciones normales no son buenas.

Me encanta que el *Autoestopista* exista en esta zona imprecisa entre la fantasía y la realidad, esta inventiva basada en situaciones reales, lo que permite la interacción de los actores. Como en la escena en que Zaphod y Ford se encuentran en el *Corazón de Oro*. No son más que dos buenos amigos que se ven después de muchos años, pero inventamos un saludo ritual, lo que también le dio a Arthur la oportunidad de participar. Siempre quisimos evitar que las situaciones fueran una caricatura o de dibujos animados.

RS: *Creo que es importante tomárselo «en serio», para evitar esos codacitos y guiños al público que podrían hacer que éste se desinteresara de los mundos que intentas crear para él.*

MD: Sencillo, pero no demasiado tradicional. Garth insistió muchísimo en la interpretación de los actores, y desde luego es estupendo haber trabajado en una película de ciencia ficción durante los tres o cuatro últimos meses sin tener que estar delante de una pantalla azul o tener que actuar delante de un personaje imaginario. Nuestra imaginación se activa ante la presencia de cosas reales.

RS: *Creo que es una de las cosas que le dan a esta película un corazón y un encanto de los que carecen muchas cintas de ciencia ficción.*

MD: Sí, la gente también se da cuenta de eso, y como actor también te ayuda. Es interesante porque en esta película Garth ha hecho muchas cosas que tú harías en teatro, como la creación de criaturas y platós reales. La idea del lugar y el entorno está muy definida y es muy intensa. Para nosotros, como actores, eso es estupendo, y también es muy importante para el público percibir que no se trata de un mundo fabricado digitalmente. Que es un mundo y un lugar creado no sólo por las mentes, sino también por las manos de las personas.

RS: *Hablando de hacer cosas en serio, esta tarde Martin y tú me habéis impresionado, ¡menuda imagen!*

MD: ¡Ah, la huida por la escotilla de la nave vogona! Martin y yo lo hemos hecho sin dobles, y había una buena caída. Me encanta que este papel sea tan físico, porque recuerda a Laurel y Hardy. Soy un gran admirador de Laurel y Hardy, y también Martin. Soy un gran admirador de Chaplin, y de Buster Keaton, y en un escenario de ciencia ficción tienes muchas oportunidades para incorporar ese tipo de espíritu.

RS: *¿Cómo haces tu entrada?*

MD: En un carrito de la compra lleno de cerveza y cacahuetes que baja una colina hacia el buldócer delante del cual está echado Martin. Es una entrada realmente espectacular. Mientras leía el guión, me di cuenta de que Ford iba a ser un tipo muy estrambótico, porque cuando lo ves en la Tierra literalmente parece majareta. Es muy excitable, y le vemos saltar la valla de la casa de Arthur, pero también posee una dimensión práctica y mesurada, lo que le hace parecer aún más demente. Es una persona con una idea de la precisión, y el tener que hacer ciertas cosas físicas, sobre todo en esta película, nos ha exigido a todos cierta energía. Sé que la gente siempre dice: «Me entusiasma de verdad esta película.» Pero yo llevo trabajando dieciocho semanas en el *Autoestopista* y me muero de ganas de verla. Me siento igual que cuando llegué al rodaje: completamente entusiasmado, excitado, muy abierto y satisfecho, y seguro de que la gente se quedará atónita con la película. En una película con efectos especiales hay muchas cosas que, como actor, no ves, pero al ver los decorados me doy cuenta de que todo está ahí con una razón y con un propósito. Nick y Garth son tan inteligentes y divertidos que han captado el espíritu del libro. Tú también nos has servido de mucha ayuda por tu entusiasmo, y hemos mantenido muchas conversaciones sobre Douglas y pequeños detalles del libro. Sé lo que es que te guste muchísimo un libro y que luego veas una adaptación a la pantalla que no da la talla. No creo que a los lectores les importe que haya material nuevo y diferente, sino que quieren el meollo, y por eso llevaba siempre conmigo el libro al plató, y ¡entre siesta y siesta siempre le echaba un vistazo! A Ford se le puede interpretar de muchas maneras... tierno, como un soñador. Es un personaje excitante cuando lo asumes, pero también hay que ir con mucho cuidado y prestarle atención. Es la clase de situación en la que intento ponerme como actor y cantante, situaciones en las que tienes que prestar atención e implicarte. Nada de trabajos de «vuelve a la silla y relájate», sino papeles en los que tienes que estar sentado al borde de la silla, atento, en los que tienes que levantarte y a veces ponerte de pie encima de la silla; ésa ha sido mi experiencia, y me ha hecho realmente feliz.

ENTREVISTA CON ZOOEY DESCHANEL (TRICIA MCMILLAN)

Entre sus películas encontramos *Elf, Tú y yo, Una buena chica* y *Casi famosos.*

Robbie Stamp: *Para empezar, ¿habías oído hablar alguna vez del* Autoestopista *antes de que te ofrecieran el papel?*

Zooey Deschanel: Sí, leí el primer *Autoestopista* cuando tenía unos once años; en mi clase había como un pequeño club de fans del *Autoestopista.* Así que lo leí entonces y me gustó, pero no tuve la oportunidad de releerlo hasta que me ofrecieron el papel.

RS: *¿Cómo sucedió?*

ZD: Estaba al corriente del proyecto, y estaba rodando una película en Nueva York, y Garth y Nick vinieron a verme al plató. Comimos juntos, y me sorprendió su encanto y creatividad, y su aproximación al libro. Una de las primeras cosas que me llamaron la atención fue que aunque se trataba de una película de ciencia ficción, se daban cuenta de que las relaciones entre los personajes eran muy importantes, y no daban prioridad a los efectos especiales. Garth mencionó la película de Billy Wilder *El apartamento,* con Jack Lemmon, como la clase de película que le gustaba, y también *Annie Hall,* que son dos de mis películas preferidas. De modo que desde el primer momento me quedé intrigada, porque no parecía muy normal que alguien que iba a dirigir una película con muchos efectos especiales tuviera tanto interés por las relaciones humanas y se diera cuenta de que éstas eran la base de la película.

RS: *A menudo me preguntan por qué se acabó dando luz verde a la película, y creo que se debió a varias razones, pero estoy seguro de que una de las principales por las que Nina Jacobson dio su aprobación fue porque habíamos trabajado muy duro para crear una relación sólida entre Trillian y Arthur.*

ZD: Sí, lo que probablemente constituye la principal diferencia entre el *Autoestopista* en sus otras versiones y la película que se ha hecho ahora. Creo que va a funcionar muy bien en la pantalla. La novela, la serie radiofónica, la de televisión son cosas totalmente distintas.

RS: *El tener toda esa «humanidad» ahí en medio permite que el material respire más fácilmente en la pantalla.*

ZD: Sí, normalmente en las superproducciones de alto presupuesto y con muchos efectos especiales no hay muchos momentos íntimos. Yuxtaponer esas relaciones humanas con ese imponente Universo es lo que hace que el material sea divertido. Tienes a esa gente y a esos alienígenas, que en los errores que cometen y en sus ideas erróneas de las cosas nos resultan extrañamente familiares, y hacen que el Universo parezca más pequeño y agrandan la dimensión de los momentos íntimos. Es como si el deseo último de Douglas hubiera sido señalar que somos más pequeños de lo que pensamos, que un poco de humildad por parte de la especie humana nos iría muy bien.

RS: *En las otras versiones del* Autoestopista, *el personaje de Trillian es el menos elaborado, y en la película lo hemos desarrollado al máximo. Háblanos un poco de cómo lo has encarnado y de cómo has encontrado su voz.*

ZD: Desde la primera vez que todo el reparto se reunió para leer el guión hasta ahora, Trillian ha cambiado mucho, porque siempre descubres a tu personaje a medida que trabajas con él en la película. Te das cuenta de lo que funciona, para ti, con los demás actores y dentro del contexto de la película. Cuando empezamos, Trillian era un poco más pasiva, y la hemos hecho un poco más belicosa, un poco más dura. Creo que funciona, sobre todo a la hora de crear un contrapunto para Zaphod. El público femenino tendrá a alguien con quien pueda identificarse y a quien pueda animar, porque creo que definitivamente comenzó estando un poco más dirigido hacia los hombres. A Trillian la estimula sobre todo poner las cosas en entredicho y lo intelectual, por lo que creo que se siente más feliz cuando lee el manual del *Corazón de Oro;* le entusiasma entender cómo funciona. Creo que eso me ayuda en mi manera más física de abordar el personaje. Es un poco empollona, lo que es bueno, y leída, y eso es estupendo. Yo quería interpretar un personaje que fuera fuerte y sexy, y sobre todo inteligente, y que cuando le haga falta asumirá ciertas características físicas. Cuando tiene que hacer prisionero a Zaphod a fin de evitar a los vogones se vuelve muy dura. Creo que también se siente un poco frustrada. Para ella es un tanto decepcionante salir al espacio y encontrarse con gente y con especies como los vogones, que son tan idiotas como la gente de la Tierra.

RS: *Hay muchos momentos en los que Trillian se pone al mando, cuando los hombres no hacen más que marear la perdiz.*

ZD: Sí, es una mujer muy inteligente, una persona que no se anda por las ramas, y creo que hay momentos en los que empieza a hartarse un poco de las discusiones entre los demás personajes y se pone al frente.

RS: *Ella es la que hace funcionar la nave; está ahí con el manual. Lo consigue.*

ZD: Bueno, sin Trillian no conseguirían hacer volar el *Corazón de Oro.* Todos tienen las tareas específicas que han de hacer y sus propias tareas dentro de la historia. Para empezar, sin Zaphod no estaríamos en el *Corazón de Oro,* y su celebridad le salva unas cuantas veces. Arthur está constantemente cuestionándolo todo, e intentando encontrar una manera de relacionarse con la chica que conoció en la fiesta, la que le impresionó tanto, desapareció y volvió a aparecer en el espacio. Ford Prefect es más un observador al que muchas cosas superan, y su valor casi zen es lo que impulsa el relato. Trillian es muy directa, una persona/alienígena que les impulsa de verdad a llegar a donde se dirigen.

RS: *¿Tenías en cuenta que era una semialienígena?*

ZD: Creo que yo misma soy una semialienígena. Toda mi vida, cuando estaba en la escuela, la gente decía que yo era rara, ¡y ahora le estoy sacando algún provecho! Creo que por eso mucha gente se identifica con esta historia. ¡Todo el mundo se siente un poco extraterrestre!

RS: *En alt.fan.Douglas-adams, uno de los principales grupos de noticias de los fans, aparece recurrentemente la pregunta: «¿Es Trillian humana?» ¿Qué piensas?*

ZD: Cuando se entera de que es medio alienígena, se siente feliz. Tiene muchos títulos universitarios, y es tan inteligente que probablemente su primer reto de verdad en la vida es cuando se sube a la nave y tiene que hacerse con los controles y leer el manual. Es realmente asombrosa, y los diseñadores le han puesto muchos botones y diales. La Energía de la Improbabilidad supone un gran reto a las leyes de la física tal como creemos conocerlas en la Tierra. Para mí, fue la clave desde el principio. Es su intelecto lo que explica por qué se va con Zaphod Beeblebrox en la fiesta. Siempre la ha obsesionado la idea de que la Tierra es demasiado pequeña para ella, y que la única manera de divertirse es emprender esta loca aventura y ver qué pasa, porque sin duda en la Tierra ya no tiene ningún desafío.

RS: *En cuanto llega al espacio, se sumerge en la experiencia de una manera que Arthur rechaza...*

ZD: Ella se guía por el intelecto, y primero tiene que ver si puede desafiarse a sí misma antes de enamorarse de verdad de alguien.

RS: *La escena en que conoces a Arthur es un momento fundamental. Él está leyendo un libro y tú te acercas a él y le dices: «¿Quién eres?»*

ZD: Sí, básicamente es como el principio de una película de un género diferente, y entonces se corta en seco y se pone realmente interesante, porque hay mucho más aparte de la escena habitual en la que un chico y una chica se conocen en una fiesta. Pero ese inicio «normal» en la Tierra, es muy importante para el resto de la película. Le da solidez antes de que las cosas se desmadren en el espacio y tengamos todos esos fantásticos decorados y planetas. La primera vez que pensé que eso era algo realmente espacial fue al subirme al *Corazón de Oro.* Había leído los libros cuando iba al colegio, y era como si de pronto redescubriera mi juventud. Era una sensación que te inundaba por completo, y ahí estaba, corriendo de un lado a otro, saltando, subiendo y bajando las escaleras. Era como si hubiera posibilidades para la imaginación, y por primera vez me di cuenta de que toda la película la hacía un grupo de gente muy unida, y que todos querían que fuera lo mejor posible, y me quedé completamente anonadada por toda la labor que habíamos hecho. A un actor le resulta muy estimulante ver que a todo el mundo en el plató le preocupa mucho lo que está haciendo, y creo que había un gran sentido de la responsabilidad hacia los fans de Douglas Adams y su familia, en el sentido de hacer una buena película, una película que valiera la pena, en la que todos pusiéramos nuestra creatividad e inteligencia y trabajáramos duro.

RS: *Como dices, todos sentíamos una gran responsabilidad hacia los fans y la familia, pero también una responsabilidad igualmente grande hacia los millones de personas que aún no son fans.*

ZD: ¡Nuestros nuevos fans! Se trata de una comedia inteligente, en la que subyace un singular significado filosófico, y creo que se trata de una película que puedes ver una y otra vez sin aburrirte. Cada vez que la mires, podrás ver algo diferente que ni siquiera yo, que he trabajado cuatro meses en la película, he visto antes, o no recordaba. Es una película que me muero de ganas de ver, y lo digo con total sinceridad. Muchas veces sientes curiosidad por la película que haces, pero ésta es realmente una película especial, y creo que hay mucha gente esperando a que se estrene una comedia inteligente como ésta. Tiene una especie de significado político. Quiero decir que puedes compararla con muchas cosas que están pasando en el mundo. Sí, son todo alienígenas, y es el Universo, pero lo que es realmente divertido es que las cosas no cambian, ni siquiera a tan gran escala. Sigue habiendo burocracia, sigue habiendo decisiones precipitadas por parte del gobierno, sigue habiendo corrupción, sigue habiendo cosas frustrantes. Me gusta que se ponga constantemente énfasis en la capacidad humana de cuestionar las cosas. Parte del mensaje de la película es que tienes que cultivar tu capacidad para ponerlo todo en entredicho. Podemos cuestionarnos el gobierno, todo lo que nos rodea, las cosas, la gente, y eso es estupendo.

Es interesante que la Tierra se creara para plantear la Pregunta Última, pues somos propensos a hacernos preguntas.

RS: *Nunca había visto esas dos cosas juntas. La Tierra es construida, diseñada, para responder a la Pregunta Última, y naturalmente eso responde en gran parte al carácter de Douglas; a él le encantaban las preguntas, y tenía una gran habilidad para ofrecerte una nueva perspectiva, para hacer que vieras el problema desde un ángulo distinto. He hablado mucho con Mos, y lo que es fascinante es lo mucho que ambos os habéis interesado por las ideas.*

ZD: Siempre me interesó la filosofía, y me pareció muy interesante leer una novela que es ciencia ficción y también comedia, y que a la vez rebosa ideas. Lo que se ha mantenido ha sido el meollo filosófico y las cosas que se dicen acerca del mundo, su belleza y su absurdo. Por eso resulta divertido oír a Jeltz hablarle por los altavoces a la gente de la Tierra cuando están a punto de volarla.

> –El fingir sorpresa no tiene sentido. Todos los planos y las órdenes de demolición han estado expuestos en vuestro departamento de planificación local, en Alfa Centauro, durante cincuenta de vuestros años terrestres, de modo que habéis tenido tiempo suficiente para presentar cualquier queja formal, y ya es demasiado tarde para armar alboroto.

Quiero decir que es como si, en los Estados Unidos, fueras a Tráfico a renovar tu permiso de conducir y que la persona que está detrás del mostrador te dijera: «Oh, tiene que llenar ese impreso, pero sólo puede llenarlo en casa con un bolígrafo azul, y sólo en jueves.» En nuestra imaginación, solemos considerar a los alienígenas como necesariamente más poderosos o inteligentes, pero descubrir que en realidad son tan insignificantes como los demás es una idea realmente brillante.

RS: *Me sorprendió lo física que la película resultaba para vosotros, ¡y tus escenas con la Bestia Bugblatter eran realmente impresionantes!*

ZD: Cuando era más joven hacía escalada en roca, de modo que estaba muy acostumbrada a llevar arneses y esas cosas. Así que no estaba nerviosa, y me dije que lo mejor era hacerlo yo misma. Es mejor hacer las escenas de acción tú misma, aunque si son realmente peligrosas se las dejas a un profesional.

RS: *¿La película ha sido más física de lo que pensabas? Tienes muchos cardenales.*

ZD: Bueno, Jason[1] aún se está riendo, porque volví a casa con una buena colección de moretones, me golpeó un trozo de «bala», ¡y siguen dándome en la cabeza con objetos volantes!

RS: *Y luego está el meneo que os dan cuando estáis a bordo del* Corazón de Oro, *cuando os persiguen con misiles.*

ZD: Eso fue divertido, porque nos veíamos lanzados contra objetos, y desde luego fue más físico de lo que imaginaba. ¡Y yo que creía que se trataba de una película de ciencia ficción intelectual! Pero al tiempo que es una comedia física, también mantenemos conversaciones filosóficas a grito pelado, como cuando estamos en el plató de Magrathea, lo que fue realmente divertido, pues teníamos a Martin gritándole a ese ruidoso portal vacío.

RS: *¿Qué me dices de la relación de Trillian con Zaphod? ¿Había atracción física?*

ZD: Creo que ella piensa que Zaphod es una monada; Zaphod es como un ligue de verano.

1. Jason Schwartzman interpreta a Gag Halfrunt en la película.

RS: *Pero ¿tienen una aventura cuando van a bordo del* Corazón de Oro?

ZD: Quiero que el público lo decida por sí mismo. Sí, creo que ella lo considera atractivo, pero no cree que sea una atracción duradera.

RS: *¿Has disfrutado trabajando con los demás? Es una mezcla muy poco habitual.*

ZD: Desde luego que lo es. Creo que fue una gran idea juntarnos a todos. Hay un gran momento en la nave, cuando nos han zarandeado durante el ataque con misiles, en que Arthur dice: «Bueno, podemos estar hablando de lo que es normal hasta el día del Juicio Final», y uno de los personajes pregunta: «¿Qué es normal?» «¿Qué es el juicio?» «¿Qué es final?» Creo que es una buena frase: filosofía, personalidad y chiste todo en uno.

RS: *Típico del* Autoestopista.

ZD: Describe perfectamente la relación entre todos ellos. El solo hecho de pensar en ello me hace ser consciente de lo mucho que me he divertido trabajando en esta película.

ENTREVISTA CON BILL NIGHY (SLARTIBARTFAST)

Ha intervenido en *Love Actually, The Magic Roundabout* (la voz de Dylan) y *Zombies Party.*

Robbie Stamp: *¿Conocías el* Autoestopista?

Bill Nighy: Sí, conocía la *Guía del autoestopista galáctico.* Lo había leído cuando era un chaval, como todo el mundo que conocía en el barrio, porque era un libro muy gordo, y había disfrutado con su lectura, me había reído y lo había encontrado muy bueno, y luego, lo que había sido casi más satisfactorio, se lo compré a mi hija, cuando ésta tenía trece o catorce años. Si alguna vez quieres poner algo en la portada de la *Guía del autoestopista,* aunque tampoco es que nadie haya de prestarnos especial atención a mí o a mi hija, podrías poner «mi hija se cayó de la silla», porque eso es lo que pasó... En cierto momento se oyó un ruido a mi espalda, y me volví un tanto asustado pensando que había pasado algo horroroso, y de hecho así había sido, pues mi hija se había caído de la silla de risa. Y lo que también fue interesante y bonito de esa experiencia es que ella encontró el libro muy hermoso, divertido y un tanto raro. Me lo leyó casi todo para compartirlo conmigo. Y fue tal gustazo ver su cara, verla leer larguísimos fragmentos, que se los compré todos: *El restaurante del fin del mundo* y *Hasta luego, y gracias por el pescado.* Creo que son extraordinarios, y creo que Douglas era un hombre de auténtico talento, y que sus libros no son sólo divertidos, no es sólo ciencia ficción. Era un hombre muy, muy inteligente, y eso se ve en todos sus libros. Me alegro mucho, mucho, de que existan.

RS: *Tienes toda la razón; son una mezcla muy rara de humor e inteligencia. Mi hija, que tiene diez años, acaba de descubrirlos y le encantan. Creo que eso es un buen presagio para la película, y espero de verdad que lleguemos a una nueva generación de adolescentes y que el verano que viene sea la película divertida, de moda y enrollada que vayan a ver.*

BN: Bueno, eso es lo que pensé cuando leí el guión. Pensé que quería participar en ella porque me gustaba todo. Es superior. Los chistes son de primera. Es enormemente divertida, emocionante e interesante, y da que pensar: todas esas cosillas que va soltando, como cuando define volar como el hecho de ser arrojado al suelo y fallar, esas cosas me hacían gracia. Creo que los chavales se volverán locos.

RS: *¿Cómo te metiste en el proyecto?*

BN: Me enteré de la existencia del proyecto cuando un amigo común de Garth Jennings y mío se casó en Escocia. Mi amigo dijo: «Y, por cierto, él es director, y creo que a lo mejor quiere hablar contigo para un papel en la *Guía del autoestopista galáctico.*» Casi me voy a la boda en coche con Garth, al que no conocía de nada, pero al final no viajamos juntos. En la boda ni siquiera hablamos. ¡A lo mejor Garth pensó que sería poco ético! Probablemente bailamos música irlandesa cogidos de la mano antes de comentar el proyecto. Poco después recibí el guión, y lo leí de inmediato, y de todas las cosas que he leído, y han sido unas cuantas, es la que menos dudas me ha provocado. En cuanto cerré el guión llamé a mi agente y le pregunté si me convenía actuar en la película. Desde el punto de vista práctico me imaginaba que sería un éxito, pero ¿quién sabe? Bueno, todos pensamos que va a ser un éxito, de otro modo no estaríamos aquí. Pero luego me digo que a lo mejor estaríamos de todos modos. Yo creo que sí, que la habría hecho igual. Pero creo que va a funcionar en todo el mundo, que va a interesar a todo el mundo y que lo tiene todo, pues funciona a todos los niveles. El guión es muy inteligente, una representación muy buena del libro. Es una gran aventura, un viaje fascinante, una hermosa historia de amor con una estupenda resolución, y, para empezar, nada mejor que volar la Tierra en los diez primeros minutos. Casi todas las películas como ésta tratan de cómo impedir que eso ocurra. De modo que sí, lo leí y me encantó. La verdad es que fue así de simple. Hice la llamada telefónica, luego, tal como pasa con estas cosas, hubo otras muchas circunstancias, y todavía no habíamos llegado a ningún tipo de acuerdo y un día estaba en un estreno en Los Ángeles, donde te ponen muchos micrófonos delante y tienes que hablar, y al final la última pregunta es siempre: «¿Qué vas a hacer ahora?», y tienes que salirte por la tangente, bien porque no lo sabes, bien porque no puedes decirlo, y cuando me preguntó el último, me lancé a la piscina y le dije: «Bueno, espero actuar en la *Guía del autoestopista galáctico»,* y al día siguiente me telefonearon la BBC y mi agente y me dijeron algo así como: «¿Qué demonios te has creído?», porque aún no habíamos llegado a ningún acuerdo. Todo acabó en la portada del *Independent.* A mí todo eso no me molestó. Dije: «Bueno, ya sabes que quiero estar en esa película», y eso fue todo.

RS: *¡Y ahora estamos en el remolque de Slartibartfast! Una de las cosas enigmáticas de Slarti es su aspecto físico, porque nos hemos alejado del arquetipo de hombre con barba blanca.*

BN: Lo que pasa con las barbas en las películas, y estoy seguro de que hay millones de excepciones a lo que voy a decir, es que a veces se lo ponen difícil al público, porque pierdes una zona de expresión, y no te pueden leer la cara tan fácilmente. Por eso queríamos alejarnos del aspecto de «trampero de las montañas». Gran parte de mi apariencia se debe a que Sammy Sheldon y Garth Jennings tuvieron una idea muy buena. No sentí la necesidad de hacer gran cosa más. En lo único en lo que todos estuvimos de acuerdo fue en que la barba probablemente molestaba más que ayudaba, y la idea de convertirme en una especie de hombre de empresa es muy ingeniosa, como casi todo el vestuario. Nunca vas a dar con la imagen que surgió en la mente del lector en el momento en que oyeron hablar de Slartibartfast o Ford Prefect o Arthur, de modo que tienes que inventarte una que creas que va a funcionar, y que sea divertida o inteligente, y confíes en ella.

RS: *¿Qué me dices de tu ligero bufido característico? Es como una risa comprimida, es una cosa tan encantadora e íntima...*

BN: No sé si voy a ser capaz de explicártelo, pero nace de esa cualidad levemente inocente de algunas personas que no están siempre pendientes de sí mismas. A veces hacen ruidos inverosímiles, y parecen encajar en su manera de ser.

RS: *Una de las cosas que más me ha gustado ha sido ver a los actores habitar sus personajes. Hemos aportado cierto nivel de humanidad, que creo que resulta bastante raro allí en la Galaxia.*

BN: Ése es para mí una gran parte del atractivo, como creo que lo será para los que no conozcan el *Autoestopista,* y también para los entusiastas como yo. No todo el mundo tiene siempre un comportamiento heroico. Hay las flaquezas humanas vulgares, cierta intimidad y muchos coloquialismos que no asocias con el género. Probablemente sea casi un género en sí mismo.

RS: *Slarti posee esta atractiva mezcla de orgullo e inseguridad. Le hace feliz poder hablarle a Arthur de su trabajo. Pero también hay cierta tensión, porque sabe que los ratones planean quedarse con el cerebro del simpático terrícola, y su tarea es entregarlo en bandeja.*

BN: Sí, exacto. Yo no creo que él salga mucho, en el sentido de conocer gente de otros lugares. Los malditos vogones, literalmente diez minutos después de que lo hayan liberado, vuelan el maldito planeta de los ordenadores. Me encanta la idea de que necesitaran una raza que hiciera todos los trabajos aburridos, de modo que construyeron Vogosfera para los vogones, y algunos listillos introdujeron ese mecanismo que les impide tener ninguna idea interesante sacudiéndoles en la cara con una paleta, que es una interesante reflexión acerca de qué le pasa a la gente que hace trabajos aburridos.

RS: *Las paletas fueron una idea que tuvo Douglas para la película un día que volvíamos en avión de Los Ángeles. A la mañana siguiente entró en la oficina y me la leyó, porque le gustaba ver la reacción de la gente. La gente que tuvo la suerte de escucharlo recién salido del horno se tronchaba de risa.*

BN: Bueno, es fantástico. Varios millones de años de evolución también han convertido a los vogones en unos tipejos implacables que hacen lo que dice el manual, lo que constituye una divertida reflexión sobre la burocracia en general. Como contraste, creo que Slarti no es más que una figura bondadosa, un hombre simpático con una sana compasión, al que le enorgullece lo que hace. Es como cuando la gente que fabrica cosas te enseña su taller, su cabaña de efectos especiales o su tienda de maquetas, y a menudo no les agradecen lo suficiente su trabajo, pero ellos están silenciosamente orgullosos. Douglas tuvo una idea encantadora al hacer así a los constructores de la Tierra... Me encanta eso de que hubiera hombres que plantaron los campos, que bombearon el agua a los océanos y pintaron los Acantilados Blancos de Dover y la Roca de Ayers. En el mundo de Douglas así es como construyes la Tierra. Es muy conmovedor, muy estrambótico, muy divertido.

RS: *Y los icónicos fiordos noruegos son una de las cosas que la gente recuerda más del* Autoestopista. *Es una idea muy extraña y asombrosa, que alguien gane un premio por diseñar los fiordos de Noruega. Es un momento clásico.*

BN: Eso es lo que recuerdan todas las personas con las que he hablado recientemente. Casi todas son de mi edad, y hace veinte años que no leen el libro, y ése es el trozo, antes incluso de que les diga cuál es mi papel, que normalmente les viene a la cabeza: «Un toque barroco» y «Noruega» y «¿No le dieron un premio?». Y se acuerdan de ese fragmento, todo el mundo recuerda ese fragmento, les encanta.

RS: *Supongo que has trabajado sobre todo con Martin.*

BN: Trabajar con Martin es un gustazo. Es un cómico y actor joven muy inteligente, y es muy fácil tratar con él cuando actuamos y cuando descansamos, y cuando me enteré de que lo habían elegido para la película, pensé: «¿El Tim de *The Office* para Arthur? Claro, claro.» Tiene todo lo que Arthur necesita. Posee un toque cómico de primera. Pero aparte de eso, tiene esa clase de atractivo que te hace falta. A la gente le gusta verlo. Y eso es necesario, porque Arthur recibe una increíble cantidad de información que debe llegarle al público, y que tienes que experimentar a través de él. Necesitas a alguien con mucho talento para hacer una interpretación como ésa, no tienes que hacer todos tus numeritos, sólo ser el receptor. Parece fácil, pero esos papeles principales en los que tienes que ser los ojos y los oídos del público son famosos por su dificultad.

RS: *Estoy de acuerdo. Y por lo que se refiere a tu experiencia, ¿qué momentos destacarías del rodaje?*

BN: Ayer, Martin y yo estábamos en nuestra carretilla viajando por el Planeta Fábrica. Fue bastante divertido, nosotros intentábamos actuar mientras había en funcionamiento cañones de agua y ventiladores gigantes. Unos hombres hechos y derechos alimentaban el cañón de agua con vasos de plástico llenos de agua, y a continuación ese cañón de alta presión nos lanzaba su chorro. El director ayudaba con el agua, y se lo pasaba tan bien que se olvidó de agarrar el vaso con fuerza, con lo que fue aspirado por la máquina, ¡y de pronto hubo vasos de plástico rebotando de la cara de Martin! Eso es muy típico del *Autoestopista,* en mi opinión, y resume la energía y el humor que hemos aportado a esta película.

AUTOENTREVISTA CON KAREY KIRKPATRICK (GUIONISTA)

Entre sus películas encontramos *El pequeño vampiro, Chicken Run: Evasión en la granja* y *James y el melocotón gigante.*

Una versión de esta entrevista se escribió originariamente para la página web de la película *Guía del autoestopista galáctico,* donde se publicó. Amablemente, Karey Kirkpatrick dio su permiso para que la entrevista se reprodujera aquí y añadió algunas nuevas preguntas referentes al período de rodaje.

EL GUIONISTA DE LA «GUÍA DEL AUTOESTOPISTA GALÁCTICO» SE ENTREVISTA A SÍ MISMO

Decidí entrevistarme porque a) creo que seré más duro conmigo y sabré qué clase de preguntas podría hacer un entrevistador; b) nadie me ha pedido una entrevista. ¿Y por qué iban a hacerlo? ¿Quién soy yo? *No* soy Douglas Adams: ésta es la respuesta que preocupa a casi todos. De modo que, teniendo esto en mente, procedamos. He aquí algunas preguntas que, imagino, se están haciendo casi todos los fans del libro (y de la serie radiofónica y de la serie de televisión y del juego de Infocom).

¿Quién demonios eres y qué te da derecho a enredar con esa valiosa obra literaria, escritorzuelo de Hollywood?

Ah. Buena pregunta. Me doy cuenta de que mucha gente se lo debe de estar preguntando. Así que, veamos...

Me llamo Karey Kirkpatrick. Podéis encontrar lo que he escrito en Google o en IMDB (por cierto, soy un tío... no la presentadora de las noticias de Búfalo, Nueva York). Pero la respuesta sucinta es que nadie tiene derecho a enredar con esa valiosa obra literaria. No fue mi intención, me buscaron para ello. La historia es más o menos como sigue.

En cierto momento, Jay Roach tenía que dirigir la película. Llevaba muchos años trabajando con Douglas en varias versiones del guión, y, tras la repentina y trágica muerte de éste, el proyecto sufrió un parón de varios meses. Pero Jay, junto con Robbie Stamp (productor ejecutivo de la película, viejo amigo de Douglas y su socio en Digital Village), sintió la obligación de no permitir que el proyecto muriera, para honrar la memoria de Douglas, y un día, mientras estaba viendo *Chicken Run* (¿con sus hijos? No sé. A mí me parece que la ve cada semana), se le ocurrió: «Eh, este escritor ha escrito una película que funciona como superproducción de estudio al tiempo que mantiene una sensibilidad singularmente británica.» (Crecí siendo un ávido fan de Monty Python, uno de esos chavales que citaban *Los caballeros de la mesa cuadrada* para irritación de todos mis amigos, exceptuando, claro, aquellos con quienes citaba a Monty Python.) De modo que Jay se puso en contacto conmigo. Cuando mi agente me llamó y me preguntó si había oído hablar de la *Guía del autoestopista galáctico,* dije: «Sí, me suena.» Pero apartemos de inmediato el primer horror. *No había leído el libro de Douglas Adams antes de que me hicieran ese encargo.* Bueno, en este momento algunos de vosotros os habéis desmayado después de gritar: «¿¡QUÉ?! ¡BLASFEMIA!» Pero en mi opinión, eso me proporcionaba una enorme ventaja a la hora de abordar el material. No tenía ninguna idea preconcebida. Cuando me enviaron una versión del guión (la que tenía ocupado a Douglas cuando murió), tuve que leerla como lo que era: el borrador de una película. Y sin saber nada del pez Babel, de la Pregunta Última ni de los vogones, fui capaz de formular la opinión de dónde funcionaba como película y qué había que mejorar.

Debéis saber que mi primera reacción –literalmente, mi primerísima reacción tras cerrar el guión– fue: «No puedo escribir esto, este tío es un genio y yo no.» Me dije: «Es imposible escribir nada que pueda mezclarse con las palabras de este tío sin que se note.» Fue mi momento de «No soy digno», como en *Wayne's World.* Me refiero a que este tío escribió: «... volar es un arte», dijo Ford, «o mejor dicho sólo hay que cogerle el tranquillo, que consiste en aprender a tirarte al suelo y fallar». No creo que jamás pueda escribir algo así. Pero quería conocer a Jay Roach. De modo que fui a la reunión donde teníamos que comentar el guión pensando: «A lo mejor me pide que escriba *Los padres de él*» (sí, soy fácil de prostituir).

Le dije a Jay lo que pensaba, le señalé algunas cuestiones estructurales y temáticas, y, para mi sorpresa, estuvo de acuerdo en casi todo. Y cuando le hablé de mi momento de «No soy digno», me dijo: «Creo que eres perfecto para el proyecto, y esa actitud probablemente te ayudará.» Y cuanto más hablábamos del proyecto, más me entusiasmaba. Quiero decir, ¿cómo no vas a entusiasmarte si hablas de la poesía como forma de tortura o de misiles nucleares que se convierten en esperma de ballena y en un jarrón de petunias? Encargos así no llegan todos los días. De hecho, es algo que no pasa *nunca*. Después de exponerles mis ideas a los ejecutivos de Disney y de Spyglass y a Robbie, que estaba presente en representación de los herederos de Douglas, me asignaron el encargo y me puse a escribir en septiembre de 2002.

¿Qué te da derecho a decidir qué se queda en la película y lo que hay que eliminar, formulario bastardo escritor para gallinas?

Eh, sin faltar. Mi madre probablemente leerá esto.

No olvidéis que comencé a trabajar con el último borrador de Douglas, de modo que no sólo tenía las nuevas ideas y conceptos que había inventado específicamente para el guión (ideas también brillantes, que me dejaban a la altura del betún), sino que también se veía lo que estaba dispuesto a dejar fuera (y en muchos casos me dije que había sido demasiado duro consigo mismo, y volví a ponerlas).

Para familiarizarme con el material, pensé que lo mejor era proceder en orden cronológico. Comenzó siendo una serie radiofónica. De modo que me hice grabar todos los episodios en cedé. Los escuchaba en el coche, y durante esas benditas quince o veinte horas conseguí olvidar el muy detestado tráfico de Los Ángeles. Fue mientras escuchaba la serie radiofónica cuando oí por primera vez el inicio de *El restaurante del fin del mundo,* que era una entrada de la *Guía* que comenzaba «Resumen de lo publicado». A continuación resume lo ocurrido en el *Autoestopista,* y me di cuenta de que eso era lo que necesitaba el guión. Que un resumen expresara algunas ideas y temas con más claridad de lo que aparecía en el guión. Y de pronto comprendí lo que le faltaba al guión, y por primera vez tuve esperanzas de poder llenar los huecos que faltaban.

Luego leí el libro con bolígrafo y rotulador en mano, subrayando pasajes que habían quedado fuera y que yo quería volver a meter, y tomando notas sobre los personajes y temas presentes en el libro, pero que en el guión no funcionaban todo lo bien que podrían. Iba a ver también la serie de televisión, pero Jay me sugirió que no lo hiciera, a fin de que no tuviera en la cabeza ninguna de sus imágenes. La idea era *crear* algo en lugar de *recrearlo* (y no creo que tengamos los derechos del material nuevo creado específicamente para televisión, de modo que no miré la serie. ¿Me has oído, BBC? NUNCA VI LA SERIE DE TELEVISIÓN). Sin embargo, me compré un libro en el que venían los guiones *radiofónicos*.[1] Cuando empecé a escribir tenía la novela a un lado de mi portátil G4 y los guiones para la radio al otro. Los dos están bastante gastados.

También me dieron materiales originales de valor inapreciable. Robbie Stamp, que se convirtió en un completo aliado en el proceso de escritura de la película, pues era capaz de responder a preguntas como «¿Qué habría querido Douglas?», me mandó copias electrónicas de los archivos del *Autoestopista* procedentes del disco duro de Douglas; notas escritas en sus borradores, notas que había enviado al estudio, ideas que se le ocurrían, fragmentos de diálogo, etc. Recibirlas fue verdaderamente emocionante. Al abrir los archivos me sentí como Moisés ante la zarza ardiente, un momento a lo «quítate las sandalias, estás en terreno sagrado». También me permitió ver cómo trabajaba. Había escenas sin acabar, biografías de los personajes, y notas personales sobre aspectos que le presentaban problemas. Me encantó leer las reflexiones sin corregir de Douglas, e intenté poner en el guión todas las que pude.

Mi meta al escribir era ser como el montador de un largometraje. Si el montador ha hecho bien su trabajo, ni notas su presencia. Ése era mi objetivo. Pensé: «Si la gente –sobre todo la gente que conocía a Douglas o conocía bien su material– lee este guión y es incapaz de ver la diferencia entre lo que he creado yo y lo que hizo Douglas, entonces habré tenido éxito.» Jamás intenté dejar mi impronta en este material ni que se oyera mi «voz» (sea lo que sea esa cosa tan escurridiza).

Comencé a leer sus otras obras, a leer biografías, a ver documentales (que amablemente me envió Joel Greengrass), y sentí que tenía una extraña conexión con ese hombre al que nunca había conocido. Entre nosotros había misteriosas similitudes: a los dos nos encantaban los Macs, queríamos ser guitarristas de rock, nos

1. *The Hitchhiker's Guide to the Galaxy: The Original Radio Scripts* (Pan Books, 1985 y 2003).

gustaba dejar las cosas para mañana (o pasado), procurábamos escaquearnos lo más posible del proceso de escribir, nos encantaba la sátira y creíamos que te puedes burlar de todo porque no hay nada sagrado... por nombrar unas cuantas. La mayor diferencia, no obstante, era que Douglas era un asombroso escritor conceptual y a mí se me daba mejor la estructura. Lo que resultó ser una suerte, pues muchos conceptos ya estaban ahí, y sólo necesitaban una estructura más compacta para existir y desarrollarse.

Entonces..., ¿qué cambiaste, exactamente? Y más importante, ¿qué te pareció digno de ser añadido?

Ésta es una pregunta difícil de responder, pues depende de si comparas el guión definitivo de rodaje con el libro o con el guión que heredé de Douglas. Si lo comparas con el guión, la respuesta es que he añadido muy poco. Una de las cosas que admiro de verdad de Douglas es que estaba dispuesto a mantener el *Autoestopista* como una entidad orgánica en evolución. Mientras leía los diversos borradores y me familiarizaba con la historia del *Autoestopista,* me di cuenta de que casi todos ellos parecían contradecirse. Douglas era muy poco fiel a sí mismo, lo que era muy estimulante, pues ya que el *Autoestopista* estaba en permanente estado de revisión por parte de su creador, me sentí con cierta libertad para seguir portando esa antorcha, sobre todo con los nuevos conceptos, personajes y estrategias argumentales que Douglas había creado. Naturalmente, había agujeros que llenar, de modo que añadí material y diálogos nuevos. Pero siempre volvía al material original para encontrar la voz y el tono correctos.

¿Fue dura la adaptación?

Douglas tiene una famosa frase acerca de las fechas límite: decía que le encantaba el ruido que hacían al pasar junto a él a toda velocidad. Una de mis frases favoritas acerca de la escritura es: «Odio escribir, me encanta haber escrito.» Éste parece ser mi mantra, y he odiado, detestado o temido escribir todos los guiones en que he participado, pues escribir es un proceso solitario y desmoralizador (con la excepción de *Chicken Run,* con ése me lo pasé excepcionalmente bien). Y la gente me decía: «Jo, adaptar el *Autoestopista* habrá sido duro.» Pero la verdad es que nunca había disfrutado tanto al escribir un guión. Y todo porque tenía un material tan bueno del que partir (y estupendos colaboradores). Cada vez que me quedaba atascado en algo, simplemente abría uno de los libros y, o bien encontraba lo que buscaba, o bien la chispa de inspiración que necesitaba para crear algo nuevo. Me encantó escribir esta película, me encanta haberla escrito, y sigo encantado con lo escribo hoy.

Acabé mi primer borrador antes de las navidades de 2002. Tenía 152 páginas.

¿¡152 páginas!? ¿Y qué pasó luego?

Me hice el tonto delante de los del estudio. «¿Qué? ¿Os parece largo? ¡Pues comparado con *El Señor de los Anillos* es corto!» No coló. De modo que comencé el doloroso proceso de podar. Y no quería cortar nada. No sabía *qué* cortar. Mandé el guión a un par de amigos escritores y les pregunté: «¿Qué debería cortar?» Y los dos me dijeron: «Comprendo tu dilema. ¡ES TODO BUENO!» Y lo era. Casi todo el mérito es de Douglas, desde luego, porque casi todo lo que hice fue reordenar, dar forma y resaltar los conceptos ya existentes. Y el estudio estaba muy entusiasmado con el primer borrador. Les parecía que había creado una estructura que finalmente funcionaba. Sólo que era demasiado largo.

Para un guionista, las primeras versiones son siempre las más fáciles, porque aún no te ha llegado ninguna nota del estudio y ante ti se abre una perspectiva llena de esperanza y posibilidades. Y en este caso no sufría el problema de la página en blanco, pues, como ya he dicho, el material de partida era excelente.

Pero los segundos borradores son difíciles, y los terceros los peores, sobre todo porque ya sabes lo que *no* funciona, y tus opciones se hacen más y más limitadas. Pero sabía que era demasiado largo. Y como Jay comentó de manera acertada, no puedes hacer una comedia de dos horas y media. De modo que reduje el segundo borrador a 122 páginas. Puede que algún día, cuando se estrene la película, me dejen colgar el primer borrador en Internet, a fin de que cuando los fans de Douglas quieran arrastrarme a la pira más cercana y pegarle fuego, pueda decirles: «¡Mirad! ¡Yo también quería que esto saliera en la película! ¡Pero no me dejaron ponerlo! ¡No me dejaron ponerlo!»

Fue durante esa fase de poda cuando me enfrenté con el dilema que durante los últimos veinte años había impedido que el *Autoestopista* se convirtiera en largometraje, y este dilema se puede resumir en las palabras de uno de los ejecutivos del proyecto (cuyo nombre no diré porque... bueno, porque no soy idiota). Dijo: «No voy a hacer una película de culto de 90 millones de dólares.» Y lo entiendo. Es normal. Si hubiera entregado un guión que pudiera hacerse con 15 millones, más o menos, nos habrían dejado hacer lo que hubiéramos querido. Pero todos sabían que el presupuesto iba a ser, como mínimo, de 50 millones. Y cuando hay tanto dinero en juego, los que ponen el dinero suelen querer una película que atraiga a la mayor cantidad de público posible para asegurarse de que recuperarán la inversión (y tienen todo el derecho). Pero eso me ponía en una posición de tener que servir a dos amos, porque por un lado quería con todas mis fuerzas mantener la integridad e inconfundible sensibilidad del libro, y por otra ser financieramente responsable ante aquellos que me firmaban los cheques.

Esos libros cuya integridad quería conservar rebosan inteligencia. Douglas era un gran satírico porque comprendía perfectamente los complejos conceptos que satirizaba. En una entrevista dijo que si hubieran tenido ordenadores cuando él iba a la escuela y le hubieran enseñado informática, probablemente la hubiera elegido como profesión. También podría haber sido físico teórico, pues sabía mucho sobre el tema. Para mí, por lo tanto, era importante que todos esos conocimientos permanecieran en el epicentro del guión. Es lo que me encanta de *La vida de Brian* de Monty Python. La película se halla a sólo un paso de ser auténtica teología. De modo que el objetivo era crear una línea argumental emocional que interesara al público y colocar todo eso en el contexto de este mundo tan intelectual, irreverente y satírico.

De nuevo volví a las versiones de Douglas, que eran mucho más cortas que la mía. Él podaba de manera mucho más implacable que yo, de modo que me dije que eso me daba cierta libertad de acción. Sobre todo tuve que cortar unos cuantos fragmentos de la *Guía* propiamente dicha con la seguridad de que en el futuro acabarían en el deuvedé. Y lo bueno de los fragmentos de la *Guía* es que son un tanto modulares, de manera que las decisiones finales en relación con ellos pueden tomarse cuando se ha acabado el rodaje y la película se monta.

¿Qué hiciste cuando Jay Roach decidió no dirigir y quién demonios son esos tipos de Hammer and Tongs?

Seré franco. Una de las principales razones por las que me metí en el proyecto fue para tener la oportunidad de trabajar con Jay. Unos amigos comunes me habían dicho que teníamos un temperamento y una sensibilidad afines, y que formaríamos un buen equipo, y tenían razón. Jay fue un inapreciable colaborador en la sinopsis y en los dos primeros borradores. Pasó mucho tiempo conmigo, y si él no hubiera participado, el guión no habría salido tan bien. De modo que mentiría si no dijera que me sentí un poco decepcionado cuando decidió que no era ésa la película que quería hacer en ese momento.

Pero lo que vino después fue un proceso interesante, pues se barajaron varios nombres, e incluso conocí a uno de ellos (estamos hablando de directores de primera fila). Y la sensación general que transmitieron todos ellos fue: «No, gracias, no quiero ser conocido como el tipo que jodió este proyecto.» Y por una parte lo entendía, pero por la otra me decía: «Dios mío, ¿significa que seré *yo* conocido como el tipo que jodió este proyecto?»

Pero Jay le dio el guión a Spike Jonze, y Spike dijo que no podía hacerlo, pero que conocía a los tipos perfectos, y sugirió Hammer and Tongs. Y cuando recibí la llamada que me informaba de que tenía una conferencia con un tal Hammer y un tal Tongs, me hice la pregunta que todo el mundo parece estar haciéndose: «¿Quiénes son y qué han hecho?» No hace falta decir que no me tranquilizó saber que nunca habían hecho un largometraje. Y no pude ver sus anuncios ni videoclips antes de la llamada (porque mi deuvedé no acepta discos de Reino Unido Zona 2, pero estoy divagando). Pero cuando me enteré de que querían hablar con el guionista antes de con nadie más, me dije: «Eh, estos tipos o son muy legales o *muy* cándidos. ¿Es que no saben que los guionistas no son más que una mosca en el culo de este negocio?»

Dejadme decir de mi experiencia con Hammer and Tongs que desde que trabajara con Nick Park y Peter Lord en Aardman no había trabajado con nadie con más chispa creativa e inspiración. Cada conversación que mantenía con ellos mejoraba de alguna manera el guión. En retrospectiva, da la impresión de que nadie más podía hacerlo. Y ahora no me imaginó la película en manos de otro. A la hora de escribir, no creía que nada pudiera inspirarme más que el material original del *Autoestopista,* y me alegra poder decir que me equivocaba. Así que en mayo de 2003, Nick Goldsmith y Garth Jennings se sumaron al proyecto. Volé a Londres con Derek Evans, de Spyglass, para sumergirme en tres días de intensas reuniones en su oficina, que resultó ser una barcaza remodelada en el río, en algún lugar de Islington. Ellos tenían «algunas ideas» para el tercer borrador, y he de admitir que en ese momento me mostré muy aprensivo y a la defensiva. Siempre hay un instante de gran tensión cuando los directores se suman al proyecto, sobre todo cuando proceden del mundo de la publicidad y los videoclips. Pero sus ideas eran inspiradas, y demostraron que no sólo sabían pensar en imágenes de una manera increíble, sino que conocían la importancia de la estructura narrativa. Me fui de Londres con una sinopsis y la sensación de que el guión mejoraría y de que la película estaba en buenas manos.

No obstante, me avergüenza decir que en aquel momento aún no sabía cuál era Hammer y cuál Tongs.

¡Déjate de vaguedades! ¡Dame detalles concretos, maldita sea! ¿Qué ha quedado en la película y qué ha desaparecido?

Lamento decirlo, pero seguiré con vaguedades. La verdad es que no quiero que esto se convierta en «lo que hizo Karey frente a lo que hizo Douglas». Según admitía el propio Douglas, el *Autoestopista* es una historia con una presentación muy larga y luego un desenlace. En medio no hay gran cosa. Y las películas necesitan un nudo. De modo que ahí está, en el medio, casi todo el material nuevo. Douglas creó una gran parte. Yo cogí lo que él había hecho, lo realcé, lo amplié y lo conecté (como un Wonderbra: y ésta no sería la primera vez que lo comparaba con tan milagroso artilugio).

Se ha dado relieve a la relación Arthur-Trillian y al triángulo Arthur-Trillian-Zaphod. Douglas sabía, tal como yo sé, que para rodar un largometraje financiado por un estudio americano, que trabaja pensando en un público global, hace falta prestar una atención especial a los personajes, las relaciones entre los personajes y las emociones. El truco es hacerlo mientras te mantienes fiel al espíritu del libro, que es lo que espero haber hecho. No hay nada malo en introducir una historia de amor, siempre y cuando no sea sentimental y ñoña.

Pero creo que la gente, sobre todo los fans acérrimos del *Autoestopista,* se sentirá feliz al comprobar que se trata de la misma historia que en la obra radiofónica, el libro y la serie de televisión, y que aparecen todas sus escenas, personajes y conceptos conocidos y preferidos. Arthur, Ford, Trillian, Zaphod, Marvin, Eddie, los vogones, Slartibartfast, Pensamiento Profundo, Lunkwill y Fook, los ratones, las ballenas, las petunias, los delfines, 42, incluso Gag Halfrunt; todos están presentes y explicados.

¿Te consideras miembro del Club de los Afortunados?

Sí, desde luego. Para mí éste ha sido un encargo excepcional, pues se convirtió en algo más que un trabajo. De hecho, todos ellos son algo más que un trabajo, pues como dice una frase famosa: «Escribir es fácil, simplemente te abres una vena y la derramas sobre la página.» Siempre me siento un poco así en cada proyecto (sí, incluso en *Cariño, nos hemos encogido a nosotros mismos).* Pero éste fue diferente. Éste se convirtió en una aventura: queríamos honrar la memoria de Douglas Adams. Y ésa ha sido la actitud de casi todas las personas que han participado en la producción (excepto los contables, que dicen que quieren honrar la memoria de los contables de Douglas Adams, pero, eh..., todo vale). Yo nunca había participado en un proyecto donde todo el mundo tuviera como objetivo una causa superior, lo que es magnífico, pues significa que el ego de cada uno se queda en la puerta. Cada vez que la película consigue avanzar algún paso hacia su realización (consiguiendo un director, obteniendo luz verde, eligiendo el reparto, etc.), te queda un sabor agridulce, porque todos nos alegramos de que el sueño de toda la vida de Douglas se haga realidad, pero también estamos tristes porque él no está para compartirlo.

Antes de entregar la tercera versión al estudio, Garth, Nick, Robbie y yo le dimos el guión a la esposa de Douglas, Jane, y luego fuimos a su casa (que, irónicamente, estaba a diez minutos andando de la barcaza de Hammer and Tongs) para tener una charla, y, naturalmente, tomar el té (después de todo estábamos en Inglaterra, donde cada vez que una o dos personas se reúnen es una ley nacional que se sirva té. Yo soy de Louisiana, donde tenemos una ley parecida, sólo que servimos Dr Peeper y Cheetos). Nos quedamos muy aliviados y contentos cuando nos dijo que el guión la hacía muy feliz. Nos dio algunas ideas, y, lo más importante, su bendición.

Creo que los fans se sentirán muy complacidos, y que en el verano de 2005 tendremos nuevos fans.

¿Cuál es tu frase favorita del libro?

Es una pregunta difícil. Hay muchas frases estupendas. Muchas de mis favoritas están en el guión, como que *pascua,* en lengua galáctica, significa piso pequeño y de color castaño claro, o el pasaje acerca de esos habitantes de los hooloovoos que son matices superinteligentes del color azul. ¿Cómo se le ocurrían todas estas cosas a ese tío? Es increíble. Leo frases como ésa y me siento muy poca cosa, sobrecogido.

Pero casi todas las frases favoritas las dice la Voz de la *Guía* o el narrador. Me encanta el pasaje sobre la poesía vogona, y los azgoths de Kria, y cómo, mientras Grunthos el Flatulento recita, cuatro de sus oyentes mueren de hemorragia interna, y que el presidente del Consejo Inhabilitador de las Artes de la Galaxia Media sobreviva comiéndose una de sus piernas. Me troncho de risa cada vez que lo leo (y, de momento, aún está en la película). También me encanta la parte del pez Babel y cómo demuestra la no existencia de Dios, y me encantan todos los títulos de Oolon Colluphid: *En qué se equivocó Dios, Otros grandes errores de Dios* y *Pero ¿quién es ese tal Dios?*

Sobre todo me encanta la sutil elección de vocabulario que hace Douglas. Es un orfebre de la palabra. Hay una frase (creo que pertenece a *El restaurante del fin del mundo)* que dice que alguien es «mordisqueado hasta morir por un okapi». Me troncho cada vez que la oigo. La palabra «mordisqueado» es lo que me encanta, y el hecho de que sea un okapi el que mordisquea es ya la guinda del pastel.

En el *Autoestopista* hay un pasaje sobre los vl'hurgos y su jefe, que está «resplandeciente en sus enjoyados pantalones cortos de batalla, de color negro». ¿Enjoyados pantalones cortos de batalla, de color negro? ¿A quién se le ocurre algo así? Me encanta.

¿Cuál fue la parte más difícil al adaptar el guión?

Un día me encontré con una nota del estudio que decía: «Aclarar el concepto de Energía de la Improbabilidad Infinita.» Como si fuera algo que existiera de verdad y hubiera que aclarar. Y lo más triste es que intenté aclararlo, y descubrí que sabía muy poco de las leyes de la probabilidad.

De hecho, Garth, Nick y yo pasamos un día entero sentados junto a la piscina del Hotel Four Seasons de Los Ángeles discutiendo la Energía de la Improbabilidad Infinita, y cómo explicarla mejor y hacer que tuviera más participación como mecanismo impulsor de la trama. Eso fue difícil, porque yo siempre supuse que esa energía era básicamente un artificio de la trama. Los escritores siempre nos peleamos con argumentos artificiosos; el viejo problema de «¿cómo sucedería esto?». Y pensé que era otro golpe de genio de Douglas haber creado algo que permite que una probabilidad finita se convierta en improbabilidad infinita: sólo tocando un botón. Es una máquina que justifica el argumento.

Cada vez que intentábamos aclarar la Energía de la Improbabilidad Infinita, repasábamos el guión y decíamos: «Está ahí, ¿verdad?» A la hora de comer, pasábamos del café al vino, y el concepto de la Energía de la Improbabilidad Infinita ganaba claridad. Al acabar la tarde, cuando pasábamos del vino a más vino, habíamos deducido que, de hecho, éramos brillantes y que el guión era perfecto. De modo que decidíamos seguir la teoría de «menos es más» y dejábamos en paz el guión. Y luego pedíamos más vino.

¿Cuál es la nota más rara que recibiste?

Garth Jennings (¿Hammer? ¿Tongs? Lo sé tan poco como vosotros) me envió una nota que decía: «La primera vez que Zaphod sale del templo y se le acerca toda esa gente que le felicita, el alienígena plátano sobre el caballo-topo debe sustituir a la *groupie* de muchas cabezas.»

No te mandan todos los días notas como ésta.

Está probado que puedes escribir diálogos para gallinas, pero ¿puedes escribir diálogos para personas de verdad?

Ya lo veremos. Por suerte no hay muchas «personas de verdad» en esta película.

Dilo sin rodeos; ¿la película está en buenas manos?

Sí. No hay duda. De principio a fin. Todo el mundo ha puesto su grano de arena. Desde Nina Jacobson y Dick Cook, en Disney, hasta Roger Birnbaum y Gary Barber, Jon Glickman, Derek Evans y toda la gente de Spyglass –y también Jay Roach (ahora productor), Robbie, los ejecutivos y el equipo de rodaje–, todo el mundo está entusiasmado con lo extraordinaria y maravillosa que puede ser esta película. Es una de esas extrañas películas donde todo el mundo parece estar del mismo lado. ¡Incluso los agentes! Desde el agente de toda la vida de Douglas en Londres, Ed Victor, hasta su agente cinematográfico en Los Ángeles, Bob Bookman, que ha visto esta película en sus muchas encarnaciones. Hace poco vi a Ed en una fiesta, y me dijo tres sencillas palabras que me alegraron el día, y estos dos últimos años, diría. «Lo has clavado.» Vi alivio en sus ojos, porque la gente como él lleva mucho, mucho tiempo esperando a que esto llegara a buen término.

¿Quieres agregar algo más?

Hace poco volví de Londres, donde pasé dos semanas ensayando con los actores y haciendo algunos retoques de última hora en el guión (los actores son estupendos, acomodaticios y les entusiasma el material). Tuve que volver a casa antes de que empezara el rodaje, pero me han dicho que la primera semana ha sido un éxito apabullante.

Al principio sabía muy poco de este libro realmente extraordinario, y me he vuelto un gran fan. En mis sueños, la película hará feliz a todo el mundo. Sé que no es posible, pero confío mucho en la película que estamos haciendo.

Y sobre todo, creo que Douglas estaría contento.

Y si no lo está, que un okapi me mordisquee hasta matarme.

SUPLEMENTO A LA ENTREVISTA CONMIGO MISMO

Dime, Karey, ahora que el rodaje se ha acabado, ¿te gustaría añadir algo acerca de tus experiencias y lo que pensaste durante el rodaje?

Oh, me encantaría, Karey. Gracias por preguntar. De hecho, puedo resumir lo que me pareció la producción en cuatro palabras muy sencillas.

Yo no estaba allí.

¿Qué? ¡¡Qué barbaridad!! ¿¿¿A un gran escritor de Hollywood como tú no se le permitió estar en el plató??? ¿Me huelo algún escándalo?

No, no, no. De ninguna manera. A Garth y a Nick les encantaba que estuviera en el plató. Y todo estaba previsto para que volviera a Inglaterra a mediados de julio, pero las autoridades inglesas rechazaron mi pasaporte. Dijeron que ya que habían puesto en mis manos algunos de sus títulos más preciados para que los convirtiera en largometrajes *(James y el melocotón gigante, Chicken Run, Thunderbirds,* y ahora el *Autoestopista),* imaginaban que la mejor manera de mantener mis sucias manos americanas lejos de sus más valiosos materiales era no permitir que me acercara a la isla.

De modo que me quedé en los Estados Unidos y adapté *La telaraña de Carlota.* Pero ahora tengo un contacto en Inglaterra que me envía copias de *EastEnders* de manera clandestina.

¿Qué sentiste cada vez que uno de esos actores quería que cambiaras una línea?

Alfred Hitchcock dijo una vez que los actores eran ganado. Para mí, los actores son más como la marmota americana. Alegres, excelentes escaladores, buena dentadura. También son bastante buenos con los diálogos (hablo de los actores, no de las marmotas), de modo que cuando un actor me sugiere que cambie una línea, lo recibo con los brazos abiertos. A no ser, claro, que lo que proponga sea una mierda.

Pero ninguno de los actores sugirió ningún cambio nauseabundo. Sam Rockwell parecía querer añadir «vale» [*all right*] cada dos líneas. Y no como pregunta, sino como una especie de coletilla nerviosa. Ejemplo: «Vamos a Magrathea. Vale.» Una especie de aditivo a lo Elvis. Y funcionaba... vale. Martin Freeman no dejaba de decir: «Sabes, si Ricky Gervais[1] estuviera aquí, escribiría así este diálogo»... y simplemente no era necesario. De modo que le dije que Tim, en la versión americana, probablemente sería mejor que él. Mos quería constantemente que la cosa fue-

1. Protagonista, coautor y codirector de la serie *The Office. (N. del T.)*

ra más «poética». ¡Maldito seas, Russell Simmons![1] Zooey me dijo que yo estaba en contacto de verdad con mi lado femenino, y desde entonces he procurado ver más partidos de fútbol americano y he vendido todos mis cedés de Bette Midler.

Y ahora la verdad: el guión mejoró durante las dos semanas que trabajamos juntos en él. Es un gran reparto, y todos han cooperado mucho. Me dio mucha rabia tener que irme.

¿Cuántas horas de reescritura has tenido que hacer?

No muchas. Durante la primera lectura conjunta que hicieron los actores se vio que el guión estaba bastante bien. Casi todas las reescrituras se hicieron durante el rodaje de escenas concretas.

Hice un ejercicio divertido. Para todas las escenas que tienen juntos Arthur y Trillian hice dos versiones. En una sustituí el diálogo con el diálogo del subtexto. En otra escribí (en forma de diálogo) exactamente lo que los personajes pensaban, y lo decían en voz alta antes de pronunciar los diálogos propiamente dichos. La verdad es que fue de gran ayuda.

¿No es fascinante? Yo creo que sí. Les pregunté a Garth y a Nick si lo incluirían en el deuvedé. ¿Su respuesta? «Mmmm... Ya te diremos algo.» De modo que escribí el subtexto a su respuesta, que es el siguiente:

«Sigue soñando, capullo.»

Así pues, ¿cómo ha quedado la película?

Creo –y lo digo con toda humildad– que podría ser una de las mejores películas que se han hecho. Está bellamente rodada, magistralmente dirigida y exquisitamente interpretada.

De todos modos, aún no la he visto, y quizás no soy la persona más adecuada para opinar.

1. Fundador de Def Jam Records y uno de los padres del hip-hop. *(N. del T.)*

Guía del autoestopista galáctico

LUNES, 19 DE ABRIL DE 2004 **HOJA DE RODAJE: 1**

Productor: Nick Goldsmith
Productores ejecutivos: Robbie Stamp
Derek Evans
Co-productores: Todd Arnow,
Caroline Hewitt

Director: Garth Jennings
Convocatoria de la unidad: 07.30
Desayuno: 06.45

Localización	Descripción de la escena	Esc	D/N	Pgs	Rep. n.º
Elstree Plató 7	INT Piso de Islington Arthur y Tricia (Trillian) se conocen y congenian	10 pt	FB NZ	1 2/8	1, 4
Elstree Plató 7	INT Piso de Islington Montaje de la fiesta	10 pt	FB N2	1/8	1, 4
Escena en Standby					
Elstree Plató 7	INT Piso de Islington Zaphod interrumpe a Tricia y Arthur	12 pt	FB N2	2 4/8	1, 3, 4

n.º	Arthur	Person	Coche	Recog	Convoc	Vest	Pel/Maq	Ens	En Plató
1	Martin Freeman	Arthur	2	06.45	07.30	09.00	08.00	07.30	09.30
2	Zooey Deschanel	Trillian	5	06.00	06.30	08.00	06.30	07.30	08.30
En Standby									
3	Sam Rockwell	Zaphod	4	Standby a confirmar @ Hotel a partir de las 12.00					

Extras	Convocar	Vestuario	Pel/Maq	Plató	Observac
22 asistentes al baile de disfraces	06.30	06.30	06.30	08.00	

Dobles		Llegada	Plató	Observac
Brian Carrol	Arthur	07.00	07.30	
Nadia Silva	Trillian	07.00	07.30	
A confirmar	Zaphod	Stby	Stby	

Necesidades	
Dep. Artístico:	Joel Collins.
Atrezzo:	Bruce Bigg: Libros, Cajas de cedés, Móvil de Arthur, Máquina de Luces Intermitentes, Bebidas entre las que tiene que haber vino, Bastón para Trillian, Tocadiscos, Discos, Perro Disecado, silla de ruedas, cigarrillos de hierbas para los asistentes por favor.
Construcción:	Steve Bohan, Standby para colocar el suelo adicional de la zona de Tejado a partir de las 15.00 por favor.
Cámara:	Igor Jadue-Lillo.
Ayte. de Attrezo:	John Arnold.
Iluminación:	Eddie Knight.
Sonido:	Mark Holding: Hoy Música en Playback por favor.
Vídeo:	Demetri Jagger.
Marionetas:	Jamie Courtier - Hensons: Equipo de Elstree para Ensayos Plató 8.
Vestuario:	Sammy Sheldon: Hoy disfraces por favor. Ayudante de Vestuario Adicional: Annette Allen hoy por favor.
Maquillaje:	Liz Tagg: 6 Ayudantes de Maquillaje Adicional: Rebecca Cole, Claire Ford, Lizzie Yanni, Christine Greenwood, Renata Gilbert y A. N. Other.
Efectos Visuales:	Angus Bickerton: Pantalla Negra en Stby para EXT. Tejado Escena 12 pt.
Efectos de Sonido:	Paul Dunn: Hoy 2 ayudantes: Humo Ambiental para la Escena de la Fiesta hoy por favor.
Asylum:	Mark Mason: Equipo de Preparación de la Caja de la Bestia Bugblatter hoy por favor.
Foto Fija:	Laurie Sparham: Foto de Trillian y de Trillian con Arthur para el teléfono móvil que se tome hoy por favor.
Revisión Médica:	Mary Price. Canal de Radio 1.
Publicidad:	Deborah Simmrin.

Catering:	Premiere Catering: Peter Titterrell/Caroline Moore. Desayuno desde las 06.45, Pausa para Almorzar a las 10.00, Comida desde las 12.30, Merienda a las 16.30. Té y Café disponible todo el día. Desayuno de los Extras con el Equipo, Té y Café en la zona de Extras a partir de las 06.30 por favor. Todo para 11.00, Reparto, Extras y Equipo.
Instalaciones:	Estudios Elstree: Camerinos de los Actores – Edificio George Lucas. Entoldado para el catering a partir de las 06.30 en el Despacho 8, Oficina de Publicidad, Planta Baja, Edificio George Lucas. Vestuario de los Extras y zona para fichar en el Entoldado cerca de seguridad. Salas de Maquillaje para Extras en las Salas 4 y 7 en la Planta Baja del Edificio George Lucas por favor.
Producción:	Encargado Adicional: Rani Creevey, Publicidad Adicional: Ollie Kersey hoy por favor. Carrito de Golf para el Reparto a confirmar.
Salud y Seguridad:	Encargado de Salud y Seguridad a la atención de David Deane. Convocatoria: 07.30. Por favor ver la evaluación de riesgos de hoy adosada al Plan de Trabajo.

Para más información acerca de Douglas Adams y sus creaciones, por favor visite www. douglasadams.com, la página web oficial.

A lo mejor desea unirse a ZZ9 Plural Z Alfa, la Sociedad de Amigos de la Guía del Autoestopista Galáctico oficial. Para más detalles, por favor visite www.zz9.org.

Douglas Adams fue patrocinador de estas dos organizaciones benéficas: The Dian Fossey Gorilla Fund (www.gorillas.org) y Save the Rhino International (www.savetherhino.org).

ÍNDICE

Impreso en Talleres Gráficos
LIBERDÚPLEX, S. L. U.
Pol. Ind. Torrentfondo
Ctra. BV-2249, km 7,4
08791 Sant Llorenc d'Hortons - Barcelona